向美而生

郑小薇 著

中国文史出版社
CHINA CULTURAL AND HISTORICAL PRESS

图书在版编目（CIP）数据

向美而生 / 郑小薇著. -- 北京：中国文史出版社，
2022.6

ISBN 978-7-5205-3545-8

Ⅰ.①向⋯ Ⅱ.①郑⋯ Ⅲ.①散文集—中国—当代
Ⅳ.①I267

中国版本图书馆CIP数据核字(2022)第096563号

责任编辑：卜伟欣

出版发行：**中国文史出版社**
社　　址：北京市海淀区西八里庄路69号院　　　邮编：100142
电　　话：010—81136606　81136602　81136603（发行部）
传　　真：010—81136655
印　　装：廊坊市海涛印刷有限公司
经　　销：全国新华书店
开　　本：16开
印　　张：24.75
字　　数：295千
版　　次：2024年3月北京第1版
印　　次：2024年3月第1次印刷
定　　价：88.00元

Contents

美在优雅

优雅的女人自信得体，可以触摸到生活的质感，领略到人性的高贵。

Contents

目录

美在气质

看女人，主要看气质。

气质无法速成，但从每一个当下开始，都还来得及。

Contents

美在细节

每一个女人，都应在细节中见证"玩美"的妙处，瞬间即永恒。

Contents

美在行念

向美而生的学习，我们称之为美学。

生命的每一刻，都会在行念之间，留下印记。

美随处可见，我们需要知道的是能捕捉到什么？能留下什么？

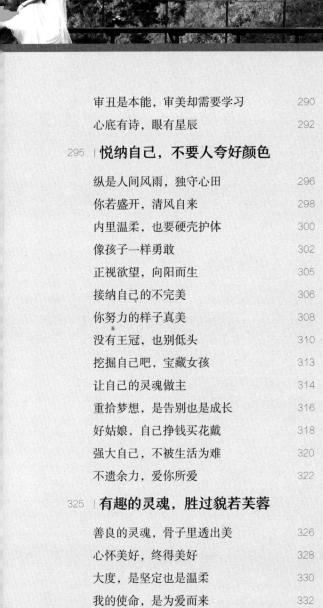

Contents

第一篇

美在优雅

优雅的女人自信得体，可以触摸到生活的质感，领略到人性的高贵。

沉淀出的芬芳

Because it is deep, it is mellow

不管世界如何变，做你自己

女人的美，有千万种，但是真正拥有自己独到的处世哲学和价值观，不受外界负面思想和传统观念所左右，有可以承载自身价值的事业与精神追求，活得自信淡然，泰然处事的女人，却特别的少。

这类女人，优雅来得不费吹灰之力，仿佛这是她们一门与生俱来的技艺，浑然天成。

那份优雅，来自发现自己完善自己，和坚持自己。那是一种无论世界如何变，都不会受外界影响的自信和淡定。

但是很多人会在物欲横流，审美日新月异的当下，迷失了自己的内心。于是优雅成了清一色的锥子脸大眼睛；优雅成了自拍照里怎么都摆脱不了的嘟嘟嘴和无辜眼神；优雅变成了微信圈里流行的书籍封面和旅行摆拍；优雅成了咖啡馆红酒杯的代名词……

这些跟随潮流的表象，只能显露我们内心的怯弱和肤浅，真正优雅的女人，她们的底气从来不需要这些来支撑。

很多朋友会问我：

郑老师，你说我穿什么风格的衣服比较好看？最近流行复古哦！

郑老师，最近大家都在做一字眉了，我要不要也去弄一个？

郑老师，你看看我化什么样的妆最适合？

郑老师，现在善于酒桌应酬的女性很受欢迎，我要不要改变一下？

每次听到这些问题，我都不知该如何回答，因为她们在发现自己独一无二这一步上，就已经失败了。

女人的美丽不止一刻，心动不止一面。

一个优雅的女人必定是有自己独特的风格，而这种风格往往会让人过目不忘，留下深刻的印象。就好比万花丛，你不必羡慕娇艳似火的玫瑰，也不必羡慕寒霜傲骨的腊梅，更不必为自己不是出淤泥而不染的清莲而自卑。任何一朵花都有自己的风采，都有独属自己的味道。

就好比那些古朴小镇，为什么会有那么多人为它们着迷呢？当你穿过城市林立的高楼大厦，站在灰瓦白墙的小院门口时，一定会被这种古朴天然的风格深深地震撼了。那是一种旷世久远，遗世独立的美。

虽然这些老房子小街巷不如城市崭新、干净和便利，但是它保留了一份与当地风情相融的韵味，它承认自己的古旧，并且坚持了这份特别，形成了自己独特的美。

如果硬是在这个古镇上安个当下流行的现代风建筑，修个欧式大喷泉，再整个花园，那是种什么感觉？非但没有美感，反而丢掉了原本属于它的风韵。

这恰如一个女人的优雅和美丽，只有做到不受外界影响时，她的美才是独立的、不可复制的。我们无须去模仿他人，也不用追逐时下流行风尚和审美偏好，而是在接纳自己原本模样的基础上，挖掘和完善属于自己的那一份优雅。

就跟这房子一样，不管建筑界流行怎样的风格，不管世人的审美偏好如何，它都没有迷失在这种变动中，而是坚持做最好的自己。

好莱坞的很多美女明星，她们都有各自独特的美丽，或古典高贵、或野性魅惑、或烂漫无邪，她们的美，有如一杯醇酒，几十年后品尝起来，依然香飘满室，久而不散……

那是因为，她们并没有因为时下流行的审美而改变自己，去垫高鼻梁，开大眼角，或者瘦成闪电，她们发现了属于自己的那一份特别，并且在这嘈杂的世界中坚持了这种特别，最终形成属于自己的优雅之风。

就像，在我们心中种下一颗优雅的种子，我们在纷乱的世界中守住这颗种子，灌溉它，呵护它，壮大它。

如果你是个性格恬静，面目清淡的女子，那就不要勉强自己开朗外向，强求那一份热烈奔放的瑰丽；如果你是个爽朗大方好动的女子，那就不要束缚自己的笑脸，把浓郁的颜色掩藏起来。我们能做好的，不是世俗标准里面的优雅女子，而是最真实，最完善，最独特的自己。

造物主是公平的，作为女人，一定有她独特美丽的一面，没有一个女人是不值得称赞的。有的女人眼睛是她的灵魂，她可以用她的眼睛说话；有的女人拥有吹弹可破的皮肤，洁净纯美；有的女人一头秀发让人无不为之倾倒。即使你的外表没有一样可以让你傲视群芳的，但是，你别忘记，你还有微笑，"一笑倾人城，再笑倾人国"，冷若冰霜的美貌怎么能够比得上一个真诚、愉快的微笑呢？

保持优雅，需要长期训练和坚持；真正的接受，是一种习惯，是一种发自内心的行为，是一种让自己舒服的状态。所有不舒适的伪装都难以长久维持下去，我们要做的是把它变成自己身体的一部分，刻进生活的点点滴滴中。

也许将来我们会面对很多的困难，也许生活会遭遇一些意想不到的变故，也许我们的容貌体态会日渐衰老走形，也许我们会遭受很多人的质疑和打击，但是无论如何，请保持自己内心的那颗名叫优雅的种子，那是我们对抗这个善变的世界最有力的武器。

优雅，首先源自精神世界的富足

我曾经在书上看过这样一个故事：有个教授走到了小镇最穷的那户人家家里，这家人特别的穷，一贫如洗，破旧的房屋，破旧的家具，里面住的人也穿着破旧的衣服，但是这个教授却说他们一点也不穷，所有人都很好奇，因为这家人是他们公认的最穷的人家，看着大家疑惑的表情，教授指着一个不起眼的角落，缓缓地说："他们并不是真正的贫穷，他们还有放满了书的书架，他们的精神是富足的。"

这个故事让我感触很深，因为这些年的努力让我明白一个道理：精神世界的丰富，决定了一个女人层次的高低。一个优雅的女人，首先源自于她精神世界的富足。

但是很多人并不以为然，因为在现实社会，我们很难选择自己的出身，很多时候我们甚至还得为生存而拼搏，那种从容淡定、不动声色的优雅，似乎只有富足的物质才能供给。

保养容颜需要钱，漂亮的衣服首饰需要钱，说走就走的旅行需要钱，悠闲舒适的生活需要钱。优渥的物质条件，似乎才是优雅的保障。

但，果真如此吗？

我见过很多物质条件优越的女人，她们穿着名牌衣物，戴着昂贵的首饰，朋友圈里不是晒包包就是晒美食，或者在哪个申根国家喂鸽子。她们可能挺美的，但绝对算不上优雅的女性，这样的女人总有一种单薄苍白之感，让人一眼就望到底了。我想，这种缺失，就是她贫瘠的精神世界吧！

富足的物质或许可以辅助我们在优雅这条路上越走越好，但是一个精神世界荒芜的女子，却只能算作披着优雅的外衣，却并没有领会其真谛。

一个精神世界富足的女性，必定是爱好阅读的。

一个博览群书的女孩子，不说通晓古今，但必定是充满学识的。这种耳濡目染会浸润到我们生活的点点滴滴中，丰富的阅读会让我们对万事万物形成自己独特的见解。这种睿智不仅体现在我们的谈吐中，更会将诗书气质融入自身的气质。当我们可以轻松驾驭任何不同领域的话题时，那种厚重的积淀感会让女性的优雅得到升华。

我建议女孩子们，每个月给自己列一个书单，完成至少两本的阅读量，把那些刷微博看肥皂剧的时间节省出来，改变会在无声中显露出来。读书本身并不是一件很了不起的事，但是读多了，我们会真的变得越来越了不起。

一个精神世界富足的女性，必定是有自己的爱好和事业。

我一向都主张，女人首先得是自己，然后才能成为女儿、妻子、妈妈，甚至是奶奶。做自己就是拥有一两个让自己快乐的爱好，拥有一份能获得价值感和社会认同感的事业，是完整而丰富的内心。

反之，如果把男人和家庭当作毕生事业而忘掉自己的女人，我觉得有点悲哀。事实告诉我们，一个人爱你，是应该爱你这个人，如果你连自己都丢掉了，别人不会爱你的躯壳。也许他的身体没有离开你，因为感恩和责任使然，但是他的心早已经不知道到哪儿去了。

也许童年时代你有过红舞鞋的梦想，有过对画笔的憧憬，有过亲手制作裙子的冲动，那就让现在有能力为爱好埋单的自己实现它呀！

坚定一项爱好，甚至把它做成自己的事业，就像我十多年来对美的执着一般，最终会成就最优秀的自己。

一个精神世界富足的人，必定是乐观快乐的。

生活中，我们会遇到各种不顺心的事，这个时候选择默默消化和分解才是最理智的做法。有一个朋友问我，我觉得不快乐，所以我很想找一个快乐的伴侣，带给我幸福。这其实是很难的，因为一个不快乐的人，对任何事物的看法都会比较消极，她渴求依赖阳光，却并不能获得温暖。只有把自己变成那道阳光，才能获得真正的幸福。

也许眼下的不顺让我们非常煎熬，但是请用更久远一点的目光看待，就像现在的你，还会因为小学时候一次不及格的考试而哭泣吗？

拥有富足的精神世界，会让我们成熟，睿智，充实，快乐，而这些，是通往优雅殿堂的阶梯。

任何时候都别忘了，我是个女人

有一个穷苦的农场妇女因为临近还债日期，终日忧心忡忡，焦虑苦恼。终于到了那一天，无助的她坐在院子里默默流泪。路过的一位贵妇看到了，走过来递给她一条手帕，安慰她：亲爱的，一切都会好起来的！

农妇掩面而泣，她心里默想，坐在香车里边的人哪里能体会我的苦恼啊！

贵妇笑笑离开。等她走后，农妇慢慢止住哭泣，她茫然地看着破败的小院子，准备拿手帕擦掉脸上的泪痕。

当那条散发着香气的、洁白的手帕映入农妇眼帘时，她脑海深处那段少女时光被唤醒了，她惊讶地发现，自己的手上布满污渍，指甲残缺而粗糙。

农妇一下感到难以容忍。

她洗干净了自己的手，又发现自己的头发和脸不够干净，于是洗头洗澡，又换上了干净的衣裙，扎上自己喜爱的发带。

当焕然一新的她站在布满灰尘的脏乱房间时，她感觉这一切跟自己太不匹配了。于是她开始收拾房间，擦干净窗户，摆上新采摘的鲜花，把院子里的垃圾清扫出去……

那条手帕好像一个魔法棒，唤醒了农妇被贫困生活麻痹了的女人心，她烤好面包，倒上自己酿制的果酒，等候收债人的到来。

债主过来，在干净整洁的小院子里吃着新出炉的点心，喝着果酒，看到农妇脸上焕发的自信和从容，他放宽了收债日期。

"真是奇怪呢！我怎么感觉这户最穷苦的人家快要翻身了呢！"临走时他自言自语。

我很喜欢这个小故事。当一个女人，意识到自己身为女人时，她会散发出无穷的能量和魅力，这种力量与生俱来，不论生活困苦与否，岁月流逝如何，社会角色定位怎样，它们，都不是这种本性被湮灭的理由。

这种力量，叫做优雅。

可是，我们很多时候都会忘记自己是个女人的事实。

出去旅游的时候，经常会看到一些女性，为了酒店服务不好大喊大叫；因为上菜速度慢指责服务员；明明需要排队的时候却满不在乎地扒拉开你，理直气壮地插队；在咖啡馆大声说笑打电话……

有一次去医院看病，一位胖乎乎的女人冲到门诊室，拍着医生的桌子说：你工作效率怎么那么低，不知道外面等了那么多人吗？！

有人试图阻止她，她双眼一瞪，手指着人家鼻尖骂：干你啥事呢！老娘就是脾气不好了……

大街上，跟伴侣吵架了，呼天抢地，哭泣怒骂，在地上打滚，衣不蔽体，狼狈不堪。

我真为她们感到难过。不知道生活怎么就把一个个鲜活灵动的少女，雕刻成了这样充满怒气怨恨的乖戾妇女的。

这个世界虽然没有很好，但是也没有特别不好，那颗女人的温柔包容之心被谁杀死了？

好像一旦为人妻为人母，年纪长了，吃的盐、过的桥多了，女人就可以丢弃羞耻心，可以言辞粗鄙肆无忌惮地骂人，可以理直气壮地无视公共规则，可以放纵自己邋遢和肥胖，可以纵容自己高涨的负面情绪……

难道岁月，让一个女孩变成女人，是用丑陋作为标准的么？

中国大妈是个被鄙视的词语，我想是因为作为女人本性的泯然吧！

女人的一生真的很短暂，少女时代眨眼即逝，取而代之的是妈妈、妻子、婆婆、奶奶之类的身份。她们要与生活的苦闷和琐碎做斗争，与日渐松弛的皮肤身材做斗争，与越来越严苛的生存要求做斗争。

于是给自己温柔装上盔甲，脱掉裙装，剪掉碍事的长发，蹬掉高跟鞋，一手抱孩子，一手护家庭，扛着工作，像个女战士一样一路向前狂奔。是生活逼不得已的选择呀！

但是，生活艰难，人性复杂，难道不是让我们变得更好更坚强的理由吗？

因为琐碎，所以我们可以放纵自己的居所肮脏混乱？

因为艰难，所以我们应该对这个世界恶语相向？

因为年长，所以我们可以失去廉耻之心和爱美本能？

因为贫困，所以我们要对全人类充满仇视？

这种心里只装着自己那点事，装着眼前小利、吃喝拉撒和柴米油盐的女人，只是一个活着的动物，根本不能称之为女人。

所谓的体面，优雅，虽然需要物质基础作为支持，但是它的本质却源于我们的内心，是我们作为女人的一种本能。

它是一种美，是女人一生的责任，是我们对待生活的态度。

无论人生遭遇过什么，无论我们即将面对什么，我们都不应该忘记自己作为女人这种与生俱来的能量，这是我们在这个充满竞争和压力的世界中，维持女性本真的力量源泉。

亲爱的女同胞们，不管岁月几何、身处何方，不要弄丢了女性的优雅。

拥抱我们内心的小女孩

每个女人内心，都住着一个小女孩，不管她是职场上叱咤风云的女强人，还是白发苍苍的老母亲，或者历经沧桑的中年妇女，这个小女孩从来都不曾因为年岁的增长而消失。她是女人们偶尔流露的那烂漫一笑；是不经意间撩发的一缕柔情；是慢声细语中的一份旖旎；是果敢利落时，金属外壳上的一抹阳光。

保持这样的少女之心，是我们女性优雅得以滋润的秘密。

我们印象中，女性之美在于窈窕美丽、温柔善良、优雅知性，所以文人经常用柔情似水、婉然从物这样的词汇来形容女子之可爱。然而生活中我却们经常看到这样的一些女人，她们丢失了女性这种天然之美。这类人看起来面部被岁月刻画出僵硬的曲线，目光或犀利或哀愁。不论高矮胖瘦，年长年少，她们的言辞总是犀利尖锐，行为鲁莽冲动，总是一副生活的恶意难以承受的悲苦模样。这样的女性，朋友不愿接近，恋人渐行渐远，孩子避之不及。

那是因为，女人内心的那个小女孩被压制，被束缚，甚至被伤害了。

我接触过一些女性学员，她们急切地想掌握让自己变得优雅的秘诀，以此来改变自己生活中遇到的种种问题。有一次，一位婚姻不顺的女性朋友过来找我倾诉，她觉得自己的不幸是因为外表不够漂亮，她过来找我主要就是想学习如何装扮自己，借此重新获得伴侣的关注和疼爱。

按照以往经历，我会对每一个学员先做一些交流，以了解她的目标需求跟实际条件的差距，然后才能给予对方最合适的方案，但是这位女士刚坐下来就打断我说："郑老师，我们直接说正题，您看怎么办吧！（言下之意叫我少废话）"

我很少见到像她这么锐气逼人、单刀直入的女性，当时一愣，还好马上就调整了状态。

通过几次较深入的交往，我了解到她其实只是一个外表强悍的女子，当她终于卸下防御时，我看见她内心住着的那个小女孩——悲伤和孤独，委屈和愤怒。但是长期以来，她只是一味地压制内心的那个弱小美好的自己，不肯正视内心的需求。

当一个女人变得越来越焦躁时，再美的妆容，再好的衣服，都掩盖不了她身上的暴戾之气。丈夫正是因为她温柔一点点丧失而不再愿意亲近她。随着内心女孩的受伤和萎靡，作为女性的优雅也就失去了生存之地。

我告诉她，你缺少的不是漂亮的妆容，也不是得体的衣装，你只是捂住了你心里那个小女孩的嘴，让她发不出声，流露不出情绪，正是因为她的消失，才带走了你的女人味。这位女士愣愣地听着，半饷没说话，我想她内心一定是有所触动的吧，因为不久后，我看到了一个完全不同的女人。

只有我们与这些负面情绪共处，去原谅、连接、拥抱、欣赏和感激这个小女孩时，才能灌溉那片优雅之田，不至于枯竭。

我很喜欢卡伯的一句名言：您可以穿不起香奈尔，您也可以没有多少衣服供选择，但永远别忘记一件最重要的衣服，这件衣服叫自我。

在这里，我把这个自我认为就是我们内心的那个小女孩。我们一味的装饰自己，充实自己，强大自己，却很少记得，去拥抱和温暖内心的这个自我。

当我们觉得很累很疲乏时，不妨放慢脚步，寻一个独处的时间，停止向外寻求爱，学习倾听我们内心那个小女孩的声音。

请不要为自己的脆弱、敏感和自卑而害羞，更不要因此而自责。

允许自己为一件也许别人看来不以为然的小事哭泣，但是别忘了给自己倒一杯热水；偶尔奖励一下自己，不管是美食还是电影，抑或一场温柔的SPA，让疲劳得以释放；假如你的小女孩经常失眠，不快乐，请原谅她，接纳她，她已经很努力，很辛苦，不要再去谴责她；忘掉那些无时无刻不在的压力和苛责，让心栖息一会，再抖擞精神，背起行囊，继续这漫漫征途……

无论我们在艰难的生活中锻炼出怎样一副钢筋铁骨，请都不要放弃那柔软的一面，那是我们女性优雅得以生存的土壤。

　　因为正是内心那个脆弱的小女孩，让我们变得更坚强。

拥抱我们，培养一个兴趣爱好

一个优雅的女人，她们爱自己的容颜，爱自己的身体，更爱自己的灵魂。

而饱满的灵魂源自于我们对生活的热爱与认真经营。它让我们发现自己的特长，钟爱某一件事物，发自内心的喜爱和行动，我把它叫做爱好。

但是有些人在 25 岁的时候就已经失去了这种好奇和热爱之心，她们为求生存自保，为了自己的家庭和孩子成长，花费了大量的精力和时间在工作和家务上。

说起来，似乎只有等孩子长大成家，自己苦战一线到退休的时候，才会有属于个人的时间与空间呢。而很多女性，甚至连这个时间都会贡献出来，给自己的孙子孙女们。这让我想起朋友说过的一句话："很多时候我们为了生活和生存，必须要放弃个人的兴趣爱好。"

的确，毕业工作到现在，时间眨眼就过去了，少女时期的无忧无虑好像昨天，而现在的我们有时候为了赶项目加班十几个小时的都有。女人不再是裹着小脚在家相夫教子的角色，我们同样要撑起生活的半边天。

职场生涯竞争激烈，事业让女人获得尊重和话语权的同时，属于自己的时间和爱好也随之变少。可是，没有一个为之欢欣喜悦、持之以恒的爱好，我们的灵魂是不完整的，我们的优雅，是缺憾的。

一个优雅的女人一定会有属于自己的兴趣和爱好，她的世界中除了工作、伴侣和孩子，还应该有一方属于自己的秘密花园。不论闲暇时，孤独时，寂寞时，伤感时，都因自己的特长和爱好，而不至于被漫漫人生消磨尽那股优雅灵动之气。

这个爱好可以是看书。

在德国和法国，最多的就是书吧，无论是在咖啡馆、地铁上还是餐厅里，随处可见女性朋友捧书阅读的身影。她们在书中领悟生活，陶冶情操，气质修养也在书卷之中，得到一次次的升华。容颜会随岁月流逝，但智慧，却能让美丽得到永恒。

这个爱好可以是绘画。

我们可以跟着孩子从基础学起，也可以买一些教材开始尝试，不为名利，不为结果的努力，会给自己一种意想不到的快乐。而且绘画对于色彩敏锐度的提高，以及审美品位的提升，是非常有帮助的。当我们随手用一些简单的线条或一抹色彩来表达自己的心情时，那也是一件非常美妙的事儿呀！

这个爱好可以是一门乐器。

西方女子，哪怕只是普通工薪家庭的小孩，都会学习几样乐器。乐理知识的沉淀和音乐的熏陶，会让女性的优雅之气更加灵动，所以很多西方女性身上会自然流露出一种脱俗的优雅韵味来。

学习一两样简单的乐器，比如吉他，钢琴，陶笛，小提琴之类，都可以很好地陶冶情操。想象我们徜徉在音乐的世界里，流溢着不俗的品味，举手投足间所散发的高贵气质，真的是一件收益匪浅的爱好。

这个爱好可以是瑜伽。

这是我非常喜欢的一项运动，不仅能保持内心宁静，还能很好地维持身材，帮助我们身心排毒，每次上完瑜伽课，大汗淋漓后的脸色，真是红扑扑地动人呢！如果您想尝试一下瑜伽，一定会有意想不到的收获。

这个爱好可以是烹饪。

没有什么比美食更让人愉悦和热爱自己了。我曾经看过一个专门讲美食的日本电影，节奏很缓慢，用一种平淡，温和的情绪，来表述美食对人心灵的治愈和救赎。我相信从进超市挑选食材开始，到精心策划一天的食谱，准确各种配料，然后开始烹饪，到出锅上桌，看着亲友大快朵颐，享受他们对食物的喜爱和赞美，这种快乐是真实而长久的，没有一个女人可以拒绝得了。

这个爱好可以是插花。

如果说有什么爱好，既可以让人赏心悦目，又能修心养性，我一定会推荐插花。插花，既是一种艺术又是一种装饰。同时花也是一种美的意境，与花相伴，怡然自得。禅和花，相生相近，相辅相成，花的形态能渲染空间的氛围，禅的生命枯荣能捕捉自然的瞬间。一件赏心悦目的插花作品，都是以花的形态来渲染一种空间的韵味，花的生命荣枯来捕捉自然真实的瞬间，传递女性的艺术感悟，让人得到精神上的共鸣。

不管你是什么年龄段的女性，去发现自己的特长，培养一两个兴趣爱好吧！广泛而健康的兴趣爱好，是优雅女人可以恒久散发魅力的秘密武器。优雅女人的美丽更多在于心灵之美，让兴趣塑造你的美丽，做个可爱的女人。

与孤独相伴，是我们一生的练习

孤独可以说是所有女人的天敌，很多女性害怕把自己陷入孤立无援的状态，心灵也因此而变得非常脆弱。一个长期自我感觉孤独的女人，时间长了，可能会导致心理不平衡，影响她正常的才能发挥，甚至在思想生活上产生一系列变化。其实大多数女性的孤独感，并不是因为离群索居，而是因为没有学会与自己相处。

一个无法跟自己独处的人，一般不会有什么大智慧，更算不上什么优雅的女性。

孤独，其实是一种极高的人生姿态，因为只有如此，我们才懂得如何照顾自己的内心需求，不被外物所左右，听得到自己的心声。

一个懂得与孤独作伴的女性，她会把喧嚣的时光梳理成荷塘月色般的淡然与恬谧，静守一份淡泊，这是优雅的一种境界。

而无法直面和享受孤独的人，其实是很寂寞的。有些女性朋友，下班之后几乎把时间都花在参加各种聚会活动沙龙上，她们无法让自己安静下来，因为她们害怕孤独，害怕跟自己相处。因为只要跟自己相处，就需要跟自己的内心对话。

所以很多人需要热闹的环境，在其中寻找自己的存在感，其实她们是很寂寞的。

在我们内心深处，也许都有过桃花源这样的渴望，过着与世无争的生活，但是现实中似乎可望而不可即。我们生活在钢筋水泥的城市森林里，每天与吞云吐雾的汽车和飞机打交道。也许我们无法让自己的身体处在宁静舒适的环境中，但是在精神上过那种纯净的生活并不是完全不可能的。

在水泥的森林中，我们的精神可以遗世独立，可以追求纯净和美好。远离所有的丑陋和阴谋诡计，远离所有的竞争和世俗的目标。

而这种心境，从我们享受孤独开始。你会发现精神上的孤独，是人的一种真实精神境界，其本身并不可怕，但和它共处却需要一颗强大的内心。

这就是我想告诉各位女性朋友们的：学会与孤独共处，将会是我们一生的练习。

我们的一生都在和人打交道，从这个角度来看，人是不会有真正的孤独，真正的孤独更多的是在精神上的，在肉体上谁也做不到。父母、朋友、爱人，孩子一生都会和我们在一起，像卡夫卡、叔本华、尼采这些大哲学家都有一种精神上的孤独。这其实是人生一种真实的境界。即使在亲密无间的二人世界里，我们和伴侣的灵魂也不会完全重叠。

孤独本身是需要力量的，只有内心强大的女性才能做到，它不是一个可怕的东西，正如尼采所言，"一个内心孤独的人是强大的"。

但很多人并没有学会与孤独相处，想想看，你是不是也经常这样？

害怕一个人待着，所以总想用无尽的热闹来填补内心的寂寥；不愿意一个人做事情，就算是去卫生间，也想找一个人跟着。只要到了周末，伴侣出差，亲友不在身边，就会觉得很凄凉，不开心，做什么都没劲头。

甚至有时候，因为害怕一个人，以至于交朋友一点都不挑剔，哪怕是自己讨厌的人，只要肯陪着自己也好过一个人。我有一个朋友，她睡觉的时候一定要有人陪才睡得着。虽然她心里明白，现在的男友并不适合她，两个人经常吵架，但是因为不敢一个人睡，她无数次妥协于自己的软弱，总也走不出这个怪圈。

最悲哀的莫过于，因为总是害怕一个人，于是把自己长成一根树藤，只能寄生在别人身上。以前是父母，上大学是同学，然后是恋人，结婚后是老公，永远都不能一个人。

为了对抗这种孤独，甚至有人用完全错误的方式去战斗，总是怀着忐忑的心揣测爱人朋友的想法，生怕他们对自己有什么不满，不敢一个人尝试做一件事情，甚至觉得一个人去看电影都觉得丢人。可是我们都知道，不管是亲人还是朋友，哪怕最亲密的爱人，他们都有自己的事情，都会一段时间或者很长时间离开我们。

父母终有一天会离开，孩子终有一天会长大，爱情也会有聚有散，这些人在我们的生命中来来去去。如果我们不能学会与自己的孤独相处，为了掩盖孤独，贪图、迷恋喧闹，只会因此更加的寂寞。

孤独就像我们身上的一块皮肤，自我们出生起就相随相伴，每个人都必须承受孤独的考验，就像著名作家加西亚·马尔克斯说的那样："安然度过生命的秘诀，就是和孤独签订体面的协议。"

一个女性的生命最终将以什么样的方式绽放，取决于她对孤独的接纳程度。

那些坦然享受生活的每一面，包括喧闹、平静、纷乱、庸常等一切状态的女人，无论是成功还是失败，都更有资格称得上优雅的女人。

给灵魂一个修禅打坐的时间

据说古老的印第安人有个习惯，当他们的身体移动得太快的时候，会停下脚步，安营扎寨，耐心等待自己的灵魂前来追赶。

有人说是三天一停，有人说是七天一停，总之，人不能一味地走下去，要驻扎在行程的空隙中和灵魂会合。

灵魂似乎是个身负重担或是手脚不利落的弱者，慢吞吞的经常掉队。我觉得此说法最有意义的部分，是证明在人生的旅途中，我们的身体和灵魂有时候是不同步的，是分离分裂的。而优雅的女人，最高的修行境界，就是身体和灵魂高度协调一致，生死相依。

日休禅师曾经说过：人生只有三天——昨天，今天和明天。活在昨天的人迷惑，活在明天的人等待，只有活在今天的人最踏实。

在漫长的人生中，我们会面临各种各样的诱惑、道不尽沧桑黯然的漠然、数不尽的琐碎繁忙以及无声的苍凉，一个人要以清醒的心智和从容的步履走过岁月，需要一颗从容淡定的心，特别是一个女人，如果欲望太多，要求也会随之增多，无尽的追求只会迷乱了我们的脚步，这种时候，生活各种不顺和烦恼也会接踵而来。

而聪慧的女性，会告诉自己"如果我们走得太快，要停一停等候灵魂跟上来"。

把那些眼下自己无法解决的事情，交给时间去解决：

让心态慢下来，

让脚步慢下来，

让节奏慢下来，

让自己慢下来。

......

想一想，我们多久没有认真看过一次日出日落？学会在第一道曙光进入眼帘的时候慢慢欣赏它；在春暖乍寒的阳光里，眯上眼感受它洒向肩膀的时候那种惬意；在没人打扰的午后时光抱着一本心仪的书，静静享受它，然后安心打个盹；把那些永远也做不完的工作放一边，地球离了谁都会转，安排一下日程，把你最想去的那个地方的机票定了，感受一下随意背个包就能出发的那种率性和痛快。

身为女人，生活本身已经实属不易，为了担负起自身为人妻女母亲的角色，我们不得不每天奋战，无形的压力常常逼迫得我们无法喘息。日复一日，我们也就习惯了这种埋头苦干，一路向前冲的生活模式，以至于很少停下来思考和回味生活本身。

就像我们快餐式的报团旅游，除了"上车睡觉，下车撒尿，临走拍照"这种记忆，已经没有什么美好可供回味了。

正是因为我们走得太急太快，我们忽略了身边很多细小的美好，错过了眼前原本动人的景色，心灵变得日益粗糙，眼睛蒙蔽上灰尘，对美的触感变得迟钝。

稍不留神，我们的灵魂便远远落后在追逐功名利禄的诱惑中，消失得无影无踪了。

每一个生命都不是生来受苦的，它们一定是来享受的，而不是急急忙忙地完成生老病死的自然进程，然后归于尘土。

佛语上说：以修行的本身为乐，而不是以修行的结果为乐。当我们开始为了生活而疲于奔命，生活就已远离我们而去。就像有些人本身是为了更好的生活才努力工作的，结果到头来只剩下工作，而没有了生活，这是本末倒置的做法。

只有让我们的身体慢下来，给我们灵魂一个修禅打坐的时间，去感受细微的乐趣，短促的享受，才能得到广阔的宁静和永久的祥和。

我相信，一个真正优雅的女人，在生活中遇到任何事情都不会慌了分寸，她的言行总是先过大脑思考才会出来，遇到无法解决的难题时，她们会慢下自己的脚步，不焦虑，不急迫，而是耐心等待时间给我们的答案。

因为，没有比这更好的方法。

笑对生命中的断舍离

现在已经有越来越多的人认识到，生活的快乐，其实并不在于我们拥有多少东西，甚至有时候，我们拥有的越多，可能越不幸福。

因为当我们的世界被越来越多的东西填满时，就会分不清哪些是自己真正需要的，哪些只是华而不实的装饰品，哪些只会让自己耗尽心力去维护和保持，丝毫不能给自己带来益处。

而优雅的女人懂得，少即是多，只有真正认识到生命中断舍离的真谛，才可以在这个乱花渐欲迷人眼的世界独守住一份自己的简单和宁静。

不为物质所累的女人，懂得淡泊人生的道理，就好比沉浸在静默的大海中，平和地寻找简单和纯美，在淡漠中感悟深情，为了更好的自己，她们会果断地放弃一些包袱，让自己更从容地面对生活，轻装上阵。

所谓的断舍离是这样的："断，就是让我们的生活入口狭窄；舍，就是让我们的生活出口宽广；离，就是通过断和舍，来脱离对物品的执着。断舍离的终极目的，是让我们的生活充满能量，流动不停滞。"

一个优雅的女人，会熟练运用这种生活的智慧，重新定义物品和自身的联系，进行有效的整合资源，构建自我的世界，让自己所处的环境，井然有序，观照本心，形成对自己生命的俯瞰力，达到驾驭简约人生的境界。

这样的能力是需要长期的修炼和思考，我把自己的一些方法写下来，读者们可以根据自己的实际情况作参考。

1.首先，确定我们基础生活的必需品，划分好区域

在一个地方住久了，不知不觉就会有各种各样的东西塞满并不宽裕的空间，家变成了一个琐碎烦乱的空间，我们甚至会因为这种杂乱而不爱回家，

无法得到好的休息。

如果你现在就处于这种状态，那么是时候做一番清理了。

根据衣食住行，划分好清晰的区域。

女人最容易乱的莫过于衣柜，打开它，把四季内外衣，鞋帽饰品，根据各种场合的需求，收纳到衣柜里。

然后是厨房，油盐酱醋，锅碗瓢盆，米面谷酒，各类厨房用品，整合到橱柜里。

卫生间，将牙膏牙刷香皂毛巾等洗漱用品，收纳在洗漱台上；拖把抹布垃圾桶等卫生用品，收纳在角落。

同样以此类推，将工作相关，兴趣相关，娱乐相关……的东西分门别类地归置整理。

然后，把那些几乎从来没有用上的东西，捐赠出去吧！因为我们99%以后也用不着。

2. 重新组合空间，各归其位

每样东西都应该有属于它的位置，它在那里有自己的同类，有它的实用价值，有属于个人的回忆和生命力。把我们定义好的物品集合起来，以最优雅的姿态，安放在划分好的功能区中，乳燕归巢般让人熨帖。作为回报，它们会安静地躺在角落，和我们交流、共鸣，像一个老朋友，在每一个相似而又平凡的时刻，给女人最贴心的守候。

这个时候，你会发现，那些因为贪图便宜买下的小玩意儿几乎没有立足之地，我们也会因此明白，什么是与自己相匹配的物件。

3. 维持

客观的现实世界，并不会因为我们主观的意愿而保持整洁，相反，它们只会越来越乱。

就像我们打扫完卫生，一个星期后房间又会变回了脏乱差的模样，心情也随之变得杂乱起来。这个时候，我们需要做的是让散乱无序的生活，变得有条理、有规律起来，这需要我们付出额外的心力。

其实只要我们保持良好的生活习惯，生活就会变的简单起来。一开始你可能很难适应，但是时间长了，我们会发现自己的生活会有惊喜的改变。

比如地面每天拖一遍，袜子内裤每天洗完澡就顺手洗干净，床单定期换洗一次，垃圾每天出门时候带出去，按时刷牙洗漱，回家就把鞋子擦拭干净收好，用完东西物归原处……

一个优雅的女性，她的生活空间一定是井然有序的，她走出来总是清爽干净利落的，她的时间不会因为杂乱无章的摆设而荒废。

把这样的生活哲学放到女性生命的长河中一样适应，舍弃在另外一种意义上就是得到，是一种智慧的生活态度。

比如一些漂亮但不合适的衣服要扔掉，一些美丽但是伤己的感情要放弃，一些不爱自己的人，要忘掉。只有做到笑对生命中的断舍离，才能从容驾驭我们的人生。

说 出 来 的 高 贵

Because it can express, it is noble

初次见面，怎么给人留下好感

在一些大型的聚会活动中，人们的目光总是会被一两个美丽的"焦点"锁住，她们不一定是最年轻漂亮的，也未必是穿着最华贵的，但她们的魅力却能够折服所有人。

或许，你到现在依然不明白，为什么她们可以成为闪亮的美女，而你却默默无闻很少有人关注？甚至，你还会抱怨自己不是天生丽质，渴望去除身上各种各样的瑕疵。

其实，这些女人的魅力源于她们得体的举止，有涵养的谈吐，这是一种优雅的表现。

而女人的优雅形象和魅力大多数时候都是通过社交活动得以体现的。

在社交活动中，第一眼的印象至关重要，如果第一次见面你就给对方留下了不好的印象，那么之后你若想让对方对你抱有好感，是非常难的事情。

第一印象会影响到我们在人心目中的形象和定位，如果不想因为初次见面就丧失好感，继而影响到后面的正常交往或合作，我们就要非常注意，怎么才能在第一时间给对方留下一个好印象。

第一，时间观念

现在的人都会注意把自己收拾利索整洁出门，但是经常会把握不好时间，尤其是一线城市，交通拥堵是个永远不变的话题，但是我们完全可以把这个问题解决，提前啊。

如果你真的很有诚意的地交涉，那么初次见面，一定要比对方早到一点点。一个比自己先到约会地点的人，一般人都不会讨厌，这既是对对方的尊重，也是给他初步的一点点心理压力："他比我先到，他比我重视，所以我有点不好意思。"事实证明，为了弥补自己的一点点愧疚感，接下来你的要求，他会更容易答应。

第二，你的微笑

比起任何高档的化妆品或者名牌服饰，微笑会更加动人，没有人会喜欢跟一个冷若冰霜的人打交道，尤其是一个女人，若是很少笑，会给人饱经风霜的年老感，觉得你很不好亲近。

微笑也是很讲究的，不是皮笑肉不笑的虚伪。有些人虽然笑得很漂亮，但笑得让人不舒适。初次见面，要笑得敞亮，要笑得通透，要笑得光明磊落。既不能让人感受到心理上的负累感，又要让对方觉得你对他没有过多的要求。唯此他才能放下心来接纳你。

第三，你的眼神

眼睛是我们的第二张嘴，甚至比我们真正的嘴更诚实，因为它可以表达太多语言所不能及的含义。初次见面，人与人相对而视时，先把视线移开的人是强势的人。

人都有这样的心理惯性：专注的眼神代表的是一种心理认同感，突然转开视线，便意味着打断了这种认同感。对方马上会感受到一种心理上压迫感，进而会想"他是不是对我的话不感兴趣了"。

而聪明的女人，总是善于利用视线来控制局面。和人对话的时候，为了表示专注和尊重，不要左顾右盼，最好把我们的眼睛专注到对方脸上，遇上不想回答或者不知道该如何回答的话时，我们可以看着对方笑而不语。

当然，视线相交的时间也不宜过长，时间过长便有"引诱"或"挑衅"之嫌了。

第四，记住对方的名字

安德鲁·卡耐基曾经说过："一个人的姓名是他自己最熟悉、最甜美、最妙不可言的声音，在交际中最明显、最简单、最重要、最能得到好感的方法，就是记住人家的名字。"

很多人都会在意自己在对方眼里的形象，如果人家几次提到自己的名字或者家乡之类，一定要留个心眼，记住这些信息，别人会因为你的留心而感到荣幸和快乐，因为他觉得你在用心地倾听自己。有时候要记住一个人的名字真是难，尤其当它不太好念时。但是这种时候，花点心思，会有意想不到的效果。

一位著名的推销员拜访了一个名字非常难念的顾客。他叫尼古得·玛斯帕·帕都拉斯。别人都只叫他"尼古得"。这位推销员在拜访他之前，特别用心念了几遍他的名字。

当这位推销员用全名称呼他："早安，尼古得·玛斯帕·帕都拉斯先生"时，他呆住了。过了几分钟，他都没有答话。最后，眼泪滚下他的双颊，他说："先生，我在这个国家十五年了，从没有一个人会试着用我真正的名字来称呼我。"

可想而知，这位推销员在初次见面时，就已经获得了成功。

在很多回忆录之类的书籍中，我们都会读到类似的话："她还是老样子，和我第一次见到她的时候一样……"

你或许会觉得很奇怪是不是？一个人几年、十几年怎么可能一成不变呢？其实，不是对方依然如故，只是因为她给人留下的第一印象太深刻了，没有随着时间的流逝而改变。

所以，女人能够改变自己的衣装，改变自己的妆容，但我们留给对方的第一印象，却像是持久挥发不去的味道，弥漫在周身。

把握幽默的尺度

所谓幽默，是指有趣、可笑且意味深长的语言或故事。幽默较之于笑话的更高明之处在于意味深长。幽默是一种含蓄、一种稳重，更需要高品位的修养。

幽默的谈吐在我们社交中具有神奇的力量，而一个幽默风趣的女性往往也会更受人欢迎。

一次长途旅行中，一位 30 岁左右的小伙子把大巴车拦住，一口气往车上搬了十多个纸箱，一看就知道是做生意办货的。小伙子搬完箱子，汗水淋淋。车辆继续行驶时，他身边座位上一个中年妇女说话了："大兄弟，你不觉得硌脚吗？"

小伙子这才发现，自己一直踩在人家脚上呢。

他立刻挪开脚，笑道："嘿嘿，我还以为这车上铺地毯了呢。"

"哟，瞧这话说的，你们家地毯是肉做的啊？"

"对不起了，我来把'地毯'擦干净吧。"

小伙子说着掏出纸巾，要帮妇女擦鞋。妇女笑着躲开，一车人忍俊不禁。

粗看此二人都够"贫"的，其实，他们有意无意间，以轻松、幽默的调侃，化解了一场陌路人之间的干戈。同样是踩脚"事件"，很有可能是另外一个画风：妇女破口大骂："你走路咋不长点眼睛？瞎了啊？""我脚上倒是长了鸡眼，踩脚又没踩你尾巴，嚷什么……"

这样的话语恐怕更为常见。

你可能没有出众的样貌，没有性感的身材，但是开朗幽默大度的性格，一样是让人无法拒绝的魅力。

《辞海》上这样解释："在善意的微笑中，揭露生活中的乖讹和不通情理之处。"

优雅的女人，懂得用幽默来化解生活中的尴尬和不通情理。但是生活中很多人不小心就幽默过头，把嘴欠当聪明，还自以为非常有幽默感，这是非常需要警惕的。

幽默是一种高情商的体现，它来自一个人的学识、经历、生活态度、思维方式等等，跟幽默的人在一起总是舒心快乐的。

但是身边还有一种另类的"黑色幽默"，专门以伤害别人来获得存在感。

这种，叫刻薄。

比如有个朋友穿着新买的裙子去上班，这条裙子跟某位明星同款，所有人都围着她夸赞。这个时候突然有个人围上来，笑嘻嘻地说：同款是同款，就是形状有点不一样啊！人家叫惊艳，你这是惊悚！这个时候气氛突变，大家怎么也高兴不起来了。

很多时候，一些人的自嘲，仅仅是一种幽默或者自我开脱，不代表他们内心真的认同或者释然，别说反讽了，就是附和都是一种罪过啊！

真性情和伪幽默是两回事。女人的幽默不同于男人，它更多的是源自女性对生活的感悟和理解，是一点一滴的生活智慧之光，是一种超越机智的处世原则，是一种豁达睿智的人生态度。

所以，把握好幽默的尺度，也是一个优雅的女人该有的修炼。

那么怎么把握好这个尺度呢？

1. 直爽并不等于言语毫无顾忌

直爽是一种美德，有时候也是一种幽默，但是很讲究方式，有时候的直言直语就是不会说话。只图一时之快，不讲方式方法就很容易得罪人。比如批评别人，虽然你心地坦白，毫无恶意，但因为没有考虑到场合，使被批评者下不了台，面子上过不去，一时难以接受，对方的自尊心被伤害，当然会对你有意见。

2. 见人宜说三分话

很多喜欢嘴贫的人，见谁都自来熟，什么玩笑都喜欢开，把自己当成说相声的，要知道并不是每个人都喜欢你这种说话方式。说话小心些，为人谨慎些，使自己置身于进可攻，退可守的有利位置，牢牢地把握人生的主动权，无疑是有益的。

一个毫无城府、喋喋不休的女人，会显得浅薄俗气、缺乏涵养而不受欢迎。西方有句谚语说得好：上帝之所以给人一个嘴巴、两只耳朵，就是要人多听少说。

3. 千万不能口无遮拦

打击别人的弱点来彰显自己的优势，这是最不道德的一种哗众取宠的做法，尤其是在人多的场合，哪怕彼此之间是很熟悉的朋友了，也不要拿两个人之间的一些隐秘事情当作谈资，尤其是不要探问别人的隐私，不能当众揭对方的隐私和错处；不能故意渲染和张扬对方的错误；要给对方留点余地；不能强人所难；说话一定要讲究时机。

4. 很好的话题也要适可而止

不要永远把自己当作舞台的亮点，懂得上台的艺术，亦要懂得适当的时机退出舞台。即使一个很好的题材，说时也要适可而止，不可拖得太长，否则会令人疲倦，若不能引发对方发言，或必须仍由你支撑局面，就要另找新鲜题材，如此才能把对方的兴趣维持下去。

5. 多多读书，忌浅薄无知

任何幽默，都抵不过见多识广的优点，在这个世界上，全新的事物真是太少了，每个时代的每一个人都得自愿或不自愿地捡起前人的衣钵，即使是伟大的演说家，也要借助阅读的灵感。

欣赏他人，成就自己

优雅，因欣赏而美丽。

欣赏别人是一门学问，也是一种襟怀，更是一门艺术，正因为这样，欣赏他人就成为一件不容易的事。平时生活中，大部分都可以自如地做到自我欣赏，看到和肯定自己的一些优点和长处。

这固然是好的，但是欣赏别人也同样重要。

因为欣赏别人与自我欣赏会产生两种不同的结局，欣赏别人的人会汲取别人的优点和长处，会不断进步。而自我欣赏的人会一直沉浸在自己的圈子里不能自拔，自然无法进步。

真正做到欣赏别人，才能成就优雅美丽的自己。有一个盲人打灯笼的故事：一个盲人在夜间走路，总是打着灯笼。旁人窃笑不已，问他：你走路打灯笼，岂不是白费蜡烛？盲人正色答道：不是，我打灯是为别人照亮的，别人看见了我，就不会碰到我了。照亮别人就是照亮自己，懂得欣赏别人，自己才可能被人欣赏。

欣赏别人，会产生一种奇妙而强大的力量。

1852 年秋天，屠格涅夫在打猎时无意间捡到一本皱巴巴的《现代人》杂志。他随手翻了几页，竟被一篇题名为《童年》的小说所吸引。作者是一个初出茅庐的无名小辈，但屠格涅夫却十分欣赏，钟爱有加。屠格涅夫四处打听作者的住处，最后得知作者是由姑母一手抚养照顾长大的。屠格涅夫找到了作者的姑母，表达他对作者的欣赏与肯定。姑母很快就写信告诉自己的侄儿："你的第一篇小说在瓦列里扬引起了很大的轰动，大名鼎鼎、写《猎人笔记》的作家屠格涅夫逢人便称赞你。他说：'这位青年人如果能继续写下去，他的前途一定不可限量！'"

作者收到姑母的信后欣喜若狂，他本是因为生活的苦闷而信笔涂鸦打发心中的寂寥，由于名家屠格涅夫的欣赏，一下子点燃了心中的火焰找回了自信和人生的价值，于是一发而不可收地写了下去，最终成为具有世界声誉和世界意义的艺术家和思想家。

他就是列夫·托尔斯泰。

渴望得到欣赏是我们每一个的本性。当你学会真诚地欣赏别人之时，我们便有了一双发现别人价值的眼睛，就会少了很多对世人的苛责和不满，这本身就是一种成长，它会使我们得到别人更多的欣赏。

欣赏别人，会促使自己进步。

古希腊有一名谚语：每滴水里都藏着一个太阳。寓意是每个人都有他的优点，都有值得为他人所学习的长处。每个人都有向往美好的心，而这种向往会促使我们发现美，学习美。

比如你欣赏某一位同事平时说话温和，待人温柔，性情稳定，就会对照自己平时生活中说话太大声，情绪起伏较大，你就会尝试改变自己，学习他人这种娴静稳重的优点。

欣赏别人的同时，往往也是在提升自己的本领。

工作中，别人比你更优秀，也许你会嫉妒；别人比你能力更强，也许你会愤怒，但是这种情绪并不能真正使我们进步和成长。

只有欣赏才会使我们有真正的成长。当我们发自内心地去欣赏和肯定别人时，我们就会开始虚心向那些优秀的人学习，主动欣赏他们的长处，然后用他们的长处来弥补自身的不足，这样的女人才会不断进步，从而变得更加优秀。

欣赏别人，会减少敌意。

任何嫉妒、仇恨、抱怨和看不惯全部来自敌意，而人们这种敌意往往源于用主观色彩、个体经验判断问题，当学会用欣赏的心态去看待事物时，就需要我们过滤敌意，跳出旧有模式看待问题。优雅的女人都有一颗善良的心，而善意才是欣赏、赞美别人的源泉。

欣赏别人，也是一种尊重。

所有的欣赏都必须遵循"己所欲之，厚施于人"的为人之道。欣赏别人是一种豁达、大度。俗话说得好：海纳百川，有容乃大。要学会尊重和宽容别人，只有对别人尊重和宽容，才能学会欣赏别人，才能在别人的身上看到长处和优点，才能从别人的长处和优点当中品味到美。

欣赏别人的美，不仅是穿戴打扮外在的美，而且更重要的是欣赏一个人的内在美，内在美是美中的精华，是欣赏中的享受，别人的美和自己的美相比，从中能感悟到自己的不足和缺陷，自己才能不断地加以修养，来提升自己的人生品位、提高自己的情商。

人只有学会欣赏他人，才能懂得欣赏自己，欣赏别人是一种人格修养、一种气质提升，是自身素质的具体体现，是女人逐渐走向完美、走向成熟、走向成功，走向优雅的阶梯。

让自己成为那一道风景

有人说"优雅的女人就是一道风景"，"优雅的女人就是时尚的宠儿"。

作为一道风景的女人，必定是"站有站相，坐有坐相"。这里的"相"，并不是说一个人的相貌，而是一个人优雅的姿势。不同的姿势透露出一个人不同的气质。好的姿势让人觉得通体舒畅，自然而然的带有一种美感。

就像现在很多女孩，如果她从小就学习跳舞，那么她周围的人对她的感觉一定是优雅而有气质的，因为跳舞不仅塑造了一个人的身形，更让她习惯性地保持优美的姿势，这种气质是很多女性所追求的。

一个"亭亭玉立"，就给人无限遐想。让我们想到如荷般高洁、如梅朵般骄傲。当一个女人没有开口说话的时候，站姿便表现了她内在的所有精神。这是一切仪态之首，优美的站姿会让你在众多人之间立马见高下。

有人羡慕女明星的美貌，认为她们魅力在于长相，且拥有魔鬼身材。

但美国科学家做了最新的试验：把各种类型的女性头部遮住，让她们走动并做出各种姿势，最后才露出头部让观众给她们评分。

试验结果表明，如果某个女性相貌和身材都不错，但举手投足不优美，魅力指数会大打折扣。反而身材相貌一般，但姿态很优美的女性则赢得较高的分数。这个试验表明：女性举手投足的风度比完美身材更重要！

现在，就让我们对着镜子，从上至下，通过颈、肩、背、胸、腰、腹、臀、腿及手的正确姿势，来练习优雅修长挺拔的姿态吧。

1. 修长挺拔的站姿，让你立马显得苗条高挑

错误姿势：整个形体松弛向下，显得很散漫；横向：扣肩，身体缩在一起。

正确姿势：要感觉头顶有根绳子拉着你，整个形体向上挺拔；横向：两

肩打开，让形体舒展。

2. 让人显高的优美站姿

让人显高的第一个部位是头顶，要感觉头顶有跟绳子拽着，这最关键。

第二个让我们显高的在胸部，双肩向后扩展，胸部就挺起来了。第三个让我们显高的是臀部。腰用劲，臀部就会往上提。整个人就会很挺拔。

情绪低落时，如果你抬头挺胸，伸直腰杆，来个深呼吸，你的情绪会再度飞扬，活力重现！

正确：从侧面看，耳、颈、肩、手臂、腿都在一根线上。颈部拉起来的时候前面能看到有个小坑。颈部拉起来再扭头看不见皱纹，整个颈部很光滑。

正确：侧身站在全身镜前，拿小镜子找到最佳颈部线条。

错误：如果颈部没完全拉起来，扭头会看见颈部皱纹。

错误：颈部没拉起来会有双下巴，看起来较胖而且较老。

3. 两肩打开，让高贵的胸部挺起来

错误：肩如果没打开，从侧面看，不但能看到手臂，还能看到背部，胸部是往下。

正确：两肩打开，挺胸，从侧面看，手臂和背部处于同一平面，只能看到手臂，看不到背部。

错误：从后面看，如果两肩没打开，肩胛骨会往外突出。给人缩头缩脑的感觉。

正确：从后面看，当双肩打开的时候，肩胛骨不会往外突出，是平的。

错误：从正面看，脖子缩起来，肩往上耸，脖子到肩部的线条显得很短，整个人显得很紧张。

正确：肩打开的时候要尽量放松，向下沉。这样从颈到肩的线条会特别修长优美。

4. 背部挺直，雕刻优雅

错误：很多人在鞠躬时，经常弯腰弓背，侧面还能看到双下巴，这样的

形体不优美。记住：把我们的优雅雕刻在挺立的背上！

正确：鞠躬时腰背也要挺直，上身微微前倾，头微低，身子前倾，起来的时候动作都不能快，这样看起来优雅、优美多了！

错误：穿露背装时，只注意背部是否有多余的脂肪以及肌肤是否光滑是不够的，还要把优雅和性感雕刻在挺拔的背影上，千万不能驼背！

正确：生活中的一举一动都体现你的优雅，要时刻保持良好体态，即使是上楼梯这样微不足道的地方，也要双肩后展，背部挺直！

错误：各位想成为一名优雅的淑女，以后不要再弯腰弓背，臀部向着别人捡东西了！这种"卫生间姿势"既不雅观，更不礼貌。

正确：走进物品，让物品在右前方。一脚在前一脚在后；蹲下时双膝并拢，上身保持直立；穿低领装时要用左手按着领口防走光。

5. 胸腰臀，最能体现女人曲线的地方

错误：做女人挺好，除了做运动让胸部紧实圆润、柔软而有弹性外，还要学会如何挺起性感的胸部，而不能含胸！

正确：左右2张照片，多大的反差！在生活中，就应该这样时刻记住挺胸抬头，在举手投足间体现女性的魅力和风采！

错误：东方女性一定要学会提臀，因为东方人体型相对短一些。如果臀部下垂，下肢会显得更短，而且显得沉重。

正确：记住，后面最突出的永远都是你的臀部。这样既能防止臀部下垂，又能充分体现女性的魅力！

错误：在候车，等电梯等不是很正式的场合，可把重心落在一条腿上，保持稍息姿态，但腰不要放松。

正确：当别人放松，你却一直保持挺胸提臀的时候，你就会有种鹤立鸡群的感觉啦！从不同的角度看到你都是美的！

6. 手，举手投足间的风情万种

五个手指并拢，较中性化，显得自信、知性，多在商务场合、职场运用。

食指与后面三个手指分开，显得手指修长，手部线条较美，较女人味，可在约会、照相时运用。

十指紧扣，感觉人有点紧张，比较拘谨。十指相合，松开一些，会感觉较放松，手指也显得修长、优雅。

手心向上摊开，代表自信，明朗与果敢。与人交往是呈一种欢迎，肯定和诚恳的态度。

手心向下，手位在胸部以下，代表封闭，胆怯。

人际交往心理学上常常提到两种语言，一种是我们用嘴发出的语言，还有一种就是肢体语言。一个人的外在的肢体语言很大程度上可以展现出一个人的性格、气质和当下的心理活动。但是正因为这样，所以才更要学习正确的、更优美的姿势，来给自己的人际加分。

一个漂亮的女人除了她的脸蛋和身材，她的抬手举足之间会直接反应这个女人的内在修养和气质。假如有很美的外在，但是你的姿势让人咋舌，这是一件多么令人尴尬的事情。

所以，越是爱漂亮的女人，越要学会这些正确优雅的姿势。

爱过的人都是爱人

每个女人或多或少都有过几段恋爱，不管曾经如何山盟海誓，惊天动地，当一切已经成为往事时，我们需要学会放下，学会坦然。

一个优雅的女人不会否定自己的过去，更不会诋毁曾经的爱人，正因为那些过往的岁月，才成就了今天的自己，所有爱过的人都是爱人，都值得祝福，但是我们该怎么面对自己的前任，这是所有女人心里的问题，是平静还是翻江倒海？

一般来说，好聚好散是最好不过的，可是一些人却不是这样的，即使分手或离了婚也会对前任各种污蔑，这是很不理性的，要知道我们对待他人的态度，体现了我们的修养和人格。

如何做，才是一个优雅的女人该有的态度呢？

一、不说对方是非

有些伴侣分手以后，无法正确认识和接受现实的结局，或认为对方对不起他，自怨自艾；或人前人后大肆诋毁前任，恶言相向；或走极端，做出一些对不起自己对不起他人的行为。

而不论前任是非，这是一个优雅的女人最基本的素养，这种谴责只会损毁自己的形象，不负责任，既否定了自己，使自己的社会形象受到极不良的影响，也伤害了他人，多了个仇人多了堵墙。保持一份平静的心态是重新开始生活、转变尴尬关系的重要前提。

二、多一个朋友

和前任分手并不意味着从此形同陌路，做不成恋人也无须横眉冷对做仇人。实际上，陪伴对方共同走过一段生命旅程之后，你们对彼此来说都是意义非凡的一个人，他可能比别人更加了解你。

对有些人来说，分手之后做朋友，相对于老死不相往来，其实是更好的选择。毕竟是多年的伴侣，是百年才修得的福缘。尽管因为这样那样的原因导致了这样一个不太圆满的结局，但你们共同经历过的点点滴滴，那些曾令你感动并发誓永不分离的一桩桩、一件件，证明你们是真正爱过的。

三、让自己更大气

分手后从此一刀两断是小时候的做法，作为一个有人生历练的成年人，完全可以用一种更为平和的眼光来看待感情路上的曲折起伏。更多时候，分手是给彼此一个崭新的出口，并非深仇大恨之后的决绝永别。分手后依然和平共处，用一颗宽容大度的心面对对方，不是一件难事。

如果你在一个社交场台，偶遇那个伤害过你的人，由于某种需要你还得和他共进晚餐，那你怎么办？是借故离开，还是强颜欢笑，抑或是冷若冰霜？

这些都不是一个成熟优雅女人的做法，最礼貌且不失风度的做法是自然大方地与之相处，不必敌对，也不必太过亲和。相信你的做法会让你赢得所有人的钦佩和尊重，同时你会为你自己今天优秀的表现感到欣喜和满足的。

四、避免纠缠

分开了，各自的生活就是个新开始，纠缠只会让双方止步不前。对方也会因为你的纠缠而影响正常的工作、心情、生活。纠缠会给自己带来更重的负担，被放弃的一方自然痛苦，然而正是这种不甘心、不平衡的心理会加重分手的痛苦。

在这个世界上任何相爱的两个人，付出情感的多少是不一样的，就像每个人的饭量有大有小一样。纠缠不能改变结果，何必多此一举？

不可否认，有的人自身素质是很差的，道德败坏，这也是你们之所以分手的重要原因。分手或离婚后，他可能继续纠缠你，隔三差五向你借钱了；

或者想和你继续保持关系了；威胁你不许与他人交往了等等。这时，你要坚持原则，千万不能让对方觉得你软弱可欺，种种无理的行为可以得逞。

五、保持合适的距离

与前任的交往应该把握好分寸，不要过分亲密。如果那样，会影响对方新的生活，也使自己的人品受到质疑。还要注意别总在你们共同的朋友面前斤斤计较。

比如非让朋友在自己和对方之间做出一个选择，要么和我做朋友，和他划清界限；要么我们就不再是朋友。这样的做法，会让你的朋友很难做，觉得你强人所难，进而疏远你。

他是他，我是我。我们应该有这种心理设定，在不断开拓新的社交圈子的同时，仍然可以保有一部分以前的生活习惯和状态，而且，在与前任共处时，也是完全可以心平气和、泰然处之的。

常把谢谢挂嘴边

有这样一个故事：两个行走在沙漠的商人，已行走多日，在他们口渴难耐的时候，碰到了一个赶骆驼的老人，老人给他们每人半碗水。两个人面对同样的半碗水，一个抱怨水太少，不足以消除口渴，竟将半碗水倒掉了；另一个也知如此，但他心底里满怀感激地喝下了这半碗水。而最终的结果，前者死在茫茫的沙漠之中，后者居然坚持着走出了沙漠。

故事之中老人施舍的不光是少得可怜并看似无济于事的半碗水，更是一种爱心，一种恩情。那位最后能活下来的商人所喝下的是一份感激，接受的是别人给予自己的一份爱心，其实也正是这种感激、这份爱心促使他坚持着走出了大沙漠，挽回了自己宝贵的生命。

我们在平时的生活中经常忽略的，也是这种感谢，面对不顺，我们往往选择了抱怨，不懂感恩。甚至有人会大言不惭地说："没有人给我帮助！靠的是我自己！"

这种不知道感谢他人的帮助，自以为是的人，生活之中也必定到处充满了苦恼与不满，他的心灵就像一片荒芜和贫乏无味。

每个人的生活都不是一帆风顺的，如遭受挫折，被人误解，受到批评等等。也许当时的我们满腹委屈，留下的阴霾还躲在心底，纠结成一小段暂时无法逾越的障碍。

但人只有在经历了无数次岁月的洗礼后才会逐渐地走向成熟睿智。那时的你再蓦然回首，曾经的阴霾只不过是人生长河中的一朵浪花，如梭岁月里的一缕馨香。

而帮助我们消化这些的，往往是一颗感恩的心。

当"谢谢"两个字从女人嘴里吐出来时，它就好像一句魔法咒语，不管碰到的是纠纷、互相伤害，还是双方情绪激动的场合，都具有包容、化解一切的力量。

1. 对身边最亲密的人，说谢谢

这是我们最需要表达，但也是最常忽视的一件事。也许有人会觉得，对父母爱人或者关系非常好的朋友说谢谢，显得太过客气。因为爱我们的人并不在意我们的道谢或者回报，但是谢谢会让对方知道，我们感受到了他们浓浓的善意和爱，当感谢的话语说出来时，我们也会发自内心地珍惜自己得到的爱意，说谢谢，不是客气，而是珍惜。

2. 对工作中斥责我们的人，说谢谢

初入职场的时候，才发现并不是所有的帮助都天经地义，尤其是当我们出错的时候，一个希望你成长的上司，会直言不讳地指出我们的错误，甚至斥责我们，也许你会委屈难过，但是恰恰是这种斥责，使我们成长。

在漫长的人生中，但凡是与人相处过程，有欣赏就有斥责。遭遇斥责请不要恼羞成怒。要学会自我反思，试着换位思考。这样在以后的人际交往中，你就会以此为戒，有则改之无则加勉。所以请感谢斥责你的人，是他们让你学会了思考。

3. 对竞争中绊倒我们的人，说谢谢

我们总免不了与自己的竞争对手针锋相对，他们总是在我们没有防备的时候给予我们打击，但是这个时候，请用正确的心态面对，恰恰是他们，使我们知道，原来自己做得还不够好。

社会免不了尔虞我诈，有些人为了达到自己的目的，会不择手段地在你前进道路上放置各种障碍。当我们遭遇这些阻挠时，请不要轻言放弃，要勇敢的面对。请相信，只要你坚持，阳光就在风雨后。压力就是最好的动力，这种越挫越勇的精神无形中强化了自己的意志力。所以，请感谢绊倒你的人，是他们使我们变得更强大。

4.对服务我们的人，说谢谢

也许你能够做到在伴侣家庭或工作关系中做到彬彬有礼，但是却对餐厅服务员、楼道保洁员、岗位厅的保安等缺乏感激心理，甚至觉得他们低人一等，避之不及，这是非常缺乏素养的行为。

跟他们说一声谢谢，感谢自己得到的服务，是尊重别人的劳动，一声谢谢不仅仅是客气，更是尊重和感恩。

5.对欺骗我们的人，说谢谢

生活中欺骗无处不在。当你被骗，请不要仇视对方，也不能自责。所谓吃一堑长一智，害人之心不可有，防人之心不可无。所以，请感谢欺骗你的人，由于有了他们的欺骗，才让我们无形中增长了社会阅历。

6.对伤害我们的人，说谢谢

一个人在成长和成熟的过程中，难免会受到不同程度的伤害。人生不可能一帆风顺，当你的真诚换不回来等同的回报，请不要怨天尤人。请坚信，每一次伤害都是对你人生的洗礼，每一次伤害都是一种崭新生活的开始。

舔舐伤口，把痛楚化作前进的动力，相信终有一天你会破茧成蝶。所以，请感谢伤害你的人，是他们磨砺了你的心志。

当我们习惯了用谢谢开头，谢谢结尾的说话时，感恩的心已经根植于我们的体内，生根发芽，滋润和庇护我们的身心，让我们发现和赞美生活中点点滴滴的感动，不再自怜自艾和怨天尤人，做一个真正内外强大的优雅女人。

来，让我们看着对方的眼睛，真诚地说一句，谢谢你。

倾听比说大道理更重要

在网络时代，我们随时都可以拿着手机发说说、微博、朋友圈，将我们的所见所想随时随地表达出来，我们会很随意地在不曾打开的朋友分享文底下点赞，甚至是在别人糟糕的状态说说底下给个笑脸，我们一刻不休地说，却不会停下来仔细听。

当只说不听变成一种习惯时，我们就会失去追寻真理机会，在自以为是中失明。而作为一个优雅的女人，她不仅懂得语言的力量，更懂得倾听时这种无声的理解和支持，有时候我们听比说会更重要。

但并不是每个人都有耐心倾听别人把话说完，假如跟自己谈话的人没有我们这么高的学识，我们不免就会心不在焉地听；假如对方的谈话冗长烦琐，我们就会不太客气地打断叙述甚至假装听不到；或者当对方说的是我们一点都不感兴趣的事儿时，我们就会露出厌倦的神色；也可能说话的人肤浅无知，我们会忍不住讽刺挖苦，令他难堪……

这个世上掌握了倾听艺术的人，可谓少之又少。

如何让倾听变成一个优雅女人的能力，真正接收到他人描述内心想法的信息，达到沟通和交流的目的，是我们应该学会的。

1. 不要打断对方

让对方把话说完，是倾听最基本的礼貌。有时候谈话时并不是一下子就能抓住实质，一个优雅的女人应该让诉说者有时间不慌不忙地把话说完，即使对方为了理清思路，作短暂的停顿，也不要打断他们的话，影响思路。

懂得倾听，也是让彼此更好沟通的一种方式。有时候，我们都希望自己表达的东西能被人理解，在发表对对方说法的观点之前，要掌握他们最终实际的想法。

一天，美国著名主持人林克莱特访问一名小朋友，问他："你长大了想当什么呀？"小朋友天真地回答："我要当飞机驾驶员！"林克莱特接着问："如果有一天，你的飞机飞到太平洋上空，所有引擎都熄火了，你会怎么办？"小朋友想了想说："我先告诉飞机上的人绑好安全带，然后我挂上我的降落伞，先跳下去。"

当现场的观众笑得东倒西歪时，林克莱特继续注视着这孩子，没想到，孩子的两行热泪夺眶而出，这才使林克莱特发觉这孩子的悲悯之情远非笔墨所能形容。

于是林克莱特问他："为什么要这么做？"小孩子的回答透露出一个孩子的真挚想法："我要去拿燃料，我还要回来！我还要回来！"

听懂别人的心声，需要我们最好的耐心和温柔。

2. 努力体会对方的感觉

很多时候我们很难做到与对方感同身受，但是同理心在倾听的时候是非常重要的，我们可以试着将倾诉者谈话背后的意思复述出来，表示我们接受及了解他的感觉，这会产生很好的效果。

3. 不做无关的动作

在倾听的时候特别忌讳做一些小动作，比如东张西望，搔首弄姿，或者听音乐、梳头发，所有你忽然想到的小事，或者顾左右而言他的细节，都是我们应该避免的。

如果你东张西望，或只低头做自己的事情，或露不耐烦的表情，会显得非常不礼貌的，也会使倾诉者对你产生反感，他会觉得你是一个面对自己疾苦、忧愁无动于衷的家伙，对你也再无兴趣敞开襟怀，甚至感到沮丧和愤怒，觉得你愧对他的信任，太不够朋友，可能以后与你渐行渐远，这实在是非常遗憾的。

4. 要注意反馈

倾听别人谈话时要注意信息反馈，适当的时候表达自己是否已经了解对方的意思。我们可以简要地复述一下他们的谈话内容，并请他纠正，这样有助于我们对倾诉者谈话内容的理解。

5. 不必介意别人谈话时的语言和动作

有些人谈话时常常带口头语或做一些习惯动作，对此我们完全不必介意，更不要分散自己的注意力，应将注意力放到对方谈话的内容上来。

6. 要注意语言之外的细节

一个人表达内容时，并不一定全部在他的话语中，因此在倾听他谈话时，还要注意对方的声调、态度、手势及动作等，以便充分了解他的本意。

7. 要使思考的速度与谈话同步

思考的速度通常要比讲话的速度快很多，因此我们在倾听别人谈话时，大脑要抓紧思考分析。如果对方在谈话时你心不在焉，不动脑筋，他们的谈话意思我们可能难以一下抓住核心或者记住，而不得不让别人重复谈话内容，这样就很耽误时间，也会让别人对我们是否在倾听产生质疑。

8. 避免出现沉默的情况

倾听并不是让我们完全不说话，作为倾听者要有响应地听，不要出现沉默的现象，可以采用提问、赞同、简短评论、表示同意等方法。比如：你的看法呢、再详细淡淡好吗、我很理解、想象得出、好像你不满意他的做法等，或者用一些肢体动作，眼神鼓励等等去回应对方，都能取到很好的效果。

让别人舒服是一种教养

有时候，你并不能准确说出一个人具体的优点，但是跟他相处却特别舒服，这种说不出的舒服也是优雅的一种。

现在很多女性在人际交往上做得比男性更出色，不管是工作还是生活中，能做到说话做事"让别人舒服"的女人，可能会有一些别人认为的缺点，比如：感性、矫情、敏感、玻璃心。

而正是这些女人多半会有的"缺点"，让女人的心思特别细腻，情感体验能力很强，这也使得她们更有能力做到换位思考、以旁观者的角度来审视自己的言行。

优雅的女人大多深谙其道，她的话都会注意到不伤及任何一个人，更不会让周围的任何一个人感觉不舒服。即使跟一群人聚餐，她也能照顾到所有的人，无论男女老少都感觉舒服，这是何等的修养。

如何做一个让别人舒服的人，不仅是赢得认可和朋友的利器，更是我们自身教养的一种体现。

1. 为下一个人着想

人天性是自私的，所以在平时生活中我们要特别注意这点，做任何事情的时候都能想到下一个人。有时候并不是大家的公共素养不够，而是习惯了生活随意，这种时候我们需要时刻提醒自己。

日本的松浦弥太郎就说："上厕所的时候，要想到下一个用的人。扔垃圾的时候，要想到将垃圾送到垃圾场的人、回收运输的人、处理垃圾的人。"

就好像平时生活中我们应该把垃圾分类，有尖锐物品的时候要贴出醒目的标志，防止划伤环卫工人的手。或者在进电梯，商场推拉门的时候，要想到身后的人是否方便，比如肯德基的大门都会有一个醒目的拉字，就是防止我们在向外推出去时可能伤到别人。国外很多专业户外探险队员，都不会把补给点的食物和能源全部用掉，因为他们会考虑下一个来的人。

做事首先想到自己是我们的一种本能，但是时刻提醒自己想到下一个人，就是一种教养。

2. 遵守承诺，哪怕很小

这是很多人都很容易忽略的。因为我们平常随口说的承诺很多，比如像"有空一起喝茶"，"有机会来我家玩"，"我们老家有这种特产，下次回家我帮你带啊"。

在成年人的世界里，很多人都默认为这是客套话，不用在意，尤其是我们对孩子做出的一些承诺，就更加说过就忘。

但是优雅的女人跟一般人不一样，越是不知不觉间许下的诺言，越是小小的约定，越重要。这也是平时生活中日积月累养成的良好习惯。不轻视彼此的约定，然后去执行，当别人接受到你这种用心时，可能会非常惊喜地感慨"啊，你还记得啊""原来不是说说而已呢"。

这种让人舒服的方式，是传达给别人的喜悦。如果你去朋友家玩，在无意中聊天时，答应朋友的孩子下次带什么东西送给他，那么我们就一定要记住这个无意间的承诺，因为孩子比我们大人更认真，而没有什么，比对对方珍爱的表达善意更好的方式了。

遵守我们做出的任何细小的承诺，也会更让人信赖，何尝不是让人舒服的一种呢。

3. 说话之前先思考

现在我们身边总是充斥着各种急躁不安的声音，"我想学跳舞，可是我身材不好怎么办？""这个公司一点都不好，学不到东西没进步。""同学都买房了，我还什么都没有！"大家好像都处在一个急躁的临界点，不管面对什么事情，先急躁起来再说。很多人本想用一段时间沉静下来，却每天焦虑下一步计划该如何。

每个人都喜欢不停地说，将自己的观点、情绪倾泻而出，害怕不被理解，害怕被忽视，大家都专注于自己的内心，都急着去表达，结果这个世界更孤独，更肤浅了。

相反，思考才是更重要的。

我们掌握的咨询职能称之为咨询，并不是我们真正掌握的东西，一个资讯传播器并不能为我们赢得尊重，相反，在表达任何事情的时候做出思考，形成自己独特的观点和思维方式才是最重要的。

真正的聪慧睿智，并不是什么都知道的人，因为一台电脑，有网络就能实现，我们的不同在于自己的思考能力。

4. 虚心学习

这是一个任何人都可以成为我们老师的神奇时代，只要我们有一颗谦卑的心，什么人都会有自己擅长的一点，哪怕是环卫工人，他也可以教会你怎么把地面打扫得更干净。

那些让人舒服的人，有时候并不是他们多么强大，而是他们的心态决定了这种气场，就好像有些人很谦虚，与他们交谈是一件快乐的事情；而有些人则很傲慢，让我们再也不想见他们第二面。

其实真正能称得上"成功人士"的，都是一些亲切、谦虚的人。越是有成就的人越能倾听别人的故事，待人如朋友或同事一样亲切；那些还没获得成功，或者难以称得上"成功人士"的人，往往对人的态度都很傲慢，经常无视他人。无论谁与这种人共事都会感到痛苦。

不管做什么事情，要想获得好的结果就要付出相应的代价。在社会生活中我们要想成功，必须学会谦虚，某种意义上来说，这也是我们付出的代价。但我们可以看到，谦虚具有很高的投资价值，它是一种"投资小，收益大"的资产。因为谦虚的态度让人感到舒服，让别人对你敞开胸怀。

5. 不止说出来的感谢

前面我说到，要对身边的人和事物心怀感恩，时常将谢谢表达出来。但是谢谢不仅要落实到语言上，更要落实到我们的行动上。很多人在内心对别人的帮助或者善意心怀感激，有时候因为内向或者不善于表达，而没有及时地回馈给对方。

比如好朋友新店开张，送给你一些体验券或者实体产品，我们可以把自己的实际体验写出来，发到朋友圈，这不仅是一种感谢，更是对对方有效的宣传，而这个也是别人真正需要的。如果爱侣为你做了一顿美味大餐，表示感谢不仅仅是那一声娇嗔的谢谢和给力的胃口，更是主动下厨收拾餐具的行动，让对方知道，你感谢他的付出和辛劳，这种双向投入的爱才是舒适和可持续的。

生活中，感谢不仅要说出来，更要做出来，这会让我们赢得更多尊重。

做 出 来 的 自 信

Because of hard work, so confident

做个光芒四射的女战士，你强世界就弱

很多人对职场女强人都有一个误解，或者觉得在性别歧视严重的社会，女人获得职场认可比男人更难，于是自动把自己看为弱者，不思进取，也有一些人觉得女强人就是对家庭对伴侣完全不管不顾，一门心思放在自己工作上，即使取得很高成就，也注定是一个孤苦寂寞的人。这都是非常错误极端的观念。

在我理解中，一个优雅的女人一定不是软弱无能或者刚硬无比，她一定有属于自己的事业，自己的生活，自己的人生选择，从不依附于伴侣，甚至能辅佐对方的事业，为他前行的每一步出谋划策。

这种女人，才是人生最大的赢家。当我们越来越强大时，这个世界就会变得不那么尖锐和刻薄，所以认清我们内心的想法，为自己而努力是非常重要的。

假如你是一个文艺女青年，那么给自己流浪的空间，有能力让自己不身陷于柴米油盐的烦琐生活，这就是强！

假如你是一个追求物质的女人，那么努力挣钱攒钱，精通各种理财手段，每天看着存款往上涨，这就是强！

假如你渴望成就一番事业，得到财富声望、社会认可甚至是女总统，那么你要勇敢地参与竞争，表达自己，创造晋升条件，这就是强！

只有我们强，世界才会弱。因为对女性来说，让别人瞧得起你的第一步，是自己要认清、接受自己，完善自己，这一步，从职场开始。

1. 不要觉得自己技不如人

现在很多女性在工作上缺乏自信心，如果一个男员工的某个项目大获成功，团队为他庆祝的时候，他会非常骄傲，觉得自己理所应当得到这些褒奖；但如果是女员工，同样的成功，团队的其他人越是夸她，她越会觉得自己承受不起，仿佛自己的成功不是实力 + 运气，而是运气 + 侥幸。

桑德伯格自己就经历过这样的心理变化：在她帮助前东家 Google 获得市场的重大突破后，Google 内的员工集体来为她庆贺，公司的每个人路过她的时候都会拍拍她的肩膀，表示祝贺，但桑德伯格每次的回复都是：哦，太谢谢你了，我真的没做什么。直到后来，有下属实在看不下去了，对她指出：你要积极回应别人对你的夸奖，这是你应得的，说谢谢就好。

而这种心理带来的直接影响就是，在年终总结的时候，女性员工会低调地表示自己的成就，而男性员工则会适当夸大，导致领导以为前者实际上没为公司做出什么贡献。

要知道，现在的社会已经越来越认可女性的能力和地位，理所当然地接受赞扬并且表现出自己的才能，才会让我们更出色。

2. 敢于谈判

很多人会规劝，女性在职场中不能表现得太激进。

你的才能是敢想敢言还是颐指气使，并不是别人的看法决定的，而是我们的实际行动，更或者说，是我们的行动得到的世界的反响，一种回声，这个才是最重要的。

IBM 总裁周忆在她的职场书《绽放》中这样为年轻的职场女性提出建议：学会箭在弦上，引而不发，当你遇到一个情景，觉得应该反击的时候，其实你的箭已经搭在弦上了，越到这时候，越要忍而不发——重点是，要让对方感觉到你的忍，而不是你的怂。你可以随时发出那支箭，这种感觉才是最棒的。

这好像是一种水和火的洗礼，但最重要的能力是，你要知道它们，读懂你的对手，然后后发制人。很简单，先把对方的话听清楚，让他们迫不可待地表达自己的观点，你只要好好听，然后发问。问到一定程度，你会发现对方开始思考自己的想法是否绝对正确，这时你再说自己想要说的内容：我认为这件事，可以这样考虑，第一第二第三……这之后的话往往威力巨大，对症下药，辩无可辩，对方会在认同你的专业性的同时，也认同你的女性沟通方式。

当然，如果明白自己能够为公司带来的核心价值，在这个基础上，不带攻击性的谈判，反而能取得事倍功半的效果。

3. 职场无男女

有些女性一开始就把自己的定位放得很低，她们觉得自己作为女性就已经是弱者了，时常在工作中强调自己的性别特征，不愿意挑战更高职位的工作，但实际上在真正的工作中，没人会在意你是个女人。

女人从来不是弱者的名词，相反我们可以利用女性的特点和优势，把自己手头上的工作做得更出色，比如细心，比如更有亲和力，比如耐心等等，这些是比暴力更有用的武器。直到有一天，你站在镜子前，认真地、不带偏见地去看自己，接受自己作为所有女性的优点和弱势，才是真正通向职场成功女性的第一步。

适合什么样的工作，试过才知道

现在 80% 的人一辈子都不知道自己想干什么以及该干什么，并不是每个人都做着适合自己的职业，尤其是自己喜欢的事情。也有一些人听懂了自己的心声，却因为各种原因没能得到自己喜欢的职业。经常有朋友问我：郑老师，您觉得我适合从事什么工作？我适合做什么？在职业方面有没有好的建议？实际上，这些问题归纳起来都是一个自己了解自己的过程。

简单来说，我想做什么 + 我能做什么 + 我要怎么做 = 职业规划，对于一个女性来说，这个自我梳理的过程更加重要，但是所有的设想都需要实际行动，否则一切都是空谈。

首先我们要做的三件事，是从内向外的一种了解和思考：

1. 对自我检测与认定

可以列出包括从兴趣爱好甚至到三观在内的自身情况，来分析个体本身在某一领域立足的可能性。我们了解自己，就要把自己的标签全摘掉，什么内向／外向，什么偏好，什么不喜欢设计，做不好销售之类摘掉，尝试一些自己没尝试过的东西，充分独处，和自己对话，明白你的优劣势，然后和自己搞好关系，接受真实的自己，善待自己，并在此基础上完善自己，这对于匹配职位的帮助非常巨大。

此外就是清楚我们需要的东西，比如收入、学习机会、空闲时间、名望、发展空间和晋升机会。特别要注意的是学习目标，无论你是否有着足够野心想去超越自我，登上更高的职业高峰，在任何一行，不保持充电，都有被不断激烈的竞争淘汰的可能性。

2. 对职业掌握了解

大学生往往会对未来感到迷茫，有很大的原因是因为自己对某一行业不了解，仅凭父母朋友粗略描述，就给该职业贴上了不客观的标签。

实际上当我们找到合适自己的职业后自己上网多看看相关新闻，仔细查找行业资料学习就可以了。不过这里还要讲到一些行业问题，因为行业不同，职业发展也会受到很大影响。

比如希望从事市场类工作，即使是市场部经理这样一个具体职位，就可以从零售到团购，从教育到医疗。

提前了解某一行业，可以快速帮助删选；选择深入了解某项领域后，可以打破 HR 对你没这方面经验的质疑；在进入这一行后，也能更好适应。

我们可以根据职位找出能吸引自己的公司发出的招聘，以此为目标领域。

梳理职业岗位的工作内容、工作性质和对从业者素质的要求，可以向亲朋好友中做过相关工作的人了解有关情况，也可以向从事这方面工作的其他人请教，他们经验丰富，体会深刻，能给你提供具有指导意义的信息，他们工作过程中的失败教训，对你可以起到预防的作用，而他们的成功经验又是你可以借鉴的。

3. 对环境背景分析

不同年纪的人、不同地方的人要考虑的因素当然各不相同。有些如产品经理的职位其实成熟也不过几年，职业发展趋势会影响个人未来发展。

关于这一点，很多女性都会有疑惑：到底回老家还是留在学校所在城市还是到北上广深杭发展？其实最主要的是能想清楚自己想做什么事，地域问题就没什么困惑了。

我们可以做一个分析清单，列出考虑这样工作的原因，以及优势、潜在风险，比如当我们在深杭、学校所在城市或者家乡之间实在无法抉择，不清楚自己能否适应某个地方，那么写下所有原因，可以按照 SWOT 分析法（优势、劣势、机会、威胁）来对照自己。

剩下的就是尝试了，因为所有想的都是想的，你可能错误地预估了自己的心理承受能力，或者兴趣爱好所向，我们常高估试错成本，又低估选择成本。但是年轻最大资本就是试错的时间，再美好的设想，试过才知道不适合自己，没关系。

重要的是：体验、经历、收获。

少说多做一定是对的

沉默是金已经不再是职场上的金句，但是在合适的时机，把握好说与做的尺寸，却是非常重要的。优雅的职场女性之所以拥有强大的气场和魅力，不是因为个人的业务能力和知识水准；另一个原因则是她的职场素养和情商。能在职场上叱咤风云的女性，懂得经营自身的优势，做到张弛有度，如鱼得水。

不做语言的巨人，行动的矮子是职场女性秉承的原则，因为话说得多了，自然就不能再像过去那样将注意力集中在做事情上。而有时候，说得多了，难免就有口误，有时候得罪了人也不知道，这会给我们日后的职场生涯埋下地雷。

很多时候，我们有的话没有经过深思熟虑就说出来了，只会显得轻率而且不负责任，将时间过多地用在说的上面，就会延缓我们的行动，分散我们的精力。古人说得好，言多必失。在工作中，总有一些人，他们说起话来口若悬河、滔滔不绝，说尽了大话、空话、套话，可一旦较起真来，就黔驴技穷、原形毕露了，给集体、他人和自己造成极坏的影响。

1. 抱怨的话少说

抱怨是一种非常负面的情绪，而且很容易传染人。也许你手头上有一堆急着处理的公务，而新的项目又来了，同事误解你的用心或话语了，一直想提又不敢提的薪资上调请求……无论我们内心有多委屈和难受，记住不要把自己变成一个成天抱怨的怨妇，这对解决问题没有任何帮助，更不会收获同情，除了损坏我们的职业形象，没有任何益处。所以，少说的第一个，就是抱怨。

2. 他人隐私八卦少说

每个人都有自己的秘密，有时候并不想告诉别人或者让人知道隐情，哪怕关系要好的同事把自己的隐私信息告诉你了，也就听听而已，因为只有足够的信任才会愿意对你吐露心声。如果有一天，他从别人口中听到了这个秘密被曝光，第一个想到的肯定是你，毫无疑问，你已经担上了议论他人是非的罪名，也许别人表面不会说什么，但是不管是当事人还是旁听者，都会觉得你不是一个可靠的人，往后没有人愿意跟你推心置腹了。

3. 敏感话题少说

比如关于职位变动、岗位薪水或者上司情感婚姻问题之类，一定要少说。很多人私下里喜欢讨论这些问题，但是职场上你永远不知道谁是敌人谁是朋友，可能你无意间在茶水间或者厕所说的一句话，传到了别人的耳中，或许就使你在这家公司的发展前景中断也不一定。

4. 工作机密少说

说话谨慎也包括我们在工作中涉及的机密事件，一定要做到守口如瓶，这是基本的职业操守。如果随便乱说话，说者无意听者有心，你无意中泄露的机密传到竞争对手那里，给公司带来损失，甚至承担法律责任，那真的是百口莫辩。

5. 多做工作相关的事情

当我们熟练某一个岗位之后，很容易出现倦怠心理，因为许多事情你可能只用两个小时就能处理完，但是你却不得不待在公司八个小时。这个时候做自己的事情显然是不合适的，万一被同事或者上司看到，还会造成很不好的印象。我们可以做一些工作相关的事情，比如收集市场同行资料，看一些公司过往案例，或者整理自己的工作文件夹等等，一切让自己更好完成工作目标的事情，才是我们在工作时间段该完成的。

6. 多做有难度的事情

主动承担有一定难度的工作，并且努力完成它，不仅能让自己有进一步提升，也能为自己的职业形象加分。公司在不断成长扩大的过程中，我们个人职责范围也一定会随之扩大，不要总是拿"这不是我应该做的事"来回避，俗话说能者多劳，只有让自己成为无可替代的那个人，才能在职场立于不败之地。

7. 多做细小平凡的事

比如茶水间换个水，同事忙不过来的时候，顺便帮忙带个午餐定份饭，地上有垃圾的时候顺手捡一下，保持自己办公桌面干净整洁，加班回去的时候随手关灯关空调，开完会后，把桌椅归位等等，任何细小的事情都不要因为平凡而不做，它们能体现我们的关注细节和敬业精神，不管有没有人看得见，坚持下来，我们一定会在人群中脱颖而出。

工作出色，还要让人看到

女性在职场中的晋升都是比较艰难的，尤其是在一些大中型企业，工作时间长了，我们会发现，晋升的希望真是相当渺茫，很多工作多年的老前辈一直排着队等着呢，我们要怎么做才能迅速获得机会，是每一个女性内心的疑问。

想要得到好的平台和待遇，我们要先看看自己是否具备这样的条件、能力、技巧、自信和态度。这是我们在职场站稳脚跟需要具备的基本条件，但是并非所有能力都有助于我们事业的发展，生活中常有这样的情况：有的人做了很多，但升迁、涨薪的往往不是他；有的人虽然做的不是很多，但却引来老板的赞赏、同事的羡慕，加薪等好事自然也尾随而至……

相信每个人都想做后者不想做前者，但是在如何表现自己能力和出风头之间达到平衡是一个问题。很多女性，刚到职场锋芒毕露，显示高人一等，觉得只有这样才能快速地让领导看重自己，忽视了其他同事的感受，失去了人缘，成了职场的边缘人，被领导最终认为不低调韬晦，没城府，没手腕而弃之不用，这样是非常得不偿失的做法。那如何在埋头苦干时，有技巧地让自己的上司看到我们做出的成绩，获得公司前辈的支持和认可，让我们的努力获得回报呢？

1. 选择合适的时机说

在推崇"团队合作"的公司里，即使你是块金子，领导也不一定能看到你闪出的光。那些奉行埋头苦干原则的员工，也会辛酸地发现，即便自己是任劳任怨最辛苦的那一个，而在加薪升职时，却不是最先被考虑的那一个。

原因在于，我们的成绩，领导没有看到。因此，学会"说"出你的成绩，学会表现自己是很重要。

向领导表功的"说"法千万种，但总结起来就是这两种：

一是当面和领导说。比如，做一个项目时，就项目的难点向领导请教，既让领导知晓我们在做这个项目，也是在向领导宣告，这个项目有多难做。而项目谈成时，可以此为名义，请领导和同事吃饭，名为庆贺，实则告知领导：瞧，这个堡垒被我攻下了。

二是借工作总结说。每完成一个项目，最好养成习惯将项目完成前后的过程写成书面报告，细数自己的得失成败。这既让领导知道了我们为这个项目付出的辛劳，也让领导因这份认真和严谨而对自己刮目相看。

每年的年终总结，更是"说"的最佳时机。一般说来，员工本年度的职业表现，是年后人事升迁、调动的重要依据，若年终总结"说"得漂亮、打动人心，会为自己加分不少。我们可以借机细数一年中自己的每一项成绩，又认真总结经验教 训，既实事求是，又充满感情，字里行间尽显一个既能出色完成工作，也不回避失败教训的职场女性形象。

但"自己主动说"的禁忌蛮多。比如，如果一味强调自己的付出，会令我们的团队合作精神大打折扣。

2. 巧用 Email 的功能

值得注意的是，如果事无巨细都 Email 给领导过目，很容易引起领导的怀疑和反感。

小丽在公司市场部工作，主要职责是对近期公司的市场情况进行调查和反馈，把数据整理出来进行系统分析，并形成书面文字，把它交给自己的直管领导，以便对公司下一步的经营决策起参考作用。

这项工作，是显而易见的烦琐，但更让小丽心不甘情不愿的是，每次她的直管领导捧着这一堆她精心整理出来的资料向老总汇报工作时，对老总的称赞从来都是受之无愧，而从不提及小丽的辛劳！

有一次，小丽加班到深夜，才做完冗长的数据分析，像往常一样把资料Email 给直管领导，但一不小心，点成了群发，于是，老总也收到了这份邮件。

第二天，小丽就被叫到总经理办公室，生平第一回受到老总的嘉奖。

后来，小丽会巧妙利用 Email，有意无意地把工作成绩"失误"地抄送给老总一份。半年后，她的直管领导调至其他部门，老总直接钦点她主持部门工作。

在这里，我们需要掌握一个原则，那就是有选择地将最能体现自己能力的工作成绩展示给领导，频率不宜过高。如果事无巨细都 Email 给领导过目，一则领导没有这么多时间看，二则很容易引起领导的怀疑和反感。

3. 借他人之口来说

有时候比起自己开口直接表功，通过别人的嘴去表现反而会更有效果。如果你是一个羞于表现自己的人，那么在职场中找到一个心心相印者，借别人的口，说自己的话，是再好不过的事情了。当然，"借他人之口说"的前提是，作为员工的你，确实在做事，且做得不错，否则就难免有"狼狈为奸、沆瀣一气"之嫌，反而让上司对你失去了好印象。

与上司相处的基本原则

一个优雅的女人都会懂得如何运用自己的智慧与上司良好相处。几乎每一个职业女性在她或长或短的职业生涯中，都会遇到一个直接或间接影响她事业、生活、价值观甚至世界观的上司，也许对方内向、或者开朗、或者霸道、或者严谨、或者可恶，但是不管是哪一种，我们只要掌握好了与上司相处的基本原则，就能游刃有余地在职场上大展身手。

与上司相处，必须遵循以下原则：

1. 决策前可以讨论，但是执行时不要质疑

每个人都有自己的观点和看法，在商讨某一个项目时，我们不一定要附和上司的看法，相反，这个时候要主动提出自己的想法，让人觉得你确实是用心用脑的做事。上司不管是男人还是女人，必定有一些自己的弱点，所以在提出质疑时我们也要注意方式，但是一旦决定了，开始执行时，就不要再坚持己见，而是应该全力配合自己的上司，把事情做到最好。你的上司之所以做到现在这个职位，一定是有他的过人之处的。不要因为意见不合而影响整个团队的工作效益。

姗姗是一名很有自己想法的女性，她在工作中总能提出一些独到的看法来，让上司对她另眼相看，但是她也非常固执，有时候认为领导的做法不对，就会非常执拗地违抗工作。有一次她指出合同上的一个错漏之处，上司不以为意，于是她私自改了这个地方，结果带来一场巨大的损失，本来客户因为这个合同错漏细节，以为自己占了便宜，结果改了之后，客户就把注意力放到其他上面，结果迟迟没有签下合同。

所以，我们应该注意，执行上司命令的过程，不要一意孤行。

2. 不要忘记对方是你上司

在职场中，经常有这样的情况，昔日的朋友姐妹成了自己的上司，双方角色发生了改变，但是却有很多人认不清，还是像以前那样对待自己的上司，在别人面前与上司无顾忌说话和开玩笑，在路上将手搭在上司肩上，从没有想过作为上司作何感想。或者因为上司平易近人，平时生活中也会有一些聚餐或交际，就以为自己跟对方关系很好了，在工作当中往往得意忘形，不顾上下级关系，做出一些不适宜的举措来。不管我们与上司的关系如何，不管上司多么的平易近人，请保持与上司的距离，在职场，同级之间有姐妹朋友可言，但是上下级不要感情，最终受伤害的将是自己的职场生涯。

3. 少提意见，多提建议

在跟上司商讨事情时，一定要记住少提意见，多提建议。想象一下，在职场中，有这么两种人，一种是看什么都不惯，总喜欢提意见，而另一种人虽然也不满意现状，但是做法更为可取，就是学会提改善建议。两者有何区别？意见是把问题抛给上司，而建议是提出自己某方面的改善方法或思路，在被人接受上会更好一些。

平时我们说这个人很优秀，那么什么是优秀呢？除了把本份工作做好（这个似乎不太难）还有什么值得我们称道的呢？更重要的是善于提出自己的建议，也就是这个人是很会思考的人，因为建议是从思考当中来的。

4. 不要聪明过头

有句话说"大智若愚"，说的是越是聪明的人越让人感觉他不聪明，但是我们说聪明就聪明嘛，干吗还要装的很愚蠢的样子呢？其实这是自我保护和掩饰的一种技巧，俗话说枪打出头鸟，如果女性在职场处处表现自己的聪明，甚至抢领导的风头，这是很危险的做法。不要在上司面前过分展示你的能力，不要拿这种无谓的聪明来让上司感觉到你的威胁和抵触，假如你的上司是一位胸怀狭隘的人，对方可能觉得你不可控，从而对你产生芥蒂，影响了你最终的职业之路。

5. 少主动问及上司的生活

每个人都有自己的生活，在职场中偶尔聊聊家常也属正常，但是如果交谈双方变成了上下级，这种交谈可能会呈现更有意思的一面，我们也不要太天真，觉得领导跟你聊家常，就是把你当自己人，然后什么话题都敢说，什么问题都敢问，这只会让领导对你产生戒心——你想干什么？

所以如果领导心情好跟你聊家常，请不要太沉迷其中，当聊到自己可以稍主动些，如果是领导自己在说自己，一般话题可以问问，尽量少主动问一些敏感的话题，如果领导不主动聊家常，也请不要在没话说的时候去问诸如领导你昨天去干吗了类似的问题，在非工作话题上，不要太过主动。

6. 不要轻视自己的上司

经常会有人问，我觉得自己上司不行，我该怎么办呀？我们知道一个人之所以能升职不外乎是靠能力、关系、学历、运气、特殊时期的特殊结果等几个方面，也许确实会有上司不如下属的，但在职场上的很多现实我们必须接受，有这么一句话叫做帮助自己的上司获得成功，当上司成功了，我们自然也会得到上司的赏识，所以与其抱怨，不如潜下心来去配合上司的工作，取得上司的信任，成为上司的左膀右臂，这个时候我们所获得的心态的成就远大于职场的成就，而这种心态的收获也将影响我们职场的前途。

7. 主动沟通，主动汇报

有些女性总认为上司不好惹，只要不发生事情都不愿意找他，有时候看到上司来了还要假装很忙从另一边走掉，其实作为管理者很多人都习惯单向沟通，即等着下属来找他沟通，却很少主动跟下属沟通，除非是出了什么事了。也就是说领导是希望和喜欢下属主动去跟他沟通的，就有这么一位领导曾经对他的下属说：我等了你几天了，但是你都不来找我。可见领导在与下属沟通上是不会太主动的，所以如果我们要获得上司的肯定，要能让上司看到我们工作的成绩，主动汇报、主动沟通绝对是一种最好的方式。

在职场中，发挥好个人优势，掌握与上司的相处之道，可以让女性更加自信，更加优雅，善于经营自己的职业生涯，会让你出类拔萃，显得与众不同，所以，找对做事的方式，跟做好事情是同样重要的！

突破职业的"天花板"

在当下的商业世界中，职场女性也逐步走向不可或缺的重要角色，比如《向前一步》的作者雪莉·桑德伯格、滴滴总裁柳青等为代表的女性高管的不断涌现，也为职场女性增添了更多独立、睿智与果敢的标签。

事实上，在女性高等教育毕业生已超过半数的今天，职场女性数量与男性数量的差距正在逐年减小，但我们女性在职场和家庭上面临着双重压力，职场女性在职业发展过程中，特别是向高管职位升迁过程中，依然面临诸多挑战。

即使是再成功的女性，职场之路也不会一帆风顺。尤其是很多职场女性，在最早几年的基础之后，就再没有新的突破，虽然工作年限很漂亮，但是并不代表经验和能力也随着增长。

如果你处于原地踏步、停滞不前的状态，毫无疑问，这就是我们的工作遇到瓶颈了，我们应该怎么突破困境呢？

1. 打造自己的专属品牌

如果我们已经不是刚入职场的新人，那么选择换一个环境，频繁跳槽以突破自己的职业瓶颈显然是不合适的。这样做，最大的不利，就是你的专业知识成长，永远只是停留在一个相对低的层次上，而这又会影响女性职位的晋升与薪水的增长。

"日本战略之父"大前研一在其专著《专业主义》中也提出了这样的观点："你凭什么胜出？未来能够牵动世界大势的，是个人之间的竞争。能否独霸世界舞台，锻造他人无法超越的核心竞争力？你唯一的依恃，就是专业。"

是出类拔萃的职业精英女性，还是作为一个无所作为的普通上班族，区别就在于此。给自己一个专业定位，树立自己的品牌形象，会为我们以后的职业发展增加更多有价值的筹码。试想，如果一个企业 HR 面对一个 5 年跳槽 7 次、接触过 7 个行业的职业女性，他会用你吗？这样做，只会使得我们毫无专业性可言了。

明白这件事的重要性以后，我们接下来思考的是：如何打造自己的专属品牌？

第一，知识结构的问题，要脱离具体的操作层面的问题，把你看待问题的眼光放得更高一些，更远一些，成为一个具有"远见卓识"而不是"鼠目寸光"的人。你要向这个行业里最优秀的人看齐，并以他们为目标，作为自己修炼成长的榜样，一步一步弥补与优秀之间的差距。这个时候，在职学习、进修、培训等等都需要提上日程，学会用新的知识充实自己的头脑。

第二，树立自己在行业内的影响力。每一个行业的优秀人才，都有自己聚集的圈子。比如哈佛商业评论网、职业经理人网、业务员网等等，都是相关人才聚集的地方。

要想成为优秀的职场人士，也必须像那些最优秀的人看齐，树立在这个行业内的影响力，用你的思想去影响别人。

2. 培养管理者思维

有些职业女性对术十分热衷，但是要想在职场上获得更多的空间，职位上的晋升也是必不可少，这样就要求我们必须具备管理者的思维和才能。有些人会说我不愿意成为一个领导者，我只希望做好自己的份内事，我就满足了。对于抱有这种想法的人，我只能说很抱歉，这不是你能选择的。因为随着工作年限的增长，假如你的能力还只是局限在基础岗位上，那么，这样的人基本上是没什么价值的，可能随便一个毕业两三年的新人就会取代了你的位置。所以，不管你是否愿意，我们都必须把职位晋升作为你职业成长道路上的一个重要目标，并为之付出努力。

当我们有这样的意识后，在做事看待问题时，就要尝试用一个决策制定者的眼光来看问题，而不是一味的执行，要思考为什么会这么做，这样的利弊在哪里？如果是我来做这件事，会不会有更好的方法？

3. 择良木而栖

有时候我们的选择比努力更重要，在成长的过程中，找一家具有成长潜力和发展空间的公司，并随着公司一起成长，是一件非常重要的事情。

你可以目睹一家公司从小到大、由弱到强的成长历程，对于公司的运营也会有更加深入的理解，你也能够体会到你的角色在公司成长中的位置和作用。

在公司成长的过程中，你的价值会有更大的发挥余地，会更容易展现出来。很多人在找工作时都倾向于寻找大公司，这也可以理解，但是要想快速的成长，寻找规模不太大的成长中的公司，其实是更好的一种选择。因为在成长的过程中，会对于人才的需求较为迫切，你的职位晋升也会更快。

你的忠诚度会为你的发展带来更多的回报。企业用人，其中最重要的一条就是忠诚度。没有哪一个企业喜欢朝秦暮楚的员工。尤其是现在跳槽率、流失率在众多企业居高不下的情况下，忠诚就成为一种非常难能可贵的职业精神。

女人应该明白，我们的努力奋斗和自己的青春貌美一般，珍稀而有限，不要虚度了大好年华，抓住所有能够抓住的时间，为自己芸芸众生般的生命多积累一些厚度，为我们的优雅加分。

找到自己的不可替代性，你将更出色

每个人都有属于自己的独特优势，但并不是所有人都有机会充分发挥自己的优势，因为，从某个角度来说，发挥自己优势或许将成为决定我们事业巅峰的关键所在。

在当今时代，人才济济，竞争日益激烈。想要脱颖而出，真的不是一件容易的事情，这种时候懂得发挥自己的优势，会给我们有利的帮助。

不论是生活中还是职场上，发挥个人独特的优势，会让女性更加富有魅力，更加优雅，而善于经营自己优势的女人，更是显得出类拔萃，卓尔不凡。

所以，找到自己的职场优势，发挥不可替代性，女性就要学会全方位地分析自己，知道自己的强项和优点，而经营好这些优势，会让我们更加出色。

1.敬畏心理，是最完美的工作态度

职场是一个不断积累的过程，你手头的工作，虽然看起来不起眼，却是你前进的基石，你完成得完美程度将决定你的职场前途。在老挝，阿内特也可以像其他人一样，不必那么拼命，可如果只是那样，他凭什么能脱颖而出？不要觉得眼下的工作无足轻重，而应该打起十二分精神，问问自己：眼下的工作做不好，将来我还会有机会吗？做好每一份工作，踏踏实实地登上职场前进的台阶。

美国首任总统华盛顿谈自己走向总统宝座时的感觉，说"像是走向刑场的囚犯"。说出这样的话，那是因为他并没有将总统宝座当成是荣耀与权力，而是将其当成了自己的义务与责任，因而心怀敬畏。身在职场，工作是我们的职责，更是我们的前途，是我们安身立命的根本，我们更应该对其心怀敬畏。

所谓敬畏，含有"怕"的意思。为什么会害怕？因为你在乎你的职位，珍视你的公司，重视你的职责，所以才会害怕因为自己做不好而影响公司的利益，因而做起事来才会更有责任感、更有使命感。敬畏你的工作，你才能将工作做得更好，才能取得更大成就。

2. 注重细节，是最谨慎的工作习惯

女性在职场上最大的性别优点，就是心更细，更注重细节，这是一个非常好的工作习惯，我们应该学会利用并且发挥这种优势。而看不到细节，或者不把细节当回事的人，会慢慢形成对工作缺乏认真的态度，做事情敷衍了事。这种人无法把工作当作一种乐趣，缺乏工作热情。这样的人永远只能做别人分配给他们做的工作，即便这样也不能把事情做好。而考虑到细节、注重细节的女人，不仅认真对待工作，将小事做细，而且注重在细节中寻找机会，从而使自己走上成功之路。

密斯·凡·德罗是 20 世纪最伟大的建筑师之一，在被要求用一句最简练的话来描述成功的原因时，他只说了五个字："魔鬼在细节。"他反复强调的是，不管你的建筑设计方案如何恢宏大气，如果对细节的把握不到位，就不能称之为一件好作品。有时，细节的准确、生动可以成就一件伟大的作品，细节的疏忽则会毁坏一个宏伟的规划。正如美国成功学大师戴尔·卡耐基就说，一个不注意小事情的人，永远不会成就大事业。

3. 不断学习，是最有效的工作方式

人的核心竞争力源于创新能力，而创新能力则来自不断的学习。因而，学习能力是一个优秀的职业女性必备的素质，也是一个女人让自己成为企业发展动力的有效途径。

不断学习相比我们过往的经历和证书更为重要。一个现在有能力的人，无论他是博士、硕士，还是高级工程师，如果不注重学习，也会落后，变成一个"能力平平"的人。而一个暂时能力不是很强的人，只要坚持学习，善于学习，就一定会成为一个能力出众的职业精英。

西方白领阶层目前流行这样一条知识折旧定律："一年不学习，你所拥

有的全部知识就会折旧 80%。你今天不懂的东西，到明天早晨就过时了。现在有关这个世界的绝大多数观念，也许在不到两年的时间里，将成为永远的过去。"

现在知识老化得很厉害，每 10 年甚至更短的时间内知识就要更新一遍。每个人都不能光靠过去所学的知识来工作，而要不断地学习。

多站在别人的立场想事

女人在职场修炼的最高境界不是掌握独门技术，技术高超固然重要，但仅有高超的技术并不说明你是一个职场高手，高超的技术需要依托于丰富的人脉资源来发挥作用。这就是所谓的领导力范畴，一个优雅的职场女性除了具备丰富的技术技能之外，还要掌握人际技能，这种技能的提升，通过换位思考可以获得很大的进步。

首先我们需要明白一点，不同意见，一定是因为不同的立场。

所有的内部问题，都是沟通问题。而所有的沟通问题，都是自我意识过强的问题。意见相左时，稍微考虑下对方的角度，没必要四目相对分外眼红，谁跟谁都没有私仇啊。

学会换位思考，理解别人这么做的原因，互相为对方着想，控制好自己的情绪，放下追究这件事的责任，以解决问题为中心，双方一起努力将问题解决掉，弥补损失，这才是解决问题之道，才能促使双方统一起来。

常年行走职场的女性懂得，解决问题比追究任何的责任显得更加实在和重要。

如何进行换位思考呢？

换位思考，不是替对方想想，而是站在对方的角度想，再说细点，是把自己代入对方的角色去想，这个时候我们看待问题的角度就会完全不一样，之前难以理解的事情就会变得情有可原。

要做到有效的换位思考，必须做到以下几点：

1.从出发点着想

很多时候，我们意见的不统一，都是源自各自代表的利益和出发点不一致。

比较典型的矛盾组合就是市场营销和销售团队。以花钱为主的市场营销工作人员，跟以卖货赚钱为主的销售人员几乎有着天然的矛盾。

销售团队的人总会明里暗里地抱怨，你们营销部总是乱花钱，可做的事，又看不到什么效果。而营销部的人则会嫌他们鼠目寸光，没有战略眼光，有些钱是做长远品牌建设的。但实际上双方都没有错，只是缺乏对各自出发点的认识，从公司整体效益来看，这并不冲突。

2. 从大局着想

即使在工作中，自己认为领导批评有错的时候，不要冒然反驳，而要冷静思考，或许领导有他自己的考虑。要树立大局意识，多从对方角度想问题，主动诚恳地接受批评，也要有自我批评的勇气。与人发生矛盾时，不要总把目光盯在他人身上找原因，也要从自己身上查找问题。

3. 欣赏他人

身为职场的人，工作的需要避免不了要与很多的同事、合作伙伴打交道，而每个人身上都或多或少会有些缺点，当你发现的时候，不要用放大镜去放大他们的缺点，而要用望远镜去欣赏他们的闪光处，这样才能更利于你们的友好相处，还会让你不自觉地向着别人的长处学习。

由于每一个人的文化水平和自身所具备的素质不同，所以对于同一个问题，其看待方法也是各不相同的，在你的眼中别人的优点可能会是缺点，缺点也可能会是优点。所以，不要刻意去抵制别人的缺点或是指出别人的不是。发现了别人身上的优点一定要懂得去欣赏，而不是去在意人家的缺点。有时同事之间的小小的摩擦就是在这些优点与缺点中建立起来的。

所以，在与同事相处的过程中，就要多去用欣赏的眼光看待别人的优点。这样有助于改变你自己内心的想法，消除那些偏激的或是不利的想法，去战胜自己心中的邪念，也有利于给别人一个工作上的支持，使其精神上更加饱满。

4. 己所不欲，勿施于人

这是非常重要的一点，如果自己都不喜欢的事情，就不要强加给别人。

强人所难之所以非君子所为，原因就是它是一种不道德的表现，违背了道德的行为是不被人接受的。同事之间的相处，若有这种行为，是不为人所接受的。

一个部门的同事能够和平友爱是一件令人愉快的事情，为什么要把彼此之间的关系搞得那么紧张呢？大家既然有缘在一起共事，理应互相照顾，互相帮助。如果大家都能多一分爱心，给同事一些温暖，用真诚的心对待他们，你获得的也将是真诚。不要强人所难，让别人做他们不愿意做的事情。

尊重别人的意愿，不强人所难，让别人体验到满足需要的乐趣。既然你不愿意满腹委屈地做自己不愿意做的事情，就不要强人所难。换位思考一下，让彼此均感受一份温馨。

养出来的美丽

Because it nourishes life, it is beautiful

管理好体重是女人对自己的最低要求

一个优雅的女人，就好像一件艺术品般耀眼出众，她的美既有内在也有外在。而外在最重要的就是拥有优美动人的体态。那种举手投足之间散发出来的优雅神韵时常令人回味无穷，难以忘怀。

女人的体态美到底有多重要，举目四望无数女性在追求瘦追求健美的大流中就能感受一二，都说，身材能反映出一个人的修养，"如果你缺失了这种修养，那你变形的身材和你早衰的颜值，会让你的心在一直都看脸的残酷现实中无力，没有优秀又富含正能量的内在可拼"。

女人的气质再温婉动人，如果没有优美的体态，仍然是一种遗憾，一个在各方面都很出色的女人，如果身材上有所缺陷，她优雅的形象也会大打折扣。

随着年龄的增长，女人的肌肉含量每年都在流失，再加上生育，体重增长几乎是所有女人都不得不面对的苦恼。这时，管理好我们的体重成了保持优雅外在形象最基本的要求了。

市面上管理体重，塑造好身材的方法可谓五花八门，但是不管哪一种方法，本质上都脱离不了一个原则：总摄入量和总消耗量。

也就是我们人体每天摄入的热量低于我们每天消耗的热量时，才能达到瘦身的目的。如果要保持，就让两者处于一个基本平衡的状态就可以了。

但是，多数女性都在减肥的道路上苦苦挣扎，而且走了不少弯路，健康遭受损害，体重甚至增长更快，这都是没有科学管理体重的后果。

第一，了解自己的身体

要做好科学管理自己的身材，就一定要树立正确的态度，要知道世界上胖子那么多，减肥真的是靠一天几个苹果或者天天几杯酸奶就能达到目的的吗？别做梦了，所有的美丽都是在健康的基础上建立的，所以在减肥这件事上，我们也一定需要明白，健康第一，随之而来的才是美丽。

首先要明白自己是哪一种胖，很多女孩其实并不胖，只是体脂率比较高而已，这种情况下一味地节食做瑜伽跑步是没什么作用的，甚至可能让我们的肌肉含量下降更快，皮肤松松垮垮，即使瘦了也不好看。

所以在行动之前，我们一定要搞清楚自己的体重是不是在合理范围内。大家可以参照下面的数据给自己一个初步的评测。

国际通用的人的体重计算公式，以及身材比例计算公式：

标准体重 (男)=(身高 −100)(cm) × 0.9(kg)

标准体重 (女)=(身高 −100)(cm) × 0.9(kg)−2.5(kg)

超　重：大于标准体重 10% 小于标准体重 20%。

轻度肥胖：大于标准体重 20% 小于标准体重 30%。

中度肥胖：大于标准体重 30% 小于标准体重 50%。

重度肥胖：大于标准体重 50% 以上。

标准体脂肪：体重指数 BMI= 体重 (kg)/{ 身高 ★ 身高 (m)}

正常女子 =19−24

看看你属于哪一种，然后再给自己制订合理的计划。

第二，科学的吃

上面说到了，只要做到"摄入热量"低于"消耗热量"，体重就会呈下降趋势。所以不要过度减少热量的摄入，这样会让身体的基础代谢跟着降低，还容易反弹。我们要做的是，把每天摄入的热量控制在合理范围，又保证全面的营养，才能瘦的更健康持久。

1. 添食物前，等待 10 分钟

你的胃需要一定的时间才能给大脑"我已经吃饱了"的信息，所以细嚼慢咽有助于在大脑得到指令前避免吃下多余的食物。等待 10 分钟，如果你仍然觉得饿的话，就用蔬菜和水果沙拉来补充吧。

2. 高蛋白，少碳水

中国人的饮食结构都是碳水化合物比较多，通俗一点就是主食为主，蛋白质类的食物又偏少，这是一种很容易引起发胖的饮食习惯，想要做到不挨饿地瘦下去，不妨增加高蛋白质类食物，比如鱼、虾、鸡胸肉等的摄入，每天减去一顿主食，用粗粮或者蔬菜代替，一段时间后，皮肤也会变好。

3. 把握饭后黄金时间

科学研究显示，饭后45分钟是减肥的最佳时间。因为这个时候刚好是小肠开始对食物进行分解吸收的时间，因此这时我们的血糖浓度会逐渐上升，吃完饭后不要马上坐下，站立30～45分钟，或者可以选择和朋友一起散步哦。

第三，快乐的运动

运动瘦身永远是不变的真理，没有人可以靠饿着躺着，养出一个健康优美的身材来的，所以每个星期保持三次以上的运动，每次运动不能低于四十五分钟。但是要注意运动的方式，科学合理的搭配。

不少人运动的时候很容易"埋头苦干"，就是一个劲地锻炼、流汗，让自己喘不上气，以为这样就能够达到快速瘦身的效果。殊不知，这个过程中你的心跳并没有变快，而且吸取的氧气不够，做了很多效果不佳的无氧运动，并没有真正运动到身体，加速脂肪的燃烧，你只是将身体里的水分消耗成了汗水排出体外，等你喝了足够的水之后，体重又蹭蹭地升回来了。

要知道，我们脂肪的消耗需要一个漫长的过程，等你运动后感到全身发热并且微微出汗时，你的脂肪才刚刚进入燃烧状态，而这个过程需要15～20分钟，也就是热身。想要减肥的女性们，不要以为一运动，就会消耗脂肪，没有超过一定时间，是不会消耗脂肪的。所以，一定记得要提前热身，这样会催促脂肪进入燃烧状态。

另外，结合一些适量的力量训练，会让我们的身材更加紧致迷人。

保持健美的身材需要毅力，那些能做到的优秀女性在自我克制和自律方面都会比较突出，而光这两点就会让我们跟普通大众拉开距离，不是因为这个太难，而是大多数的人太懒。

　　女人身形健美，不仅仅是为了取悦别人，满足这种虚荣感（虽然你已经获得了），更是对自己，对健康，对家人的一种负责。

做一个敢在你爱的人面前卸妆的素美人

素颜美人，是优雅之本，女人不可忽略的关键。

女性如果拥有一副上乘质量的肌肤，不但能为自己的外貌加分，还能让自己的内在更加动人。皮肤的好坏能反映一个女人很多潜在的信息：她的生活是否规律？幸福感有没有？是否经常打理自己？对生活和自我的要求如何？

有时候，我们与优雅的距离，可能就差这一寸美好的肌肤。

现在很多女孩子的皮肤问题，都是 25 岁前对自己身体的欠债，从今天起，不要再亏欠自己了，根据自身体质内外兼修，就能收获细滑白嫩的好皮肤。女孩，一过 25 岁，对身体的欠债会全部体现在皮肤上。

其实，要拥有一副好肌肤并不是一件很难的事情，做好下面几点就够了。

第一，补水

女人是水做的，这句话真是没错。在美丽肌肤的各大要素中，水分是排在首位的，美白、防晒、控油等是在补水保湿的基础上完成的。任何季节、年龄、肤质、肌肤问题，都可在水的抚慰和滋润中实现完美。

比如下面几种类型的皮肤，补水各自带来的效果是非常棒的。

成熟肌肤：水分充足可使其进入成熟期、新陈代谢趋缓且开始老化的细胞润泽饱满，恢复紧密柔滑，延缓老化和皱纹产生。

痘痘肌肤：调节人体内的荷尔蒙分泌并使其保持正常状态需要水，补水利于抵抗外来刺激，控制暗疮发生。

敏感肌肤：保持肌肤细胞内足够水分才能阻止肌肤暗沉、失去光泽。

粗糙肌肤：长时间的保湿可使皮下脂肪呈"半液态"，改善毛孔粗大，使肌肤润泽，柔软有弹性。

其实补水的工作很简单，无非就是做到内外勤补水，那些皮肤好的女人，就是比一般人勤快一些。如果你能几年如一日地做到这几点，好皮肤不是梦。

每天坚持做面膜，不管是贴的，膏状的，还是自己做的，把它变成你的日常工作之一，绝不能偷懒。

每天补充足够的水分，哪怕多上几趟厕所都没关系，千万别让自己的身体出现干渴状态。

随身携带喷雾剂。这是很多人忽略的，尤其是化妆的女性，但实际上皮肤鲜嫩是需要时刻保持湿润的。面对较为干燥的秋季气候条件，尤其是那些长期在空调环境中工作和生活的人，除了必须多饮水，还应在房内放上一盆水或激活空气增湿器，以增加室内的湿度，并每隔数小时给皮肤喷点水，使皮肤始终处在一种较为湿润的状态。

第二，防晒

有的人觉得，防晒这个事情可有可无，最多只是被晒黑，并没什么太大的影响。如果你这样想，那么就大错特错了。防晒对于每一个人来说都是非常重要的。

要知道紫外线会直接带来老化和色沉，让皮肤不再年轻白皙。任何皮肤问题都会因为紫外线的损害而加重。例如痘痘皮肤会受紫外线的影响刺激皮脂腺分泌更多油脂。随着空气污染导致的臭氧层空洞忽视紫外线的伤害还会带来皮肤癌变的危险。

随时随地防晒，并且有区别地对待身体不同部位，比如眼部，一定要选择清爽一点的，防止营养过剩长脂肪粒，此外也可以多吃一些番茄之类的，抵抗紫外线，降低被太阳晒伤的可能性。

大家一定要积极的防晒，无论是涂抹防晒霜，还是用遮阳伞或者戴帽子，穿长衣长裤，都能对紫外线起到抵抗的作用。行动起来，不要让皮肤受到伤害。

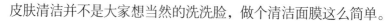
第三，清洁

皮肤清洁并不是大家想当然的洗洗脸，做个清洁面膜这么简单。

想要打造好的皮肤底子，那就需要先把清洁做好，首先卸妆膏很关键，市面上的卸妆油很多刺激性太大，不太适合敏感肌肤，可以用婴儿油代替，这样实惠又不伤皮肤。

需要强调的是，不管是否化妆都要卸妆的，我们生活的环境，空气污染是很严重的，就算是擦点 BB 霜，也需要先做卸妆工作，然后再用温和洗面奶来洗脸，这个清洁就结束了，不要怕麻烦，很重要，对于皮肤底子不好的人更是关键。

另外，洁面乳停留在脸上的时间不要太长，因为很多洁面产品都含有表面活性剂，容易对皮肤造成刺激，引起皮肤不适。

护肤对女性的重要性如同我们每天吃饭喝水一样，美丽的肌肤能让我们在生活中更加自信，也会获得更多机遇哦！

挑选护肤品，这是一项严谨的科学实验

每个女人都知道，皮肤是我们的门面，有一个好的皮肤就能让你的颜值上升不止一个档次，不然你看一下美白磨皮前后对比图就知道了。许多女性在护肤上可以说是下足了一番心思。

可是市面上琳琅满目的护肤品实在是让人眼花缭乱。很多女性在挑选护肤品的时候会看是哪些明星代言，或者身边朋友的使用体验。有些在换护肤品之前会去看一些网上热气博主的测评，如果谁说：这个滑润的很好用；我觉得那个特别保湿；这个超神奇；那个一定是女神必备款……

这种描述实在是因人而异啊！有人用了便宜货过敏，也有用贵妇牌烂脸的。每个人的肤质耐受度完全不同，主观建议就显得没什么说服力了。

这样你也可以理解，为什么买了一堆的护肤品，一样的用，有些人皮肤好了，有些皮肤却还是不见好。这是因为你的护肤品选错啦，用再多也是徒劳，甚至还可能对你的皮肤造成伤害。

与其相信别人天花乱坠的推荐，不如靠科学自己掌握基本原理。那么，怎么才能找到适合自己的护肤品呢？

1. 了解自己的肤质类型

中性皮肤是比较完美的皮肤。特点：摸上去细腻有弹性，不干不油腻；天气转冷稍微偏干，春天夏季有时会有一些油光；肌肤屏障好，对外界刺激不敏感，不容易起皱纹，化妆后不容易掉妆，这种皮肤常见于青春期的少女。目测：有光泽、细腻、有弹性。

干性皮肤看上去比较细腻、有光泽（哑光）。换季的时候皮肤会变得非常干燥，脱皮、容易长皱纹、长斑点；很少长粉刺和暗疮。触摸感觉比较粗糙，屏障功能差，保水能力差，几乎看不到毛孔，少油，冬天比较粗糙。

油性皮肤是因为体内雄性激素分泌偏高，从而刺激皮脂腺细胞大量分泌油脂，使皮肤产生过量的油脂膜，导致毛孔粗大，阻塞，形成密集型小丘疹，粉刺，暗疮，黑头，炎症感染等症状。现在摸摸自己的脸，是否有油腻感，痘痘，是否有黑头，毛孔粗大，任意一项都属于油性皮肤哦！

不过油性皮肤的女性也不要难过，你们的美丽是不易产生皱纹、皮肤屏障功能相对较好，油性皮肤会显得比较年轻。

混合型皮肤 T 区有油光 (容易长粉刺)，脸颊部位比较干燥 (容易看见毛细血管、皮薄)，容易出现的问题：夏天 T 区太油、冬天 U 区太干，需分区护理。这类肤质其实也属于油性肤质，大多数抽烟酗酒的人会是此类皮肤。中性皮肤是属于完美型的，我们一般很少见，大多数都属于混合型肌肤，但这种皮肤也是很让人羡慕的一种肌肤。

敏感皮肤分为先天和后天，先天性敏感肤质很难修复，只能尽量避免接触过敏源，少用化妆品，后天过敏，主要过敏源，如季节性、花粉、接触性皮炎、食物、紫外线等。症状一般为红肿、瘙痒、脱皮等。

2. 对症下药选择护肤品

中性皮肤 pH 值在 4.5 ~ 5.5 之间，是健康的理想肌肤。日常护理以保湿养护为主，季节变换时要注意更换护肤品。中性肤质很容易因缺水、缺氧分而转为干性肤质，所以应该使用锁水保湿效果好的护肤品。

春夏季可以用水包油型的乳、露类护肤品，秋冬则可用油包水型保湿和滋润度较好的霜类润肤品。

干性皮肤 pH 值在 4.5 ~ 5.5 之间。干性皮肤多选用油包水型的膏霜类护肤品，当然在使用霜之前先用滋润性较好的化妆水充分补充水分，并且辅以按摩及面膜护理。

在做面膜前，最好能先去死皮，促进肌肤对营养液的吸收。夏季可选择清凉舒缓的片状保湿面膜，而在秋冬季节，建议选用滋润度较高的膏霜状面膜，减少泥浆类面膜的使用。膏霜状面膜油分含量较多，能给干性肌肤带来更多的油性保护。

油性皮肤 pH 值在 3.5 ~ 4.5 之间。油性皮肤应选择收敛型的化妆水和控油保湿的水包油型乳剂、凝胶、啫喱状护肤品，皮肤出油并不代表水分多，反而显出自己缺水，特别是有些人皮肤出油又长痤疮，皮肤屏障功能下降，这种情况下保湿可加速皮肤屏障的修复。

日常可以选择一些含有芦荟成分的面膜，进行有效的保湿杀菌消炎。此外，可适度使用软膜粉、泥浆类和睡眠类面膜，一方面可以帮助吸附肌肤过量的油脂，另一方面也有助于肌肤的深层清洁。但使用频率不宜过高。

混合型肌肤兼具干性和油性的特点，可分区护理。夏天参考油性皮肤的选择，冬天参考干性皮肤的选择。一定要注意维护重点。

除了需要正常的保湿滋润外，还要加强重点部位 T 区和额头的特别护理，在敷面膜的时候，甚至可以将残留在包装袋里的营养液涂在这些地方加强养护。

敏感型皮肤几乎等同于干性皮肤，只是在选择护肤品时应尽量选择高效安全成分的产品，尽量避免刺激。

很多人会选择一些纯天然植物类的护肤品，但是植物提取不代表就安全，含有防腐剂也不代表就要封杀。比如有些高端品牌就有很多植物提取物，美白和保湿功效都具备，里面的酒精含量可以控油啊、消炎啊，但对敏感肌来说就是危险源。

3. 辨别护肤品的质量好坏

选择化妆品最重要的是看质量是否有保证。一般来说选择名厂、名牌的化妆品比较好，因为名厂的设备好，产品标准高，质量有保证，而名牌产品一般也是信得过的产品，使用起来比较安全。不能买无生产厂家和无商品标志的化妆品，同时要注意产品有无检验合格证和生产许可证，以防假冒。还要注意化妆品的生产日期，一般膏、霜、蜜类产品尽可能买出厂一年内的。

首先，可以从外观上识别。好的化妆品应该颜色鲜明、清雅柔和。如果发现颜色灰暗污浊、深浅不一，则说明质量有问题。如果外观浑浊、油水分离或出现絮状物，膏体干缩有裂纹，则不能使用。

然后，可以从气味上识别。化妆品的气味有的淡雅，有的浓烈，但都很纯正。如果闻起来有刺鼻的怪味，则说明是伪劣或变质产品。

最后，还可以从感觉上识别。取少许化妆品轻轻地涂抹在皮肤上，如果能均匀紧致地附着于肌肤且有滑润舒适的感觉，就是质地细腻的化妆品。如果涂抹后有粗糙、发黏感，甚至皮肤刺痒、干涩，则是劣质化妆品。

如果说，优雅是一件岁月沉淀的锦衣华服，那好的肌肤就是这件衣服最好的装饰，让我们的优雅更加流光溢彩，要拥有它，需要不断地修炼、学习和实践。

美颈，是女人的"灵魂的线"

我们中国传统美学里有"女人脖子男人腰"一说，指观察人的气质，男人看腰板，女人看脖子。

脖子最能体现一个女人的品位和自我期待，让人肃然起敬。中国古代对女性审美一直关注脖子。历史上，这个符号最强的女人就是武则天。据说武则天从小便是"神彩奥澈，龙睛凤颈"，凤颈乃凤凰之颈，凤凰是女天子的别称，她长大后真就一统大唐江山，成为一代女皇，应了"脖子乃女人一身之栋梁"这句话。

女性的脖子流露出的不仅是岁月的痕迹，还刻画着她生活的幸福度。一个生活幸福和谐的女性，她的颈部曲线一般是紧致柔和的。

优雅的脖子是一种资本。在法国女人的概念里，有三点一线的认知，意思是脖子、脚腕与爱欲私处的三点一线。法国女人的高贵源自气质，她们宁静，骄傲，削瘦，高挑，乳房精致，腿肚和脚脖子具有美妙优雅的曲线，还有弯腰、转身等细微动作似乎都无意间自有章法，这些宝物，既是天生的原创，又有后天的自我完善成分，三点一线的身体修养让法国女人成为最高傲最不谦虚的一族。

有这样一个比例，脖子长度与身高比为0.1875，脸占身高比例为0.1945，脸和脖子加起来与身高对比刚好就是黄金比例（1：0.618）。当然，很多女性达不到这个标准，但可以通过服装去修饰。

细长的脖子通常是女性求之不得的，但如果你觉得它太过细长而影响了整体的协调的话，可以用一些辅助饰物将人们的视线引开。

比如用丝巾围在颈部，提高领子的高度或佩戴引人注目的胸针，在视觉上制造断面，使颈部显短。选择鲜亮的口红，使人们的视线集中在唇部。选择蓬松的发型，使颈部产生膨胀感。

如果脖子太短，让人产生缩脖子的感觉的话，则可以选择凹领或Ｖ型领的服装，使颈部产生延伸感。也可以借助长项链制造同样的凹感，使颈部与肩的比例趋于正常。也可以把头发拢在脑后盘起来，亮出整个颈部。

作为一处很容易看出年龄的部位，如何保持颈部一直性感，抵抗住颈部干燥和颈部皱纹的攻击。是每个女人都关心的问题。

想要塑造优雅的颈背曲线，首先要瘦，颈部脂肪过多脖子自然就粗，颈部脂肪重叠、双下巴都会影响整个颈部的线条。

其次要锻炼肌肉，颈部肌肉不发达，脖颈就很容易前倾，影响女人的气质。

想要脖颈变得细长其实非常简单，也不用到健身房专门练习，工作不忙的时候、学习累了的时候，在家里吃完晚饭看视频的时候都是给脖子减负的好时候。把下边几个动作认认真真每天做，效果非常显著。

第一步，把头扭起来。这是个万能动作，不限时间、不限地点。什么时候想起来就什么时候做。

左右扭转，尽量让自己的头向后转，让脖子感受到牵扯的力量，这样能够增加脖颈肌肉的运动量，促进脖颈处的血液循环，脂肪会得到更迅速的燃烧。

还可以做头部转圈活动。以脖子作为中心，让头向外转圈，速度不要太快，脖子能够得到充分运动就可以了。

第二步，学会仰头。这个动作最好还是不要在公共场合做，不然可能会引起不必要的误会。

1.端坐在凳子上，身体放松；

2.头部尽力向后仰，一直到不能再仰下去为止，张嘴伸出舌头，停留10秒；

3.闭上嘴巴，头部回到原位，然后向前低头，一直到不能再低为止，停留10秒。

（如此重复动作30次）

这个方法，脖子能得到充分的拉伸，能对粗、短脖子起到改善的效果。简单的事情重复做，才能起到明显的效果。

第三步，侧摆消赘肉。

1. 端坐在凳子上，身体放松；

2. 头部侧向右边，用力往下压，尽量使右耳贴在右肩上，保持动作10秒；

3. 然后回到原位，换成侧向左边。

（重复以上步骤30次）

这个动作主要是锻炼脖子侧面，消除多余脂肪，效果非常好。

注意耳朵贴肩的时候只要尽量贴肩就好，不要为了贴上肩故意耸肩，这就过犹不及啦！

第四步，多做拉伸。

1. 双手向后扶在桌子边缘，双肩向后拉伸，以感觉到蝴蝶骨有夹紧的感觉为宜；

2. 向下方拉伸，不仅能够锻炼到蝴蝶骨部位的斜方肌，颈部还能够显得更加修长。

细长的脖子也不一定都优雅，还要保持笔挺的仪态，才能展现出优雅的气质。颈椎健康了，才能形成笔挺的肩颈线条，形成优雅的美颈曲线。

你胃里面装的都是脸上的明天

爱美是女人的天性，但是很多女性一味追求以瘦为美，在身体上虐待自己，或者完全不管不顾，吃大量的垃圾食品，这些都会给自己的健康埋下隐患。不管我们往皮肤上抹多少护肤品，都没法换一个气色红润，精力充沛的好身体。

女人的胃里装什么，脸上就会表现出什么。所以我们常说，健康是吃出来的，女人一定要养成科学饮食的好习惯，用均衡美味来打造活力四射的好身体，这才是美丽和优雅的标志。

如何判断自己的饮食结构是否均衡，我们可以根据人体营养缺乏时，出现的一些警告信号或症状来评判。根据这些对应的症状，利用食物补充缺乏的营养素，是一种取材便利、简单易行、效果显著的妙法。

缺乏维生素A

缺乏症状：指甲出现凹陷线纹，皮肤瘙痒、脱皮、粗糙发干，眼睛多泪、视物模糊、夜盲症、干眼炎，脱发，记忆力衰退，精神错乱，性欲低下等。

推荐食物：建议多吃些富含维生素A的食物如鳗鱼、比目鱼、鲨鱼、鱼肝油、动物肝脏、蛋黄、奶油、人造黄油、乳酪、柑橘、大枣、白薯、胡萝卜、香菜、南瓜、韭菜、荠菜、菠菜、黄花菜、莴笋叶、西红柿、豆角类等，其中鸡肝含维生素A最高。

缺乏维生素B1

缺乏症状：脚气病，消化不良，气色不佳，对声音过敏，小腿偶有痛楚，大便秘结，厌食，严重时呕吐、四肢浮肿等。

推荐食物：建议多吃些富含维生素B1的食物，如猪肉、动物肝肾、全脂奶粉、小米、玉米、豆类、花生、果仁、南瓜、丝瓜、杨梅、紫菜等，其中花生米含维生素 Bl 最多。

缺乏维生素 B2

缺乏症状：口角溃烂，鼻腔红肿，失眠、头痛、精神倦怠，眼怕光，眼角膜发炎，皮肤多油质，头皮屑增多，手心脚心有烧热感等。

推荐食物：建议多吃些富含维生素 B2 的食物，动物肝脏和心脏、鸡肉、蛋类、牛奶、大豆、黑木耳、青菜等，其中以动物肝脏中的羊肝在食物中含维生素 B2 居首。

缺乏维生素 B3

缺乏症状：舌头肿痛、口臭。

推荐食物：建议多吃瘦肉、牛肝等富含维生素 B3 的食物。

缺乏维生素 B6

缺乏症状：口唇和舌头肿痛、黏膜干涸，肌肉痉挛，孕妇过度恶心、呕吐。

推荐食物：建议多吃土豆、南瓜、啤酒等富含维生素 B6 的食物。

缺乏维生素 B12

缺乏症状：皮肤粗糙，毛发稀黄，食欲不振，呕吐，腹泻，手指脚趾常有麻刺感。

推荐食物：建议多吃鱼虾、禽类、蛋类及各种动物肝脏等富含维生素 B12 的食物。

缺乏维生素 C

缺乏症状：骨质和牙质疏松，伤口难愈合，牙床出血，舌头有深痕，不能适应环境变化，易患感冒，微血管破裂，严重的出现败血症。

推荐食物：建议多吃些富含维生素 C 的食物，如鲜枣、山楂、柑橘、猕猴桃、柿子、杧果、黄瓜、白萝卜、丝瓜、西红柿、菠菜、香菜、韭菜、黄豆芽等，其中以鲜枣在果类中含维生素 C 最高。

缺乏维生素 D

缺乏症状：佝偻病，软化病，头部常多汗。

推荐食物：建议多吃些富含维生素D的食物，如鱼虾、蛋黄、奶制品、蘑菇、茄子等。

缺乏维生素E

缺乏症状：肌肉萎缩，头皮发干，头发分叉，易出虚汗，性机能低，妇女痛经。

推荐食物：建议多吃些富含维生素E的食物，如畜肉、蛋类、奶及其制品、花生油、玉米油、芝麻油等。

缺乏维生素P

缺乏症状：毛细血管变脆和断裂出血，动脉粥样硬化。

推荐食物：建议多吃些含维生素P的食物，如荞麦、豇豆、扁豆、杏子、葡萄、茄子、芹菜等。

缺钙

缺乏症状：性情不稳定，易动怒，关节痛，四肢麻木、抽筋等。

推荐食物：建议多吃些富含钙的食物，如虾，小虾皮，贝、牡蛎、带骨罐头鱼，牛奶巧克力、豆类及其制品等，其中又以小虾皮含钙量最多。

缺铁

缺乏症状：疲累，皮肤瘙痒，指甲易断。

推荐食物：建议多吃些富含铁的食物，如驴肉、动物肝脏、动物血、动物肌肉、牛羊肾、羊舌、黄豆、蚕豆、白高粱米、腐竹、大白菜、黑木耳等，其中黑木耳含铁量最高，但动物性铁的吸收利用率较植物性的吸收利用率大。

缺锌

缺乏症状：嗅觉和味觉障碍，脱发，睾丸萎缩，精子没活力。

推荐食物：建议多吃些富含锌的食物，如牡蛎、海蛎肉、蛏干、扇贝等贝壳类海产品及牛肉、鸡肉、猪肉等肉类及其内脏、全脂淡奶粉、核桃、苹果等含锌量高的食物，其中牡蛎含锌量最高。

缺硒

缺乏症状：克山病（表现为心肌凝固性坏死，伴明显心脏扩大，心功能不全和心律失常）。

推荐食物：建议多吃些富含硒的食物，如牡蛎、海参、鱼子酱、蛤蜊及猪肾等。

缺碘

缺乏症状：甲状腺肿大。

推荐食物：建议多吃些富含碘的食物，如海带、海参、蚝、鱼、紫菜等海产品。

如果你找寻皮肤健康有光泽的秘密，那么答案就在你的厨房里。

对于女人来说，只有调节好自己的饮食结构，养成规律健康的饮食习惯，才能真正获得美丽。

就算五十岁，眼睛里也要闪星星

眼睛，对一个人来讲，特别是对女人来讲是特别重要的部位，我们常说：眼睛是心灵的窗户。而形容女子美好的样子，又有很多是形容眼睛的，比如双眸剪秋水。

霍金说，女人，她们彻底是个谜。

让女人是个"谜"的，更多是那双流转的眼吧！生气时会蹙一蹙眼头，表达亲昵会俏皮地眨眨眼，就算沉默对望，想说的心事都会从眼睛跑出来。

可见，一双闪着星星的眼睛对女人来说有多重要。眼睛通常是泄露人真实年龄的一个最主要的部位。其实一个人保养得是否真的到位，一般我们一看人家的眼周肌肤就知道了。因为眼部皮肤是脸部最娇嫩，最薄弱的地带，因此也最容易衰老，最需要保养。

所以我对很多女性朋友的保养警告就是：你什么都可以不用，但一定要用眼霜，用眼霜，眼霜，知道吗？不管是眼纹、黑眼圈、眼窝凹陷，还是浮肿、脂肪粒等问题。最迷人，但也最早泄露年龄的，就是你的双眼。

眼部保养的第一步，就是要了解到：我们的眼周肌肤有什么基础特性，为什么会让我们有视觉上老五岁的感觉？

1. 最薄

眼周皮肤是人全身最薄的一层皮肤，约 0.55 毫米，大概是其他部位的 1/3，甚至是 1/5。

2. 最干

眼周皮脂腺并没有脸那么发达，很多人尽管眼皮油，但眼下是偏干的。假设脸部测量有 36% 含水值，一般眼下可能会偏干 8% ~ 10%。长期无视眼下的干燥，会演化成干纹、甚至不可逆的细纹。

3. 最脆弱

每天我们会平均眨眼超过10000次，甚至不能避免面部表情对眼部的拉扯，粗暴地揉眼也会给眼部留下细小伤口。同时因为眼周毛细血管很丰富，一旦血液不流畅就有可能浮肿发黑。

4. 最早老化

这恐怕是女生最恐惧的一个结论。很多人第一个老化的痕迹，就体现在眼下的细纹。伴随眼纹，各种黑眼圈、眼袋、松弛下垂也会接踵而至。

关于挑选眼霜，也是一个有极大学问的事儿，因为每个人的问题都不一样，所以在这里郑老师并不打算直接推荐某个品牌的眼霜，大家可以先学习一下主打眼霜的热门成分，然后根据我们实际的需求来挑选。

1. 咖啡因 & 茶多酚

主要作用：保湿，消肿，促进血液循环，抗氧化。

2. 视黄醇

主要作用：减轻眼纹、紧致、抗氧化，改善色素型黑眼圈。

3. 酪梨油（牛油果提取物）

主要作用：保湿，抗氧化，改善眼部干纹。

4. A醇

主要作用：初抗老，保湿，修护，抗氧化，淡细纹。

5. 甘油 & 玻尿酸

主要作用：补水保湿，淡化干性水纹、真性细纹，活化血管型黑眼圈。

不同年龄段的女性，护理眼部的重点和方式也不一样。

20岁，补水，消除疲劳。

必做：选择一款质地舒爽的眼霜，诸如啫喱类。能有效祛除眼袋和黑眼圈。

支招：前天晚上将眼霜放进冰箱，在眼周覆十分钟，对消除浮肿特别有效。

切忌：不要试图一次用大量的眼霜来挽回通宵Party造成的眼袋，这不会比使用正常量更有效。在涂抹眼霜时，切勿用手指挤压眼周的肌肤，须知泪腺和眼周的淋巴都是很娇嫩的。

30 岁，维持舒爽。

必做：这个阶段注重对抗最初的细纹，提升眼睛光彩，维持年轻状态。必须要加强保湿，达到加强皮肤厚度和消除明显黑眼圈的双重功效。

切忌：绝不能在眼周使用面霜。面霜对于娇嫩的眼部而言营养成分过高了，极易引发眼袋。甚至，面霜中有些对面部肌肤适宜的成分会引起眼周肌肤过敏。

40 岁及以上，祛除皱纹。

必做：针对明显的眼周纹路，也不能忽略了眼袋和黑眼圈。岁月匆匆，恼人的肌肤问题开始累积。这时必须采用高浓度的再生成分以除皱，紧实松弛肌肤。

切忌：不要再因为迷恋啫喱或凝胶的清爽感觉而使用它们。它们对皱纹于事无补。为延缓衰老，应选用质地更稠厚、富有营养的眼霜。

拯救你的腰椎，刻不容缓

腰椎疼痛是日常生活中许多女性都会出现的常见症状。平时在办公室坐久了会腰疼，逛街久了也腰疼，陪孩子玩一会也腰疼，这实在是困扰女性的一个大问题。而且腰椎疼痛的女性，在很多运动上也是受限制的，所以平时那句包治百病的"多运动一下就好了"可能也会成为伤害我们的元凶。

一个优雅的女性首先是健康的，腰椎问题不仅影响到我们的正常生活，对体态的影响也是很大的。要知道怎么解决我们的腰椎疼痛问题，首先就需要了解病因，然后才能改善和缓解。

女性在日常生活中出现腰痛症状可由工作、生活习惯、及女性的生理特征等多种原因导致。

怀孕

怀孕之后，孕妇腹部肌肉支撑的力量降低，脊椎必须承受更多的压力。同时，坐姿不对、激素水平变化等原因还会导致关节出现松动。这种腰椎疼痛会随着孩子的出生而消失。

久坐不动

久坐不动是最为常见的导致腰部疼痛的原因。办公室女性长时间保持一个姿势导致腰肌功能逐日萎缩，腰椎盘内的压力增高而导致症状的出现。

生理期

年轻女性生理期由于生理期情绪变化、激素水平改变会产生腰部疼痛症状，但大多会随着月经周期的结束而自然消失。

家务劳动

女性做家务时总是弯着腰，扫地、拖地时常常一侧用力，这样很容易让腰背部承受更多压力，导致腰椎出现病变。

上围过于丰满

上围过于丰满会影响正常的脊柱生理曲度和受力点，"过重"导致脊柱发生变化。因此，上围较丰满的女性一定要戴合适的胸罩，运动时最好穿束身胸罩，减轻背部负担。

骨质疏松

骨质疏松是引发腰痛的第一大诱因。由于女性骨骼比男性更细更轻，因此患骨质疏松的几率更大。一旦骨质疏松，脊柱的厚度会变化、个子变矮、受力也会出现问题，导致出现腰痛。

女性一定要注意腰椎的保护，切不可忽视腰椎可能出现病变的可能，参考上述几条，给自己的腰椎健康安装"保险栓"。除此之外，如果出现病变，请及时到神经外科就诊，万勿拖延。

如何改善和保健腰椎，减少疼痛呢？

1. 保持良好的生活习惯，防止腰腿受凉，防止过度疲劳。

2. 站姿或坐姿要正确。脊柱不正，会造成椎间盘受力不均匀，是造成椎间盘突出的隐伏根源。正确的姿势应该保持骨盆端正，双肩和双髋水平，略收背部，略提胸腔。

3. 倘若不经常运动，体育锻炼时压腿弯腰的幅度不要太大，否则不但达不到预期目的，还会造成椎间盘突出。

4. 提重物时不要弯腰，应该先蹲下拿到重物，然后慢慢起身。

5. 饮食均衡。蛋白质、维生素含量宜高，脂肪、胆固醇宜低。防止肥胖，戒烟控酒。

6. 工作中注意劳逸结合，不宜久坐久站，同一姿势不应保持太久，适当进行原地活动或腰背部活动，可以解除腰背肌肉疲劳。剧烈体力运动前先做准备活动。

7. 宜选用硬板床，保持脊柱生理弯曲。

8. 腰椎间盘突出是运动系统疾病，日常可用瑜伽理疗方式给予调整和修复。但发病期需减少运动，卧床休息。

9. 避寒保暖。

此外，大家可以多做这样一个小动作，能够有效预防腰椎盘突出。这个动作名称叫"小燕飞"，就是模拟燕子飞行姿势，可以充分锻炼腰背部的肌肉和韧带，保护椎间盘使之不突出。

"小燕飞"作为锻炼颈椎和腰椎的重要方法，胜于吃药。"小燕飞"动作分两种，一种是站立姿势下的"小燕飞"，一种是俯卧在床上做的"小燕飞"。

站姿"小燕飞"：站立姿势，肩向后平移，双臂轻轻向后，双手掌平伸，掌心相对或向后，模拟燕子俯冲时收起翅膀的动作。以腰底部为中心轻轻向前，从侧面看略有点"挺肚子"的感觉。每天早晚各一次，每次 50 下。

俯卧式"小燕飞"：在硬床上，取俯卧位，脸部朝下，双臂以肩关节为支撑点，轻轻抬起，手臂向上的同时轻轻抬头，双肩向后向上收起（肩胛骨收缩）。与此同时，双脚轻轻抬起，腰底部肌肉收缩，尽量让肋骨和腹部支撑身体，持续 3 ~ 5 秒，然后放松肌肉，四肢和头部回归原位休息 3 ~ 5 秒再做。每天可做 30 ~ 50 下。刚开始时，可先做 10 ~ 20 下，逐渐增加。

没有人值得你彻夜不眠

现在生活压力越来越大，很多女性都患有或轻或重的失眠症，偶尔的失眠虽然不足以导致疾病或影响健康，但长期睡眠质量不佳会导致免疫力下降，精神不振，加速衰老，记忆力也会严重衰退。

但是现在我们很多人的生活好似颠倒过来；深夜无法安然入睡，反倒是白天开始昏昏沉沉。每一天就在这种黑夜的亢奋，白天的迷离中度过。长此以往，整个人充满焦躁，整日也是无精打采的样子。女人们，其实没有什么事情值得你彻夜难眠。

睡眠对于一个女人的重要性，相信不用我细数大家都知道。林志玲就曾经说过，我最好的美容方法就是睡觉了，对于女性朋友来说，补养身体，吃和睡是头等大事，这两件若是不达标，我们的优雅健康也是不达标的。

在我们的一生当中，大约有1/3的时间用于睡眠。对于工作忙碌的现代人来说，遵守规范的睡眠时间尤为重要，晚上9点到次日凌晨3点是人体细胞生长最快，也是人类生长荷尔蒙分泌的时间。所以这个时间段是睡眠的"黄金时段"，如果错过了这段时间，就会影响细胞的新陈代谢，从而加速衰老。

但是，现在99%的人不知道如何睡才正确。

仰卧是最常见的睡卧姿势，采用这种睡姿，身体和下肢只能固定在伸直部位，不能达到全身休息的目的。在腹腔内压力增高时，仰卧又容易使人产生胸闷的感觉。同时，仰卧睡觉不利于肺部气血的运行，从而影响到肺的功能。

左侧卧睡觉时，双腿微曲，虽有利于身体放松，有助消除疲劳，但心脏位于胸腔内左右两肺之间而偏左，胃通向十二指肠、小肠通向大肠的出口都在左侧，所以左侧卧时不仅使心脏受到挤压，而且会使胃肠受到压迫，导致胃排空减慢。

正确的睡觉姿势应该是向右侧卧，微屈双腿。这样的睡姿可以使心脏处于高位，不受压迫；肝脏处于低位，供血较好，有利于新陈代谢；胃内食物借重力作用，朝十二指肠推进，可促进消化吸收。同时，全身处于放松状态，呼吸匀和，心跳减慢，大脑、心、肺、胃肠、肌肉、骨骼都可以得到充分的休息和供氧。

1. 建立正常的起居与生活秩序

应尽量争取晚上9点就洗漱上床，如果实在每天晚上要到两三点才能入眠，早上也千万不要赖在床上。这样可使人体固有的"生物钟"保持稳定，从而与人类正常生活节律合拍，使自身清醒与抑制的循环过程能正常进行。只有这样坚持不懈，优质的睡眠才有可能回到我们身边。

2. 避免过度用脑

失眠主要是由于脑神经中枢兴奋和抑制失调所致，如果不控制用脑，必将加重失眠。

3. 有一个良好的睡眠氛围

许多人都偏爱弹簧床垫，这会影响睡眠，所以最好还是选木板床。此外，还要注意枕头的高度，科学的枕头高度应为6～9厘米。另外，卧室里也不要摆放嘀嗒作响的闹钟，适合放在卧室里的是电子钟。

4. 饮食应注意合理搭配

饮食需定时、定量，多吃些维生素含量丰富的食物和纤维素含量多的蔬菜与水果。可以依据体质与病情适量吃一些有利于活血舒心、镇静安神的食品与药膳，以增进健康，治病安眠。因为吸烟、饮酒可使人兴奋，不利睡眠，所以应该戒烟、戒酒。

5. 营造和谐的性生活

和谐的夫妻性生活能使夫妻双方都得到满足、愉快，是一种良好的催眠剂。愉快的性生活后，人们会很快进入睡眠。

第二篇

美在气质

看女人，主要看气质。气质无法速成，但从每一个当下开始，都还来得及。

气质女人的修养与气度

Cultivation and bearing of temperament women

气质美人历久弥香

我们不能假惺惺地说"看脸将会过时"这类偏激的话，毕竟人是感官动物，一个人的外貌条件好，难免在初次见面的时候吸人眼球。只不过，这个光怪陆离的时代，人们似乎因为看多了千篇一律的"锥子脸"或那种精致到找不出一丝瑕疵的完美妆容而有了审美疲劳，也或许是大众的品位被提升到关乎内涵的新高度。总之，不可否认的事实是，"主要看气质"越发流行起来。

我在美业做了这么久，感触最深的就是，我们的客户群已经从早期的单纯追求容貌美，发展到今天注重整体气质的包装和打造，即在保养面子的同时，也在有意识地提升自己的综合素质，如穿衣搭配、言行举止等。这就说明，"气质"已经成为大众关注的焦点了。

林青霞美不美呢？用我们这个行业的专业眼光来评判，她也是少有的标准美女。五官非常立体，销魂深邃的眸子加上性感的欧式下巴，说她的美百年一遇也丝毫不过分。可是，男人女人对她趋之若鹜的崇拜，难道就只是因为这一份"不像话"的美吗？当然不是。徐克导演就说了，"林青霞自有一种高贵，带着一种英气"。这番评价也可以用张国荣的话来解释，就是"她最靓，最有气质，最有品位"。许多人也许都会问出和张学友一样的问题："一个人怎么可以一直美30年！"而我们年过六旬的林大美人则用自己不衰的气质告诉众迷：30年算什么？我还可以继续美下去。我为什么要举林青霞这个例子呢？是因为大家有目共睹的是，60岁出头的林青霞已经没有当年的花容月貌了，连身材也不复从前，而日益加深的法令纹更是泄露了她年龄的秘密。但是，你不得不承认，人家的"女神范儿"犹在好不好？这就是她几十年来美得长盛不衰的原因。人家不也说了吗，"请别再叫我大美人，叫我作家"。从《窗里窗外》到《云来云去》，人们会暂时忘却大荧幕上那个风情万种的林青霞，而被她字里行间流溢出来的知性和从容淡定所吸引，原来所谓的女人味，也可以是书卷味，还可以是"笑看云卷云舒"的心态啊！我们似乎看到了19岁的林青霞和60岁的林青霞竟然拥有同一而不变的气质，那是岁月和年龄无法劫掠的。

所以女人，在管理好你那张脸的同时，请不要忘了匀出时间来注重自身气质的培养和提升，要知道，只有气质美，才能无惧岁月无情啊！

不过，也许我说了这么多，大家对气质的概念还是云里雾里的。就我个人的理解，气质其实也是一种外在可观可感的东西，但它的前提必须是：修于内，形于外。就是说，气质大多数取决于你的内在修养，说得直白一点，它属于内在美、精神美，是与你的文化、知识、思想、道德挂钩，最后又通过你对待生活的态度和行为直观地表现出来。有人会说，那气质不也要看穿着打扮吗？一个穿着不得体的人，恐怕很难和气质扯上半毛钱关系吧？是啊，你说得没错。但是呢，如果一个人有很好的内在修养的话，难道她还会穿得不修边幅不三不四吗？这也从反面验证了修养体现于外在的道理。总的来说，一个人的气质是由她的个人涵养、外在的行为谈吐、待人接物的方式和态度等因素决定的。知书达理、优雅大方、亲切随和、仪态万方，都是气质的表现，一个有气质的女人，无时无刻不展现出她的个人魅力。

拥有你的专属气质

　　"气质"只是一个笼统概念，不同的人有不同的气质风格。于是有人按照各种标准，把气质分成了不同类型。比如气质说，就把气质分成了多血质、黏液质、胆汁质、抑郁质这四种经典类型。也有研究者根据女性的个性特点，把气质分成了高贵、智慧、娴熟、优雅、恬美、妩媚、俏丽、帅气、高冷等类型。然而千人千面，任何一种气质类型都不足以表现个人的风格。我们不应把自己装进任何一种气质类型的模子里，再以"完善"为名，努力改造自己，朝着那个模子的极致靠拢。如果真的这样做了，你在失去自我特色的同时，还会因为无法达到预期而产生挫败感。

　　我自己就有过这样的经历。记得青春时曾经非常地喜欢王菲，为她的气质深深地着迷。那时候觉得菲姐的一举一动都好有女神范，既神秘又高冷，走到哪里都有逼人的气场。然后就情不自禁地想要模仿她，先是可着劲地听她的歌看她的电影，学她的眼神和表情；再就是研究她的穿衣风格，在心里想象着那些衣服穿在自己身上会是怎样的效果，一定也又酷又仙吧。一段时间下来，周围的朋友都用奇怪的眼神看我，有好奇者还问我是不是受了什么刺激。我反问他们怎么了？有人便说，你现在怎么变得一副不爱理人的样子啊？装深沉吗？还是有心事啊？我心里顿时明白过来，心想，是不是自己终于有了菲姐的高冷气质了呢？结果朋友的话令我大受打击："总觉得你像变了个人似的，以前那么爱笑，那么温暖，现在老是一副别人欠你钱的样子。真的难以接受，一点儿也不像你的风格！"在我尚未想出反驳之语的时候，人家还继续洗刷我："现在穿些衣服也不伦不类的。以前穿那些暖色调的衣服挺适合你的，现在搞得非灰即白，死气沉沉，咋变得这么颓废呢？"天哪，天后的气质在他们眼里居然被嫌弃成这样，我整个人懵了。最后竟然不甘心地说："你们竟把菲姐贬低成这样，也太没有水准了吧？"傻言傻语引来的自然又是一番嘲笑："你又不是王菲好不好？那是人家的风格好不好？是专属于她的气质！你和她完全是南辕北辙的两种类型呀！"真是当局者迷啊！朋友的一席真言令我醍醐灌顶，也无地自容，原来气质不是可以模仿和抄袭就能拥有的。

现在回首往事，仍会为自己曾经的幼稚难为情。虽然仍旧一如既往地喜欢菲姐，但早已经不会盲从，而是坚持走自己的气质路线。记得看过一句话："你的行为，一定要符合你的气质。你所应允的事情，一定在你的能力之内。你的气质里，藏着你走过的路、读过的书和爱过的人。"每个人都是独立的个体，你的学识，你的涵养，你的一言一行，你的穿衣打扮，甚至你的笑点泪点，都是为你自己所特有的，那也正是你吸引别人的地方。而盲目和趋同的追求是非常可怕的，它会耗费你大把的精力与时间，令你在得到后却倍感迷惘，因为你往往因此而失去自己存在的意义。

气质是一种不可名状的东西，不是用几种类型就能概括全世界，因为这个世界上找不出两片完全相同的树叶，更找不出完全相同的两个人。那些将某个偶像作为自己整容范本的人，不管她的整容效果多么完美，相似度多么高，她也不会真的成为那个偶像，当然，她也不再是她自己，而她所呈现出的气质，也不会真实自然。所以，保有自己的专属气质是极其重要的，当你将自身的气质修炼完善，请不要随随便便颠覆和辜负。

在此，我只想对爱美的女性说，气质的确是我们最迷人的法宝，但是别人的气质只可欣赏不可模仿。如果你是可爱温暖型，就不要故作老成；如果你是成熟稳重型，就不要故作可爱；如果你是温柔淑女型，就不要故作狂野……你的言行和穿着，一定要与你的思想和个性相匹配，这样才能展露出与众不同的风情。

懂素质的女子更有气质

素质是什么？用高雅一点的说法，就是修养，也可以说是教养。

不知道有没有人听过这样一句话："不美丽是女人绝对不可以容忍的事情，但没有修养绝对是男人不可以容忍的事情。"虽然有点娱乐性质，但我个人觉得很有道理。不过值得肯定的是，在女性把囿于外在美的注意力逐渐转移到内在美的今天，没有修养似乎成了男女都不能容忍的事情。就是说，不管对男人还是对自己，女人都会比较注重素质修养这方面。

记忆犹新的就是我第一次带着薇时尚美女学员去法国游学。我们这一群美女在法国可是一道亮丽的风景线。就是在米其林餐厅我们的着装和举止都会吸引很多人对我们竖拇指。每个人都在要求别人注重素质，却忽略了我们生活中的素质其实是母性出发的言传身教。若没有人影响，何不用我们的自我约束来提升自身养成良好的素质修养呢。素质的修行和良好习惯的养成可以让我们的生活更加美好而精致。

女人的素质也是一种美，如果硬要形容这种美，便是一种空谷幽兰般的美，没有光艳四射，却沁人心脾，耐人寻味。

其实若说美丽，这个世界上还真不缺少有形的美。但很多的美经不起推敲，从那美的主人口中说出的话，有时候刺耳地令人作呕；从那美的主人做出的行为，有时候粗鲁得令人想逃。这样的美，只适合看一看，至多评头论足一番，然后过目即忘，它属于"看上去很美"。而那些真正令人觉得神清气爽的美，大多不是源于外在，而是从对方的言谈举止中透露出的教养和素质，它属于"真的很美"。这样的素养，不是刻意就能装出来的，它是一种潜在的品质，不会随着时光的流逝而失去光泽，只会越发耀眼迷人。这样的素养，看起来平淡无奇，但尤为耐读，因为它所蕴含的智慧、品德和魅力是永不会消逝的。

中国女性潮流先锋、美容时尚报社长张晓梅说过，一个女人最伟大的资本是修养。她曾告诫女性朋友："女性的修养和魅力是她们修炼的结果。通过不断地修炼，每个女人都可以一天比一天更有魅力。但最重要的是，她是否懂得修养的重要性，是否愿意不断学习提高修养的方法并对此持之以恒。当她真正成为一个有修养的女人，这将对她的事业和人生产生极为重要的影响。"

女人的一生，不管她扮演什么样的角色，她的每一个角色都很重要。作为女儿，她的修养关乎父母的晚年幸福；作为妻子，她的修养关乎一个家庭中各种关系的和谐维系；作为母亲，她的修养关乎儿女的性格和教养，她的职责不只是养育儿女，还影响和决定着一个国家和民族的前途。所以说，作为女人，你存在的重要性决定你必须是智慧、博爱、仁慈、自信和有修养的，如此，这个世界才会因你而更美好。

气度为你的气质加分

不知在哪里看到的一句话："女人不可无气质，男人不可无气度。"当时就觉得怪怪的，谁说气质和气度还要分雌雄的？气质不是女人的专利，气度也不是男人的专权，更重要的是，二者怎么可以割裂开来？试想，一个女人即便给人最初的印象很有气质，但经过进一步的接触和了解，她的毫无气度必然会令她的气质大打折扣，而耐得住时间考验的气质，也必定有气度作为支撑。

女性由于性别特点，比男性更为敏感，感情也更加细腻，思考和看待问题喜欢钻牛角尖，走极端，对人对事容易想入非非，难以释怀。还有最重要的一点，女性比较爱面子，对一切扫面子的事容忍度相对更低，也就是所谓的"面皮薄"，所以才会有那句令千百年来的女性耿耿于怀的"唯女子与小人难养也"，嫌弃的不就是咱们女人的胸襟小，不好将就嘛。所以，作为新时代的女性，作为一个有气质的女人，我们势必要收起那些有的没的"小心眼"，用气度为咱的气质加分。

因为工作的关系和很多人打交道，而且服务对象主要是女性群体，所以在气度对女人的重要性这件事上深有体悟。我就曾遇到过许多要脸蛋有脸蛋，要钱有钱，而且气质优雅的女客人，也很容易在初次见面时就为对方的气质所倾倒。可往往一单生意做下来，便觉得用眼睛看到的气质并不那么靠谱。比如有的顾客会不断地要求换服务员，不满似乎有一箩筐，但都是些非常主观的个人喜好问题；有的会为了争取更优惠的会员折扣价跟你死磨一两个小时，完全无视我们三令五申的店规，浪费时间不说，还极度影响彼此的心情……虽然顾客就是上帝，但我们真心觉得接待这样的上帝好累。所以，下次再见到这样的顾客风姿绰约地进店消费时，我们也会不由自主地皱起眉头。通过这些事情，我就觉得气度对女人的气质影响太大了，没有气度的气质，就如空有一副华丽的皮囊，只是徒有其表。

有过一次印象极深的经历。几年前去市文化宫给侄女和她所在的舞蹈班化妆，她们在那里参加市元旦汇演。给孩子们化好妆后，我和老师及一些家长站在舞台边等着看节目，记得当时我边上站的是一位领导的老婆，她的孩子应该也来参加此次演出吧。正当大家翘首以待的时候，突然不知从哪儿冒出来一个维持秩序的男人，边凶巴巴地推了领导的老婆一下，边扯着大嗓门吼道："退后退后，都聋了吗？"当时我心里咯噔一下，心想，这男人也太没眼力见儿了吧。可是再看看领导的老婆，人家却毫无愠色，依然神情淡然，并且很自觉地退后两步站了。当时的我说不出的感动，觉得这个女人的气度真是了不得，即便是在大庭广众下丢了面子，也不气不恼，完全不和鲁莽的人计较。这时我身后的一个老师也发出同样的感慨说："瞧人家这气质，所以才做得了领导的夫人嘛！"当然，气度和身份其实没有多大关系，但气度可以抬高你的身份，这是毋庸置疑的。

身为女人，不管是在家庭还是社会生活中，都承担着多重责任和义务，所以精力极其有限。如果把这有限的精力花在与不相干或不值得的人和事锱铢必较上，无疑是不明智的。这一生，我们会与数不清的人有交集，难免受点委屈或被人指手画脚，如果总去较劲，生活也就真没什么乐趣了。不如在遇到不淑之人、不爽之事时一笑而过，宽宽自己的心，省得劳心淘神，日子也好过多了。

不都说女人是水做的吗？除了温柔似水，还应有水一样的品质，不管是被有意还是无意地搅浑了，也无须再起波澜，自己花点时间消化消化，澄清澄清，很快又清澈可人了。

提升气质可以让你成为更美好的女子

　　不管你年龄几何，回想一下，自认为最有气质的阶段是什么时候？毕竟，气质不是一旦拥有就不会失去的东西，就像各位深爱的容颜，如果疏于打理，也终会变得惨不忍睹。我的很多客户告诉我说，她们觉得工作和恋爱中的自己最有气质，因工作的充实和出色而有气质，因有气质而吸引倾心的伴侣；而我身边的一些朋友则告诉我，她们觉得四十岁左右的自己最有气质，因为生活基本定型，没有太多忙碌操心的事，所以有时间注重气质的培养。我在心里叹着气，原来对于很多人来说，气质是有目的性的，培养气质也是要看时间允不允许的。这的确有点悲哀，因为女性拥有气质，并不是要把它作为获得任何的手段或资本，更不是当作你闲暇的消遣，它只是为了让你成为一个更好的人。对，就这么简单，拥有气质更多的是为了悦纳你自己。

　　有一篇发人深省的小文可能很多人都看过。讲的是一位三十多岁的妈妈，自二十多岁生产后便辞了职，一心扑在养育宝贝女儿上。可能望女成凤的心太切，也或许是觉得自己牺牲了个人事业来带孩子，有点孤注一掷的意味，便对女儿要求很高，甚至到达严苛的地步。但十岁的女儿似乎并不领情，不但不和她亲，还总是对她的要求和旨意怀有敌意，动不动就反抗她。有一天，她实在忍无可忍，便第一次对女儿大发雷霆，声色俱厉，却字字哀怨："你以为妈妈我容易吗？我从小到大也是很优秀的你知不知道？可是为了你，我放弃了自己的事业，放弃了梦想，也辜负了你姥姥姥爷对我的希冀，我把你看得比生命中所有的东西都更重要，可你呢？都十岁了，一点儿也没有成为我期待的样子。"女儿终于不再像以往一样反驳她气恼她，而是小声说："那我宁愿不要现在的妈妈，我要以前优秀的妈妈。妈妈，你看看你自己，要是你不说，谁会看出你曾那么优秀呢？"女儿的话犹如一声惊雷，在她的心里轰地一下炸开了。她站在镜子前，看着镜中蓬头垢面精神萎靡的自己，不由得愣住了。是啊，那个年轻时气质优雅的自己是什么时候走失的呢？有了孩子以后，不注重保养和打扮不说，连交际也懒于应付了，最喜欢的阅读也荒废了，除了对孩子恨铁不成钢的痛与怒，十年的岁月将曾经的生香软玉打磨成了女汉子和女神经。女儿的话让她幡然醒悟，作为母亲，自己都没有成为一个更好的人，又有什么资格一味要求女儿成为更好的孩子呢？从此，她开始一点一点找回十年前的自己，不但开始注重保养和打扮，还去学瑜伽、学花艺、学茶道，并和以前的朋友恢复了联系，没事就聚一聚。即便在家，也不再整天只把注意力放在女儿身上，而是花一些时间来看书习字，做自己喜欢做的事情……虽然花在女儿身上的时间少了，但女儿却在悄无声息中变得更懂事听话，不但自己主动缠上妈妈，还对妈妈越来越崇拜，有一次甚至不无骄傲地对她说："妈妈，以后你经常到学校来接我吧，我要让别人看一看我的气质妈妈。"那一刻，她心中五味杂陈。她承认，在她蜕变之初，是带有赌气心理的，因为她被女儿那句"谁会看出你曾那么优秀"而深深伤害了。但是越到最后，她越享受其中。望着镜子中一天比一天更有气质的自己，她突然明白这才是自己应有的模样，满腹才华又个性淳善的自己，本来就有自信的资本才对嘛！一个有气质的女人，也许更容易得到别人的欣赏和尊重，但最重要的是，她因此而变成了更好的自己，不会因为辜负生命的意义而感到遗憾。

　　不管是在工作、家庭还是社会生活中，女性都切忌顾此失彼。虽然人生的每个阶段都有不同的重心，但不管你肩负怎样的使命，都别忘了兼顾打理好你自己。岁月是把杀猪刀，懈怠就是那个刽子手，疏于保有气质的你，倏忽之间，就成了庸常俗妇，被人忽视，被自己鄙视。所以，不管你多老，不管你多忙，不管你多穷，都行动起来提升自己的气质吧，这是刻不容缓的事。不要害怕付出，不要夸大艰辛，所有你能做到的丰盈内心、提高修养诸事，都可以不花钱、不费粮。

气质女人的处世哲学

Philosophy of women's temperament

学会说话，看穿但不说穿

很多客户在第一次见面之后都会好奇地对我说，小薇老师，你跟我想象中很不一样啊！我一直以为像你这样的导师应该是能言善辩的，可是见了你之后，我反倒觉得你不多言不多语，给人感觉很安静，但又不是那种高傲的感觉。对此，我总是笑笑，也不解释。其实我也有话多的时候，那就是身为讲师站在讲坛上。一个讲师若寡言，必是在职业素养上有所欠缺的。可是，当我走下讲坛，走到平常的生活和日常的交际中时，我就会特别注意自己的言谈举止。中国不是有句古话吗，叫作"言多必失"。人的本事大小，不在于你话多话少，而是是否把话说到点子上了，当然，还有就是"有理不在声高"。人有时候不小心犯了错或得罪了人，并不一定就是他做了什么违反道德的事，而是在言语上让人不舒服了。这种使他人心理上产生不适感的无意间行为，往往更容易伤害对方的自尊、荣誉等，而它随之带来的后果比想象中严重。那么，怎么避免在说话时得罪人了呢？很简单啊，尽量闭嘴。

青春年少的时候，我也曾有过"咋咋呼呼"的历史。不但喜欢辩解，还喜欢揭穿别人的伪装，总觉得自己的据理力争或直言不讳都是为了维护所谓的"真理"。后来才发现，不管是老师还是领导，都不会因为你义正词严地"捍卫真理"而对你刮目相看，相反，他甚至不那么与你亲近。我那时候涉世未深，总是想不明白自己"直爽"的性格为什么在别人眼中就不可爱了呢？直到后来自己也吸引了些相同性格的人到身边，才发现有时候话多真是百害而无一利的。遇到性格安静的人，话多就是聒噪；遇到自尊心强的人，话多很容易戳中别人的敏感地带；遇到好胜的人，话多就是一种压制，是一种居心不良的抢风头；遇到智慧的人，话多就是愚者的虚张声势，或者是一种掩饰……我记得自己有勇气站上讲坛不久，和一个朋友在外面办事时，无意中遇到一位听过我讲课的女性。对方上前和我寒暄几句，末了礼貌性地说，小薇老师，你这么年轻就有胆识站在几百人的讲台上开讲，真的很令我佩服，我都跟我好多朋友介绍你的课程了呢，以后你的听众会越来越多。我正想开口，我身边的急性子朋友便抢着替我回答了："哎呀，你不知道她最初紧张成什么样子，都打了好多次退堂鼓呢！那第一次上台，都不知道在下面练了多少遍，连我都把她的演讲内容记住了，她还没记顺溜呢！"她的一番傻大姐式的直白之语，瞬间令我石化了。我承认，她说的话没有一点夸张，但是，在这样的场合，以如此"坦率"的方式陈述事实，真的好吗？自从我发现朋友这"可怕"的一面之后，便害怕和她一起出门了。我想说的是，不是我虚荣，而是每个人都有与其身份相对应的尊严，不管你们的关系多么亲密，维护别人的尊严都是一种最基本的礼仪。

在我所接触的人中，最让我佩服的，是那些说话很有分寸的人，在人多的场合，你几乎很少看到她们高谈阔论，但即便如此，也丝毫不影响她们的气质，你不知道，那种无声的气场是最有震慑力的，而且神秘又优雅。而私底下，她们说话也不会百无禁忌，而是懂得分场合地发表观点。而更多的时候，你会发现她们善于倾听，而少于发声。这样的人，你以为她们真的是沉默少言吗？或者说，你以为她们是缺乏交际能力吗？错。她们只是多思慎言而已。她们一般会在关键时刻发关键语，一下子就说到点子上了，把旁人那一大堆废话瞬间秒杀。

关于说话，墨子有过一段精彩的理论，他说："话说多了，并没有好处。你看池塘里的青蛙，夜以继日地叫个不停，但有谁会去注意它呢？而雄鸡每天只在天将亮时报晓，且只叫两三遍，可是人们就跟听到号令一样，立刻就注意到了。这就说明，话不在多，要有用才行，废话尽量少说。"

有句话说得好，"看穿但不说穿"。这其中除了包含说话的技巧，还有处世的智慧。很多事，我们何必去把它挑明呢，不但对他人不利，对自己也没有什么好处啊！女性都偏向于喜欢绅士，对所谓的"绅士风度"青睐有加，而反过来也是这个道理，身为女性，也该有这样的风度才行啊！当然，人长着一张嘴，除了吃喝，肯定是要说话的啊！那要怎样说话才好呢？借用我甚为赞同的观点：要说自己经历过的感慨之语；要说心灵深处的衷心之语；要说自己有把握的话；要说能警诫他人的话；要说能教育他人的话；要说能温暖他人的话；要说能使人排忧解难的话。反过来，就是少说言不由衷的话、伤感情伤自尊的话、无中生有的话、恶言恶语的话，还有就是忌说粗言秽语。以我个人的经验，光是学会说什么样的话还不够，还得注意说话的内容、意义、措辞、声音和姿势等，不要嫌麻烦，要知道，气质可不是一日练成的哦！

活得糊涂一点更容易幸福

我一直提倡女人应该活得精致一点，但在这里，我也奉劝大家能活得糊涂一些。有人可能立刻就犯狐疑了，这不是自相矛盾吗？呵呵，不矛盾。我说的精致，是说在吃穿用度上，如果条件允许，就不要亏待自己了，而且就算条件不允许，也可以走简朴的精致路线，这才是我们身为女人应该持有的生活态度。而我说的要活得糊涂一点呢，是指的精神方面，是针对为人处世来说的。

"活得糊涂的人，容易幸福；活得清醒的人，容易烦恼。""越聪明的女人活得越累，越糊涂的女人活得越轻松。"大家想想，是不是这么回事呢？如果想不通，我按我自己的理解来解释一下，就是：清醒的人看万事万物看得太清，所以更容易较真，也更执着于水落石出，于是遍地是烦恼；而糊涂的人不喜欢寻根究底，很多有可能存在的糟糕的真相也就囫囵过去了，所以她计较得少，她在精神上便没有什么负担，所以活得更轻松。你可能觉得后者是不是有些太简单粗糙了，可人家却能觅得人生的大滋味呀！

人活在世上，哪能事事如意？如果每件事都势必要弄明白，岂不是得花费莫大的精力？而且更重要的是，很多事你即使弄明白了，对你也不一定有利，你说你又是何苦呢？所以，在一些无关紧要的小事或者是无伤大雅的琐事上，我们就得过且过好了。你要这样想，即使弄明白了，我也不能改变什么，说不定还给自己添堵呢，有什么意义呢？就拿我们日常的一些生活小片段来说吧。我们有时候在站台排队等车，或者排队购物，是不是偶尔会遇到一两个插队的人呢？这时候要上去跟人理论吗？把插队的人拉出来接受群众的审判？如果你能做到心平气和地上前和对方交涉，并有把握说服对方心悦诚服地接受你的意见，那好，没问题啊，公共场合维持秩序是正义的行为，这个值得褒奖。可是，我们的女性同胞大多不会真的在公众场合抛头露面地和人有正面冲突，但她却会在队伍里心怀怨念。她会因为对方的插队行为而义愤填膺，在心里喋喋不休地暗骂，甚至在情绪上变得焦躁不安，总觉得心理不平衡啊，我这么辛苦在排着队，这个人怎么能明目张胆走捷径呢？越想越觉得来气，好像那个插队的人是针对自己，专门来抢自己的位子呢！其实这时候，我们大可不必气恼，糊涂一点就好啦。你可以这样想，这个人应该有什么要紧的事吧，他插队一定情有可原；你也可以这样想，这个人也太没素质了，我怎么能和没素质的人较劲呢，岂不是降低了我的格调；你还可以这样想，他抢的是大家的位子，可别人似乎也都无动于衷呀，我又何必小气；当然，最明智的是，你尽可以直接忽视对方的插队行为啊，因为你并没有要紧到必须争分夺秒就要完成的事……这就是小事糊涂点，为的是不给自己无端添堵。

我还遇到过这样一件有趣的事。一位相熟的女顾客有一次跟团去游了新马泰，回来后可兴奋了，说自己玩得嗨极了，最后的总结是不虚此行。我们也被她的兴奋劲给感染了，都说下次也试试去。结果没过两天，人家见人就抱怨起来，说自己的新马泰之行被坑了。一问，原来是有朋友告诉她，别的旅行社比她走的那个价格更便宜，行程还多了一天；也有人告诉她，哪个哪个旅行社提供的入住酒店更高级，也是差不多的价格……她听了这些，只觉自己上当受骗了，于是很不甘心，便上网去搜索新马泰的各类团游信息，结果越搜越气愤，原来很多旅行公司都比她选择的那家性价比高。她一边诅咒"骗"了她的旅行社，一边又不能原谅自己当初轻率的选择，用她自己的话说，是脑子进了水。其实作为旁人，我们觉得没必要这么较真啊。你当初做出的选择，肯定是在你的经济承受范围内的，也就是说，你根本没想过在钱上纠结，既然不差那点钱，事后就更没必要计较了。还有就是，你不是玩得很开心吗，这就够了啊，你若参加了别的旅行团，虽然花了更少的钱，或者入住了更好的酒店，也不一定就能玩得这么畅快啊。所以，根本没有必要因为别人的信息干扰就去盘根究底，你挖出的信息量越大，对自己似乎越不利啊。还有就是，反正你钱也花了，玩也玩了，要真是认为被"骗"了，亏了，也只有认栽了，因为已经无力回天了呀！所以，管别人说什么呢，糊涂一点不就行了，把此次旅行当作人生中一次美好的回忆，不也挺值的吗？

我从业以来，被欺骗过，被打压过，这是不争的事实。虽然那时候还没有现在这般的彻悟，还不懂得"糊涂即聪明"的道理，但总觉得不能老是和那些与自己过不去的人和事较真，因为时间久了自己即使不被逼疯也会被同化，那不就得不偿失了吗？还有就是，那时候觉得自己有更重要的事要做，没必要把时间浪费在这些"又不会死人"的事情上。对我来说，我一直感激曾经的自己，感激当初的那份随意的豁达，因为它让我觉得，我当时的做法是对的，而且它练就了我沉稳的气质和强悍的抗压能力。我已然忘记那时的自己是真糊涂还是假糊涂，但我因为那份"糊涂"而拥有了快意的人生，为此我无尽地感恩。

其实作为女人，似乎都有个通病，就是喜欢在两性关系上较真。所谓"眼里容不得沙子"，我觉得就是女人在对待男女关系时的真实态度。一些原本在待人接物上很大度的女人，一旦遇到男女问题，还是会"小家子气"，用形象点的比喻，就是喜欢捕风捉影。不管是衣服上若有若无的香水味也好，还是突然"频繁"的应酬晚归也好，抑或一反常态的大献殷勤也罢，都能勾起女人的无限联想，当然，都是些可怕的想象。由此导致的结果是什么呢？要么表面装疯卖傻，但暗里各种偷看、跟踪；要么阴阳怪气，明嘲暗讽；要么大发雷霆，从此事事针对，处处为难，搞得家里鸡犬不宁；要么什么也不做，就在心里各种瞎想瞎猜，生气、恐惧，魂不守舍，夜不能寐……我觉得呢，如果事情没有到一目了然的地步，大可以忽略它，如果你信任他，那么就选择一如既往地相信啊，因为相信他就是相信你自己；如果他本身就不值得信任，那么，你再纠结气恼又有什么用，因为你无法改变他，而且谁叫你从一开始就选择了一个无法信任的人呢，根儿不在你那里吗？如果真的失去，也有失去的理由和失去的好处啊。我始终相信，凡事自会有结果，如果你无法改变，就不要做无谓的事，静等结果好了，中间的各种伤神都是自伤。糊涂一点，心便不会再累。

女人啊，有时候犯点傻吃点亏是很必要的，要知道，所谓糊涂，不是拙笨，而是气度，比起那些自以为聪明又总是折磨自己的女人，糊涂的女人难道不是活得更洒脱帅气吗？

低调是真正的智慧

　　有句话怎么说来着？"一个人越炫耀什么，证明她越缺少什么。"我年轻的时候也迷过亦舒，而且最初就是被她《圆舞》里那句"真正有气质的淑女，从不炫耀她所拥有的一切，她不告诉别人她读过什么书，去过什么地方，有多少件衣服，买过什么珠宝，因为她没有自卑感"而打动的。原来气质淑女永远不用去刻意证明什么，因为她的一言一行就能透露出她的风雅和格调。

　　曾经心血来潮问过老公，最讨厌什么样的女人？原本以为他会故作绅士状，含糊其词地敷衍我，毕竟一个大男人讲女人的"坏话"总归是不好的。可是没想到这男人想也不想地回答我说，这世上两种女人最可怕，一种是话多、爱八卦的女人；还有一种就是爱炫耀和显摆的女人。说话间还一副愤愤然的样子，好像曾经深受其害似的。说实在的，我没想到老公的观点竟和我的不谋而合。我的工作注定要在外面抛头露面，和各种各样的人打交道，照理说久经沙场，也能"运筹帷幄"了，但我还真对一些"高调"的女士头疼不已，束手无策。

　　举个例子。有时候遇到三五个女顾客结伴前来找我做个人形象设计，当我根据她们各自的情况给出一套科学可行的形象方案后，她们又会请我推荐一些适合她们的配饰或者服装品牌。而每当我给出建议时，要么是当事人，要么是旁边的人，反正总有那么一两个人，会不断质疑或者贬斥我所推荐的东西，一副无所不知的样子。每到这时候，一向沉着冷静的我都忍不住要抓狂，你什么都懂，干脆来干这一行得了，还找我做什么呢？当然，不是我容不得别人反对自己的意思，而是觉得自己颇不受尊重，最重要的是，从她的话里可以感觉得出，她连半吊子都算不上啊，充其量就是展示一下她的"强大的名牌信息量"罢了。这样的人，真心不受人待见。而我为她服务的热情，自然也就降了下来。

不可否认，言行高调的人，有时候只是为了刷存在感，吸引别人的注意力。特别是女人，都有点无可厚非的虚荣心，都希望别人关注或围观自己的幸福，并以此获得满足感。殊不知，站得越高，越容易暴露，也更容易成为他人的谈资。试想，人无完人，身为凡人都会有点无伤大雅的"小把柄"，本来别人也不会拿你这短处说事，可谁叫你整天要站在风口浪尖呢？自然而然就被别人动不动拿出来作为话题了，而且谁都知道，当"靶子"的滋味可并不好受。我们看当下的明星效应就是这个理，那些平日里爱出点小风头，争着上新闻首页的，一旦生活中有个风吹草动，特别是负面消息，都会被媒体和大众添油加醋、各种夸大歪曲地炒得沸沸扬扬，这时候想要回归宁静也就难了。所以，做人能低调就低调点，你拥有什么，即使不说，拥有的始终拥有；你说了，也就还是那点儿拥有。而现实是，别人不一定乐于见到你拥有种种的现状，反倒会觉得你这个人太作，太爱现，不适合深交，唯恐你哪天把她（他）的私人秘密也昭告天下。所以，低调才是一种为人处世的智慧，它可以避免你为自己树敌，也能使你在生活突起波澜而不愿为人所知时保护自己的隐私。

女性从属性来讲，是属静的，这也是我们这个性别的本质。你也许会说，小薇老师你怎么也有"男尊女卑"的思想啊！我在此申明，我可是永远站在男女平等这个立场上的哈！但是，不管时代如何改变，不管女人"顶半边天"还是"女汉子"横行，我们都不能忘了女为阴男为阳的事实。女人不管其身份角色如何，她都应该是柔的，是向下的，有那么点"柔顺"的意思，而男人则为刚，是向上的。柔性的女人，就不要太张扬了，因为这与你的自身属性相悖，一旦张度太大，就会使你的性别和你的行为有违和感，自然也就得不到大众的审美的赞同。

言归正传，低调的女人该是什么样的呢？我认为吧，就是凡事不要太刻意去展示去外现。如果你富有，那就好好享用，不必告诉别人，除非你有意让他人分得一杯羹；如果你有能力，那么好吧，默默把事做好就行，不必锋芒太露，更无须积极邀功，别人看出来比你说出来更有说服力；如果你漂亮，那好吧，更无须去炫耀你的脸蛋你的身材，大家的眼神都很毒的好吗？有一句广告词不是叫"低调的奢华"吗？值得女人好好玩味。

淡淡的女子凡事不必太在乎

生活中，我们总是会遇见那种非常在意别人对自己的评价和看法的人，总是担心自己不能面面俱到，总是想得到所有人的认可。作为旁观者我们都会说：你这样追求完美会不会太累呀？完美主义者。是不是觉得很奇怪？其实并不奇怪。说在意别人，无非是在意别人是否在意我。可是哪能奢望人人关注人人爱？说穿了还不就是追求完美吗，还不就是希望你在意的恰好又在意你，可你只是凡人哪，何必想要那么多拥有那么多注视呢？

曾经看过一段话，觉得说得很好："在这个世界上，总会有人使你感到悲伤，使你心生嫉妒，让你恨得咬牙切齿。可这并不意味着他们有多坏，而是因为你太在乎。所以要想心安，首先就要做到不在乎。你对事不在乎，它就无法伤害你；你对人不在乎，他就无法影响你的情绪。在乎了，你就已经输了。什么都不在乎的人，才是无敌的。"人在意的越多，心事就越多，心里装的东西多了，心也跟着乱了。要想心静，那就少装事，这样才能过得舒坦。

说到这点，我的朋友萍就很赞同。她是那种很有才气的女子，说话轻言细语的，给大家的印象是温软无害，很容易获得别人的好感。可是萍却说，这个世界上一直有一个人不喜欢她，那就是她婆婆。刚结婚的时候，为了和婆婆暗战，她整个人都要崩溃了。我们对此不敢相信，因为大家都清楚萍的性格和为人，她应该和传说中的恶媳妇怎么也扯不上关系吧？可是萍说了，她活了二十多年，从来不用刻意做什么，就能轻而易举俘获别人的心，可是这个婆婆呢，不管自己多么讨好卖乖、小心翼翼，就是不能让她老人家顺眼了。我们就问，那婆媳之间到底有什么矛盾不可调和呢？萍说也没什么大的矛盾啊，但小纠结就数都数不过来了。我们于是开解她说，既然不是什么大事，那你就不要在乎啊，她没有气度你管不着，但你有你的风度，你不和她计较不就行了，让她一个人唱独角戏，自娱自乐吧。这下萍就不服气了，她说我又不是做得不好，她凭什么老不把我当回事？认识我的每一个人都觉得我很好，她凭什么就要处处挑剔我，我有什么值得她挑剔的？听了萍的话，我们就知道问题出在哪里了。萍也许是个好媳妇没错，但她觉得自己做得好就应该得到婆婆的认同，而这个婆婆呢，她偏不买账，所以才导致二人的关系别别扭扭。而事实上，萍的婆婆也只是这个世界上千古疑难问题——婆媳问题中的一个通病患者而已，她可能从来不觉得这个媳妇有多坏，但就是喜欢不起来。所以，这时候只要两个人都不把这层关系相互挤压就行，彼此相敬如宾不就好了？于是我们就劝萍说，你一个大才女，整天把心思花在婆婆身上，而且还吃力不讨好憋着一肚子气，人生有意义吗？你其实也未必那么在乎婆婆的认同和赞许，只是不服气她不把你当回事而已。不把你当回事不也挺好吗？你就可以安心做你自己，不必刻意去逢迎，不必束手束脚，如履薄冰。萍一听，觉得有道理哈！我这么累，不就是因为太在乎她对我的在乎了吗？既然她都不以为然，我又干吗在乎，我只要尽我分内的职责，做到问心无愧就行了。想通了这一点，她后来还就真的不去想婆媳关系这档子事了，而是每天自己做自己的事，该吃吃，该喝喝，该玩玩，渐渐地在家里也轻松自在了许多，而婆婆呢，虽然也没见她对自己亲近一点，却变得越来越顺眼。所以，萍经常用自己的亲身经历告诫那些委屈的小媳妇说，婆媳之间，越在乎的人越累，越不在乎越自在。

其实在生活中，像萍这样的女人很多。她们本身是高知，十分善解人意，在外面也吃得开，受人尊重，可是一到婆婆跟前，就成了一个没有任何光环甚至优点的寻常妇女。不得不承认，这其间的落差的确有点让人难以接受。然而换一个角度来想，你既然都征服了 99.99% 的人，又何必在意那另类的0.01%？那极少数的不认同，并不能折损你在他人心目中的完美形象。正因为她的不在乎，你才要活得更自我，把在外面的自信和气场拿出来，她说不定还会对你另眼相看呢！总而言之，放开自己心中的贪恋，不要想着追求毫无瑕疵的完美，因为那只是神话。凡事无愧于心就好，至于他人怎么看，那是他的事，你无法左右他的想法，也不要被他所左右。

不过话说回来，我们有时候不得不承认，女人最大的通病就是多心，凡事喜欢胡思乱想。别人不经意的一个眼神、一句话、一个动作，都能让她想得百转千回，想不通，猜不透，便如鲠在喉，茶饭不思，辗转反侧。这也不能说是她们气量小，而是太感情用事，太把别人当回事，恨不得自己能与世界和谐统一。这就是女人往往活得太累的症结所在。其实还是那句话，在意的东西多了，你心里的空间就小了。学会把不要紧的人和事放开，心敞亮了，人也就万般自在了。

看看周围那些举手投足自信又自在的气质女人吧，人家可没有刻意取悦你，可你不也情不自禁被她深深地吸引住了吗？所以说，不在乎才会美得更自然。

气质女人的个性魅力

Personality charm of temperament women

恰到好处的温柔，令人如沐春风

和一个即将移居海外的女伴吃告别饭，彼此依依不舍，唠不完的私房话。不会喝酒的我只能陪她小酌至微醺，两个女人开始红着脸互诉"衷肠"。我说，再不会有人像你，懂我又鞭策我，赞我又"取笑"我，是你让我欢喜让我忧。她听了贼贼地笑，笑完了又凑到我面前一本正经地说，我就喜欢你的温柔，总是让人如沐春风。我没想到一向大大咧咧的她竟说出如此煽情的话，但老实说，我爱极了这赞美。像我这样的女人，习惯了讲台，习惯了面对几百人的注视，也习惯了顾客的各种挑剔和刁难，再加上他人赠予我的"女强人"名号，更是让我深感自己的女人心早已变得坚强又坚硬。原本以为自己早已失却了女人得天独厚的温柔本性，没想到在朋友眼里，我竟然还是那个温柔的女子，要真用心花怒放来形容我那刻的心情也丝毫不为过。

虽然同为女人，但我经常被温柔的同性吸引了注意力。我想，这应该是人之常情。因为"温柔"这个词，听起来就会让人感觉美好。所谓"温"，就是有着恰到好处的温度，热而不烫，凉而不冷，给人温馨、舒适的感觉；"柔"呢，则是柔软而富有韧性，结实而不僵硬，有着曲折而不变形的弹性。"温"与"柔"相结合，成为一种美好的品格，善良、谦卑、朴实又智慧，我想没有人能够拒绝或者反感这份美好，无论性别。有句话说得也很美："能打动人的从来不是花言巧语，而是恰到好处的温柔以及真挚的内心。"以柔克刚，所向披靡。

现在这个时代变了，女人的形容词也跟着在变。可是身为女人，你可以潇洒、干练、智慧，甚至深于城府，但有一样特质不能丢，那就是女人的温柔。而女人有别于男人的，就是她具备了男人所缺乏的温柔气质。温柔，也是女人成为妻子、母亲所必需的一种基本资质和品性，因为它天然地与关怀、同情、仁爱、体贴、包容乃至温言软语相连。温柔自有一种神奇的力量，能够将愤怒、委屈、仇恨、不安等在无形中融化掉。所有的喧嚣吵嚷、强词夺理，都无法在温柔面前张牙舞爪，因为会自惭形秽。所以说，圆融的温柔其实也是女人的利器，它既保有女人的柔弱，又护卫女人的周全。

就拿我自己来说，虽然终日在外奔忙，因为紧张与疲惫而面部僵硬，有时候甚至再开心也挤不出一丝笑容。可是一旦回到家，就自然而然地变成了温柔的母亲和温软的妻子。当然，其间没有丝毫刻意。我想，也许因为家是最温暖最有安全感的地方吧，所以当女人置身家中，便是最放松的时候，而女人的本真也在不自觉中显露，她的线条会变得柔和，言语会变得轻柔，一切都是静好的模样。我自信地认为，这样的女人，孩子会喜欢，爱人也会喜欢，而她的家庭气氛也必是温馨有爱的。而现在的很多家庭，角色有点易位，就是在夫妻关系中，有那么点"女尊男卑"的味道，女人拿妇权镇压了夫权，于是整个家庭呈现出阴盛阳衰的局面。这样的家庭，也许也会经营得风生水起，但它的家庭成员未必都会感觉舒坦，因为凌驾于男人之上的女人大多已经失其温柔本性，随着这个家庭和谐的必要元素的缺失，必然导致爱与自由的缺失，这样的家庭，注定难言和美。

我发现我们的老祖宗很有智慧，因为他们颇有真知灼见地把女人比作了水，试想，还有什么能比用水来比喻女人更精当的呢？女人为什么是水？因为它有水的温柔特性啊。水往低处流，如同女人在家庭关系中的作用，因为她们甘于就下，甘于奉献，才使得男人无后顾之忧，使得孩子纯真自由。水遇到障碍不会碰硬，而是自动拐弯，女人也一样，遇到男人大发雷霆的时候，不去话赶话，不去火上浇油，只需安抚安抚，慰藉慰藉，撒撒娇，男人就会很快没了脾气，这里，女人的似水柔情就是克刚的法宝。

所以，既然我们有幸生为女人，就应该好好保持女人的温柔特质。女人之美，就是要美得温柔似水，美得善解人意，美得温顺含蓄。不要为了彰显你所谓的女强人的霸气，就动不动摆出"大河向东流，天上的星星参北斗"的气势，这样的你，即使再美，也会让人退避三舍，因为这个世界对女人的要求，其实还是以温柔先入为主的。不管你承受着多大的压力，或者有多大的野心，都不要失了温柔这一宝贵的财富，不要像英国女首相撒切尔夫人一样，等到回忆起自己漫长的一生，却只剩下"我一生所犯的最大的错误，就是忘记了自己是女人"的空悲切。

每当因为工作和事业的操心让我开始渐渐失去女性温柔那一面的时刻，我一定会戛然而止，前往有山有水的地方，哪怕是一个古镇，放下一切的一切，倒空了所有的工作压力，尽情地享受那个水中的女子。水般的智慧、水般的柔软本该属于我，否则可以倾其一生静静地待着，不在意谁是谁的谁，而是活明白每个当下的心的呵护，自我疗愈的滋养，温柔的女子最招人疼爱，唯有自心疼方有人疼爱。

幽默感令女人耐人寻味

毫无幽默感的男人偶尔会让人感到无趣，甚至压迫。然而，幽默并不是男人的专利，我想说，一个没有幽默细胞的女人是可怕的。

当然，我是因为领教过，才敢这么说。老公有一大帮朋友，隔三差五就要聚聚，我只要有时间，也会跟着老公去赴饭局。老公的那些朋友也一样，时不时把老婆带出来"畅聊人生"。只有一位朋友，这么多年一次也没带老婆出来过。我们觉得这是对他老婆的不尊重，不管是他觉得老婆拿不出手，还是他老婆生性腼腆，不喜交际，我们都一致认为是时候见一面了，不然心里过意不去，好像专门把人家冷落了似的。这位朋友起初十分坚决地拒绝了我们的请求，但找的都是些说不过去的理由，后来实在经不起我们这群娘子军的"炮轰"，才犹犹豫豫地答应了。

下一次的饭局，他老婆果然来了。我们一看，也没有拿不出手啊，长得挺有福气，而且人家也没有显出很别扭的样子，一直正襟危坐，毫不怯场。席间，男人们酒过三巡，又开始耍嘴皮子逗乐了。后来某位男士讲了一个关于胖女人摔了个大马趴的笑话，逗得全场笑作一团。这时候，那位和我们初次见面的太太，竟然一语不发、出其不意地端起面前的一杯果汁，直接泼到那位讲笑话的男士身上——她以为别人讲的是她，因为她有些丰满。全场的笑容凝固了，僵在半空中。那位先生尴尬地站起来向大家欠了欠身，抓着太太的手臂大步冲了出去……

事后，这位朋友向大家道歉说，这就是他一直不肯带太太出来应酬的原因。他说太太没有别的毛病，就是毫无幽默感，还很敏感，动不动就会感觉被冒犯，一被冒犯就会不顾身份场合地发脾气，包括对他也一样，一言不合就要做出令人瞠目结舌的举动来。他们夫妻的感情原本也没什么问题，但他就是感觉生活得很压抑，很害怕回到家中。

当然，我们原谅了他，而且深表同情。尤其是身为女人的我，实在想象不出这个男人活得有多糟糕，有多心惊肉跳。夫妻不但每天同床共枕，还要生活一辈子，却毫无婚姻本身应该具有的信任、轻松、亲昵，甚至言谈自由，这是何其可怕呢？

我讲这个故事是想告诉我们的女性同胞，女人富有幽默的个性，不管在家庭生活还是职场交往中都尤为重要，有时候还会锦上添花。因为幽默不但可以增强你的亲和力，还是人与人关系的润滑剂，关键时刻能起到化干戈为玉帛的神效。但是人们又习惯于给幽默感划归属性，认为它只是男人的社交工具。但我看过一项来自美国的试验报告，它说的是让10个男人和10个女人看70部幽默卡通，然后让他们各自为这些卡通打分，同时用仪器检验他们大脑的活跃程度。结果发现，男性和女性的大脑对幽默的反应几乎相同，而且女性大脑对外来刺激的反应似乎更加活跃。这个报告显示，其实女人比男人更懂得幽默，也更愿意表露出她们的惊喜。这说明什么呢？说明女人比男人更具有幽默的潜质。所以，不要再封存自己的幽默因子了，把它适时地释放出来，它会为你的生活制造出意想不到的惊奇。

不过我能理解很多女人对于幽默感的迟疑，因为她们会把这个词和男人豪放不羁的玩笑场面联系起来。然后再把自己代入这种场景中，完了，彻头彻尾变成一个轻浮女子的形象。不光如此，她们还会觉得女人天性就是静态的、含蓄的，一旦幽默感来了，不就破坏了性别自带的神秘感吗？所以，这就是对幽默感的理解偏差。我们提倡的女人幽默感，绝对不是要女性放弃性别差异，以效仿男人带着粗俗和豪放的言行来逗趣。女人的幽默，必定是建立在善意之上的锐利，是适度自嘲基础上的小辛辣，它在表现出女人机智敏捷的同时，还能体现出女人的温柔情怀……你不用紧张，因为你根本就不必刻意去寻求幽默感，更无须为此紧张焦虑，其实你只要懂得领会他人的幽默，并且适度接招就好。正如蔡澜说的"有幽默感的女人，不是会说笑话的女人，而是听男人讲话时，笑得出来的女人"，颇有见地。试想，你的男人为了调节家庭气氛,于是小有城府地幽了一默,但你却无动于衷,你说他会不会感觉很挫败?一个家庭里,一定要有人逗乐,有人捧场,家庭氛围才能保持轻松愉悦有爱,我深以为然。女人,你可以逗乐,也可以捧场。

女人,不要担心幽默会损坏优雅和矜持,得体的幽默反而会增添你的个性魅力,为你的形象加分,比起那些不苟言笑的"女神",幽默令你耐人寻味,略胜一筹。

独立自信，无惧无畏

女人要独立，好像是老生常谈的话题。可是，我挺见不得有人说，我之所以独立，就是为了以防万一，要是不幸被老公踢了，我也不怕，因为姐有钱有事业。我想说，姐姐啊，独立并不意味着就是要有钱，独立也不是为了被抛弃留退路。独立是要活得有思想，有行动力，有主见，有个人支配权，往大了说，就是我活出我的个人特色和人生意义，我，没有白活。

不谦虚地说，我自认为活得有滋有味，不算失败，二十多年一路走来，在美业上的摸爬滚打，我的精神世界一贯都是自负盈亏。从最初选择这一行，到后来衍生出几个交叉业，再到经历各种磨炼和考验，我的世界也经受了冰火两重天的洗礼。但是大家看到的小薇，永远都是一副好整以暇的样子，从容自信是我不变的行头。也许是独立惯了，在最终稳稳当当地走过风和雨之后，我的内心便变得无比强悍，而这强悍，又绰绰有余地支撑起了我的自信心。所以就有了良性循坏——因为自信而无所畏惧。有时候好友开玩笑地说，小薇啊，你老公可是捡了个宝，你看你，多有能耐，这样的女人，不但不用老公养，还让老公倍儿有面子。我便纠正她说，我有能耐不是为了证明我不需要老公养，因为我老公也有能耐养我啊，我如此独立，也不是为了和男权较量，而是为了我自己的思想和行动自由，还有就是实现人活着的意义。

书里的那些桥段，在现实生活中比比皆是。比如什么女人嫁了有钱老公就彻底地在安乐窝里沉沦，最后傻傻地被人抛弃，可怜到衣食住行都没了着落。这些故事，不提也罢。因为前车之鉴太多，却没有引起当事人的警戒，这是咎由自取的宿命。而我比较感兴趣的，是前不久一个女孩聊天时候向我倾诉的现象。她说自己家庭出身不是很好，但从十多岁开始就规划自己的人生，并在不断的自我鞭策中，一步一步实现了自己的规划，到现在二十多岁的年纪，就已经算是小有成就了。我正想为她鼓掌，她却说，可是这么独立的我，在深深爱上一个男人之后，一切都变了。突然变得拿不定主意，什么都要征求他的意见才放心，即使是很小的事情，也要依赖他才能完成，前十多年积攒的主见，全部归零了。她说小薇老师，难道我以前的独立都只是好强吗？一旦遇到可以依靠的人，便被打回了柔弱的原形？我笑着告诉她，独立是装不出来的。她之所以现在性情大变，一是很在乎这个男人，二是心中那个内在的小孩出来了。不管多么强大的女人，她的女人心里都住着一个内在的小孩，相当于女人天性中的一个柔软地带。这个内在小孩特别渴望被照顾、被呵护，即便是生理上已经成人，这个小孩却永远不会长大，事实上，它永葆了女人的纯真。当女人遇到那个能唤出她内在小孩的人，她的纯真气就蹦出来了，变得爱撒娇，想要依赖。所以我对女孩说，其实内在的小孩也会使女人变得可爱而迷人，但是相比之下，独立和自信是不是更具有女性魅力呢？她忙点头称是。我说，你可以不断地提醒自己，你的男朋友当初就是被你的独立自信吸引而来，所以你一定要保持这种吸引力，唯有如此，他对你的爱才能永续。他爱你，才会享受你那童真童趣的内在小孩的撒娇啊。女孩听得出了神，最后恍然大悟地赞叹道，小薇老师，你可算是替我把这烦恼理得门清了。

女孩的故事告诉我们，独立自信不是要女人做女汉子，更不是做铁金刚，而是刚柔并济。你的内心要强大，骨头要坚硬，但该有的娇柔可人不能丢，你要让爱你的人一边被你的个性魅力所吸引，一边又能享受被你需要和依赖的满足感，这样的女人，才会自己活得有味，让别人觉得有女人味。

最后我们就来说说女人的独立应该是怎样的。首先应该经济独立。有份工作可以做，不但充实了生活，还可以养活自己，或者说是提高自己的生活质量。然后是精神上独立。不要过度依赖，不要毫无主见，否则这只会让人觉得你是小白。女人应该有自己的兴趣、追求和信仰，把时间留一部分给自己的个人生活，这样才会与时俱进。再就是思想上独立。不要人云亦云，随波逐流，要有自己的思想，让人觉得你这个人其实也挺有见地，遇到事情还能向你寻求帮助。这样的你，不但被自己需要，也被别人需要，活得简直了。

善良能够永久滋养气质

今年春节期间，二十多年不见的同学聚会，认不出来我的男同学们很好奇地问："你卸妆后会是什么模样？因为你太有味道了，我真的很好奇。"在人群中我没有做任何的表态，因为没有办法满足他的好奇心。晚上回家，卸了妆问我十来岁的宝贝儿子："今天妈妈的同学很好奇妈妈卸了妆是什么样，儿子，妈妈现在卸了妆你感觉漂亮吗？"接下来儿子一本正经地回答："妈妈你卸了妆也很漂亮呀，因为妈妈你善良，所以你一直都很漂亮。"这一句话让我瞬间心中感悟很多，在非常幸福和开心的笑声中结束了愉快的交流，却也给了我深深的烙印。

"善良"，在18岁就开始从事美丽事业到结婚生子成家立业的过程中，真的不是三言两语能够诉说自己的蜕变之旅。从一个农家孩童到现在的时尚美学导师的历程，除了给予美丽事业的见证，我所见更多的是容颜蜕变的传奇。总是不断地被询问：为什么看你每天空中飞人一样地奔波，还生过两个孩子却没有在你身上见到你岁月的痕迹，只是看见了精神饱满的岁月无痕和冻龄的节奏。真的除了觉得不可思议还是不可思议。

也许这就是我坚持十几年投资美学和学以致用中无论从事业的合作和人的关系世界里从来不丢失本真的善良所得来的结果吧。不会因为任何的利益和名利的关系去伤害别人，更多的是选择相信，相信一切来到我身边的人，从员工到老板，从朋友到事业合作搭档，总是选择傻傻地相信别人，开玩笑说，在我经营的公司和从事那么多与美相关的行业中只有员工开除我的份，基本上不忍心开除任何一个与我共事的人。

一直坚持的相信被人嘲笑过我的傻我的单纯我的天真。可是不知道为什么总是因为善良被人欺骗过，伤害过，可是最后都以圆满的收获而收尾。渐渐地明白，无论世界给予我们什么样的阴雨天，相信艳阳天的到来，而不能因为小人而让自己走进了小人的世界。误入歧途太简单了，每次在人生的三岔路口因为利欲而有所摇摆的时候，正念和本真的心念拯救了我，让我依然坚持在这份美丽的事业旅途上，乃至于今天的美好收获。也许真的是我所从事的这份事业与美相关总是鞭策着我心中念念不忘的三个字："真、善、美"。很多年前一直以为，这三个字应该是并行的。多年后才悟出来：真诚＋善良＝美！有可能也是因为一直从事美的事业，无形中有一股力量给予我声音：想要从事美的事业，必须不要丢失了人的本质，坚持心中的那份善良和真诚。

虽然曾经摇摆，因为真诚换不来真诚，因为善良换不来善良，选择放弃还是坚持，"念"字给了我启发。今天的心告诉我答案，每次通过微博和微信来发一些正能量的美文的时候，很多贵人喜欢与我一起喝茶聊天，说是要来我身边取走点正能量。刚开始我朦朦胧胧的听不懂，后来才发现每次给自己一些力量的美文无论是感悟随笔还是转载分享都是因为感动自己这份本真的坚持，却影响了身边很多的人，乃至于吸引了身边很多的贵人，深刻地体会到坚持善良是成就自己气质中的一股力量。一个女人的美与表、美与里真的是心在主宰。善良在我们的美貌中起了决定性的作用，很多身边的友人给予我的评价不是我的美貌，因为自己有时候都觉得自己不属于美女的行列，但是很自信地告诉大家我不丑。哈哈，这也许就是自信吧。

自信源于我们一直活得很有价值，因为突然有一天明白好好地爱自己足够地爱自己，让自己非常享受自给自足的爱的时候，善意地毫无索取地将多余的爱去爱身边的人的时候，就像美丽装扮的分享让更多的人沉浸在被欣赏和被认可的喜悦回馈的时候，那份美好的成就感让这份本真的善良又多了一份无形的力量，而我的容颜开始悄悄地改变，哪怕是简单的一个微笑在那一刻都是如此的有光芒。气质就在这份美好的善良中绽放……也许将是陪伴我一生的美好画面。

专注的女子多了一份知性的气质

专注的时候是最美的，每当翻阅我在讲台上分享的画面，总是被几张专注的微笑而吸引。那份美好的表情在摄影师的捕捉下让我自己都陶醉。平时会臭美拍很多的个人形象照，最后发现自己最美的画面一定在课堂中，特别是帮一个学员在妆容的调整中看着她的脸一边上提一边下垂的那一刻，非常有成就感，因为帮她又找到了年轻至少五六岁乃至七八岁的唯美妆容。每一位美女学员都如一件艺术品，在专业而唯美的装扮指导下渐渐地呈现自己最美的时光，这份有意义的雕琢让我完全陶醉在这份美好的喜悦的成就中。也就是因为一直在分享美丽的旅途中，全世界各地的奔波没有丝毫的倦容在我的脸上体现，更多的时候是容光焕发。大家总是好奇地问：小薇老师，为什么总是见你到处地飞却从来不见你憔悴地出现在我们面前呢？说实话我自己都感觉到惊讶。因为在我的化妆包里真的没有过多的护肤品，连眼霜都没有，这可能会吓大家一跳。我们的老师也很不能理解，比我小十岁的眼纹都比我多，非常的不平衡。为什么会这样？我经常开玩笑地说：这得感谢薇时尚，因为这份美丽的事业，让我每天眼里看到的嘴里吃进的耳朵里听到的都是美的事物，连鼻子里闻到的都是课程中精油的熏香的味道，我想不美真的很难哦。这份执着已经根深蒂固地融进了我的血液和生命，它就像我的第三个孩子甚至有时候都成了我生命中另一个灵魂的伴侣，让我深深地爱上了这份美丽的分享，这足以证明专注原来可以让一个女人从骨子里透出来的味道都带着灵魂的香气呢。幸运就是因为专注于美丽的事业。

美，本该源于生活融于生活

坦诚地过日子真的会非常的快活。记得我因为美学的工作需要，到处学习提升女性的综合魅力课程和内容。优雅与立，优雅与坐，优雅与食……

从法国归来倒时差醒来的第一个早上，我蹲在化妆凳子上开始化妆，把我们家的阿姨吓了一大跳：你这还学习优雅呢，没学的时候都没有见你这个样子，这是怎么了。我开玩笑地说事至极必反，你得让我用另一种方式发泄一下啊，因为从今往后我可能要跟这样的行为说拜拜了，需要告别一下哈。调皮的态度如何与优雅挂上钩呢。

其实生活中真的会遇见很多考验我们行为的时刻，譬如我们极致的优雅行为在几十年不学习的同学圈里会有被孤独立感。因为格格不入，最后明白了不同的仪态需要尊重当下的氛围，因为一切的美脱离了生活都不是我们内心真正想要的。所以我们就是学习了优雅也要在优雅的环境中使用，慢慢地形成一个习惯带动一部分人享受这样的改变所带来的不一样的生活品质，随后就可以影响大部分的人开始认知优雅所带来的美好，坦诚地面对并分享，让更多的人享受这份美好。

这里的坦诚也可以用到社会成功学中，丢失自我的一部分女性，总是迷恋一步登天的成功，不敢面对现实生活中自己真实的那一面，在不断地吹嘘中寻找自己都觉得累的追求，丢失了内心本源的那份坦然的幸福，就如月光族追求奢侈品的悲哀，不如用买奢侈品的钱投资于提升自身技能和价值，唯有投资自己的头脑才可成就更有价值的未来。

无论从事什么行业，至少不像大龄剩女中的某一部分人几度追求婚姻的时刻却忘了问自己一句：男人为什么要娶我？所以好好地让自己值钱起来，打造自己的吸引力，爱和善良会让男人愿意一辈子守护在你的身边。美好的生活不是靠心计也不是靠演技，而是真实坦然地面对自己缺失的不完美的那一面，通过学习好好的弥补，不要逃避而是真实地面对。

　　一切痛的蜕变是从自己心的打开和接受开始。很多时候我们形象顾问给一些美女做诊断和美学装扮时，从专业的角度我们真的觉得已经帮她们找到了最美的一面，可是从更深的层面我们忽略了她不敢真实面对自己当下的心理问题，很多时候女人的装扮更多的是心的表达，我们一定要做这一项工作，在心的层面，让她更坦然地接受和承认与她当下更吻合的美，因为唯有真实的身心合一的装扮才会真正地体现我们当下耐人寻味的美，所有的美都是让自己的当下过得无憾。

气质女人的品位生活

Temperament women have a taste of life

精致生活让您拥有持久的气质

很赞同一个说法："女人，要过精致的生活，不要在地摊前流连，不要不修边幅就出门，不要把生活过得不堪入目。"懒惰、贪便宜都是过日子的大忌，比如买衣服，你说没钱买贵的。我曾经因为和某一位美女交流探讨这个话题，最后总结一句经典的话发在朋友圈，很多学员和好友都纷纷转载："用买十件衣服的钱……"此时您是否也画上一笔随之发朋友圈后面备注："摘自郑小薇《缺失的气质课》"。哈哈，开玩笑啦。很多时候，阅读我们的书就是在无形地影响着你对生活的态度。

还是那句话，不要一说精致你就提钱，钱固然可以让我们拥有高雅高端的生活，但它并不是万能的，如果没有一个等同认知的价值观和科学精致的装扮方法，即使你再有钱也不一定拥有精致的生活。精致的生活不仅仅只是一种观念和能力。那些物质上贫穷，但不断追求和创造精神生活并为此努力的女人，她的生活和内心都会更加的精致。

精致的生活源于我们对待自己每一天生命的态度。细节决定成败在企业中起着决定性的作用，在女性的生活中何尝不是。所有被称作"气质女神"的女子，出门一定是注重自己的每一处细节，从发型的造型和妆容的精致，从服饰与场合和社会角色的吻合到肢体语言的完美呈现，绝对没有半点的含糊，她永远都会注重活好自己的每一段时光，并不是为了任何人，而是自律性的要求。她绝不会没有任何修饰地出门，也绝不会没有任何准备地出现在一个公众的场合，因为这个气质的头衔足以让她享受每次的精致雕琢。衣食住行都非常的注重真实体验和感受，精致的生活从个人到家庭，从个人到生活过的每个角落都会留下美好的回忆。所以精致的生活要求塑造了气质的你，所有的女子都希望自己是气质女神。而大家千万不要忽略了所谓的气质绝对与你生活中的每一处精致的要求息息相关，一个对生活没有要求的女子，一个称不上精致生活的女子，她将错过气质女神的行列。可能我们会接受：平平淡淡才是真。这样的自我安慰让我们的生活能够舒心一点也是修行呀。

精致的生活对财富没有过多的要求，对体态也不会刻意地强求，它是我们自己日积月累对待自己生活态度的每一处的精致要求和不断地追求积极向上的状态所呈现出来的，是自然的流露。

最近老是会翻开我们十几年前的老照片，有很多的感慨。女人对自己精致生活的要求真的是一笔无形的投资，这十几年对美的学习和对生活精致的追求，让我从一个非常平凡的家庭主妇到今天因为这份执着而走上了千人的讲台，分享美丽而美好的一个历程，分享美学教育普及的重要性。不仅可以让我们实现逆生长的节奏，关键是幸福的美好生活完全由我们女性主宰。一张张的照片，一幅幅的画面，我很享受自己的蜕变人生，因为越来越美好，而陆续被冠上了薇时尚品牌创始人、美女作家、女性美学导师的头衔，这些仅仅只是自然而然的来了，真正让我震撼的是我从并不是讲师到今天一个小时课酬两三万元的演讲收入乃至更多。女神、气质、优雅，每次我都会说我也是在不断学习的路上，可是18年的坚持，让我深深体会到：女人值钱真的比有钱重要，而精致生活的女子一定比那些不知道如何精致生活或者放弃精致生活的女子更值钱。这就是现实。所以气质不仅仅是精致生活，气质的女子人生会多一些美好和幸福，关键还要加一课叫优雅和放下自我。

有气质的女人有情趣懂风情

　　和闺蜜一起去练瑜伽，半路上，女人接了老公的电话。对方只是随口说今晚没有应酬，会按时下班，女人就兴奋地说，我现在正无聊呢，我开车来接你回家吧。挂了电话，一双大眼睛忽闪忽闪，无辜地看着我。我说几十岁的人了，要不要这么重色轻友啊？女人说，老公忙了好一阵子了，两个人每天晚上只有匆匆说两句话的时间。我说今天晚上可以说个够啊，干吗还屁颠屁颠跑去接呢？人家就开始斜着眼睛瞪我了，这叫情趣好不好？男人这段时间这么累，接他一下不应该吗？而且我也想早点看到他啊，我相信他也一样。我看着她的痴情状，一时竟无言以对。

　　闺蜜也是奔四的人了，可你看看，像不像个傻气的小姑娘？可我怎么觉得这么可爱呢？也许，只是看到了不为人知的自己。虽然两个孩子都大了，我的光辉的母亲形象在他们面前也算得上有模有样，可是一到老公那里，少女心就会爆棚。各种撒娇、嗔怒、讨欢心，真是谄媚得有点低俗了。可是，享受着老公宠爱的眼神，怎么觉得那么幸福呢？我无法想象，对于一个女人来说，如果她在家里家外同一副表情同一种腔调同一个姿态，会不会被生活闷死。我甚至在写字楼里听到过打扫卫生的阿姨对着电话跟老公卖萌，那一刻，真想上去拥抱她，并告诉她你很女人！我觉得只要不是矫揉造作的作秀，任何一位女性在展现出小女人姿态的时候都会让人不禁莞尔。我也相信，一个有情趣、懂风情的女人，更容易得到他人的宠爱，因为它能触碰到人们心中最柔软的地方。

　　如果你问一个男人，家里有个懂情趣的老婆是种什么样的体验。他会告诉你，就是喜欢回家啦！想回家，想看到那张永远生动的脸；想回家，想看看这个女人今天又会出什么幺蛾子，让自己又好气又好笑；想回家，想听她悉悉索索地嘟囔，汇报着一天的流水账，面上表情七十二变；想回家，想享受她龇牙咧嘴的按摩，力道不够打死一只苍蝇；想回家，想回到被她收拾得一尘不染、井井有条的小窝，看看餐桌上的花瓶里又被请回了哪家新贵……家的港湾，因为有了这个活色生香的女人而妙趣横生，妙不可言。

看到这里，估计有人会嗤之以鼻，说这不是脑残女吗？错，其实越知性的女人越容易情趣出新高度，因为她懂得审时度势啊！她知道什么时候可以妩媚娇嗔，什么时候要乖乖闭嘴，什么时候可以大闹天宫，什么时候要夹着尾巴做人。她不但会察言观色，还能见风使舵，反正永远不会挑战男人的底线，反而会使男人各种受用。怎么说呢？懂风情的女人都有颗八面玲珑的心。你会说，这样的女人走出去还能好好做人吗？呵呵，担心得多余了。据我观察，那些善于在小我世界里制造情趣的人，在外面更能运筹帷幄，我说了，因为她懂得审时度势，能通人情世故。

不光是在外人看不见的地方，即便是在职场中，有情趣的女人也是清泉般的存在。她会在紧张忙碌的工作之余，挑起一个有趣的话题，让大家参与进来，活跃一下气氛；她会时不时地买来一束鲜花，为大家送上芬芳；她还会真诚地称赞某位同事的新裙子真的很好看，送给别人一整天的好心情……这样的女人，不要说你不喜欢。

很多女人对自己的形象要求是要有气质，但她们经常觉得气质应该是端着的。我觉得很有必要纠正大家的想法：气质不是高冷，它既要有仙气，也要沾点俗气。通俗点讲，就是活得有血有肉，能优雅出深度，也能情趣出高度。

有气质的女人远离幻想

女人爱做梦，完全是各个年龄无界限。

我遇见过二十多岁就离了婚，过了十多年糟糕透顶的单身生活仍执着地幻想白马王子会来接她的女人。我很佩服她的"自信"，但我完全不知道是什么支撑起她的这种信念。工作是从毕业起就一直没换过的，发型也是执着了十年没变的娃娃头，衣服从来往胖里穿，总之很少见过她的腰线，可能出于职业病，让我一见她就忍不住想让她脱掉鞋子——个头小，却 N 年如一日地穿着大方跟的高跟鞋，走起路来像踩高跷，又像拖着小船。说了这么多，其实我无意嘲讽她的形象，因为我觉得我们应该尊重每个人的造型理念，她可能崇尚素朴、"复古"。但我无法认同她的幻想——这样的你凭什么吸引优质男？好吧，假使你有美好的内在，然后也遇到一个同样有内涵的男人，但是，他凭什么能透过你糟糕的外在看到你美丽的心灵？我真的很迷惘。

一二十岁的女孩子就不说了，这个年纪，或许有资格做点美梦，但我无法理解三四十岁的女人还像梦幻少女一样，对生活充满不切实际的幻想，说得犀利一点，完全是心智还停留在童话世界里。我经常回头看自己走过的路，不知道是不是因为家庭条件有限，早尝生活的艰辛，于是变得早熟，所以没念书以后，就开始在谋生路上左右逢源，至于做梦，似乎因为太奢侈而碰都懒得碰。我承认，相比那些公主式的成长，我的确早失了一些童真和浪漫，但我一点也不觉得遗憾，因为早熟赋予了我坚强与坚忍，让我今日能做自己喜欢做的事，拥有自己想要的生活。而那些一直在梦中不肯醒来的人，一直躲在现实的背后，一直艰辛着，这样的人生在我看来，还是那句话，糟透了。

有气质的女人，是不适合穿"公主装"的。它或许能为你减龄，却无法彰显你的内涵，因为梦幻本身就是虚妄，又怎么谈得上内涵？做符合年龄的事，这才是一个成熟女人的标志。

随着女性力量的崛起，催生了一部分大龄的未婚女子。原谅我很反感"剩女"这个词，因为太冷，又太极端。我不觉得女人主动选择婚姻有什么问题，也支持婚姻的匹配一定要遵从内心，然后是门当户对。但是，对于那些无法过好单身生活的女子，我还是想说，别光顾着修饰你的梦，先管理好你自己。不管你的心气有多高，也要低头看看脚下，让"梦想照进现实"。而且白马王子也没有那么多，既然僧多粥少，想要的生活你也可以自己去创造，谁说女人就一定要把希望托付给男人呢？少做梦多做事，终归要比只做梦不做事离目标更近。至于那些孩子都大了，自己年龄也不再可爱的女人，你就更不适合做梦了。有人会说，我希冀着孩子以后能出人头地，让我扬眉吐气；我梦想着老公能飞黄腾达，带我过上更好的生活，这也是做梦？这是理想。我想说，孩子不会自己就长大了，也不会无缘无故就成为天子骄子，至于老公嘛，莫名其妙冲上云霄的可能性也不大。但你想的这些，也不是不可能发生，只不过你也得出把力。比如你可以给予孩子良好的示范教育，可以对老公义无反顾地支持，这些才是你对理想的理性投资。还有就是，女人对家人的期望其实可以朴素一点，孩子老公健康平安就好，家永远温馨就好。

还有就是，女人最好远离那些虚假的偶像剧，即使是我们的青春少女们。电视剧里盛产白马王子和灰姑娘，这只会让人沉迷于不切实际的童话氛围中，从而忽略了现实。不管在任何年龄阶段，女人都应该选择一些有益身心的电视节目来看，因为良好健康的电视内容，也能起到音乐和阅读的怡情作用。

女人，若真爱自己，就不要纵容自己活在不真实的世界里。人行于世，要带着烟火气才能真正入世啊！

有气质的女人交有品位的朋友

很多人所拥有的笨拙的青春，我也有过。记得十多岁到城里念书后，我这个从农村来的女孩子，多少有点畏畏缩缩，习惯了与人保持距离，更没有交友意识。而且那时的我又很慢热，除非别人主动，否则是不可能和谁拉近关系的。当时同宿舍有个阳光开朗的女孩，听说家境挺好的，为人很爽朗，不知怎么的，她偏喜欢和我亲近。同住一两个月后，我们竟亲密到形影不离。现在想来，她是我人生中第一个真正的朋友。我也很庆幸，我的入门级朋友品位就不低。

我这个朋友有着怎样的品位呢？说点小事。比如有一次我俩正逛街，我突然想上厕所，然后四处找公厕。她却拉着我直奔一家富丽堂皇的大酒店。快到门口的时候，我有点地想要挣脱她的手，我怯场啊，心想就我们两个黄毛丫头，还敢闯进大酒店去上厕所啊，那还不让保安给轰出来。可人家死活不撒手，非雄赳赳气昂昂地推开了酒店大堂的玻璃门。结果什么也没发生，反正就是无人过问了，我们直接去到那香喷喷的洗手间溜了一圈出来。出来以后，她就开始教训我了，说你不能就这点出息啊。先不说公厕的环境怎样，不还得收费吗？酒店的洗手间是不是高级多了，还免费，就你这品位啊，真让我着急。后来我把这件事琢磨了一个晚上，觉得她的话还真没说错。于是到了后来，即使没有她同行，我一个人也敢大摇大摆地闯酒店的洗手间了。经过这件事，我发现她身上有很多东西值得我学习，特别是她的胆识，对我的人生起了意义深远的先锋作用。就说毕业找工作吧，大家都各种海投，各种碰运气，觉得能找个愿意接收我们的单位就是烧高香了。我这位朋友可不屑于随大流。她每天都在留意各类招聘启事，整天在外视察，就是不肯轻易下手。我劝她说，先就业再择业吧，像我们这种毫无经验的毕业生，只要有人要就不错了。她又教训我说，瞧你还是那点出息。你怎么老是对自己没信心呢？眼下正是我们的大好机会呢，可以自由选择自己喜欢的工作。要真是先就业再择业，以后恐怕就得身不由己啦！你啊，不要老是将就，职业是终身的，马虎不得，你有点品位好不好？起点高一点不好吗，别人委屈不了你，你也不愿委屈自己。她的一番话，又把我说得心动了。于是我俩一起主动择业，而且最后都有了圆满的结局。我至今仍然对她充满感激，交一个有品位的朋友，竟然改变了我一生的轨迹。

人的一生，朋友是极其重要的部分，也是一种无比神圣的存在。伯牙善弹琴，钟子期善听琴。伯牙弹至志在高山的曲调时，钟子期便说出"峨峨兮若泰山"；弹至志在流水的曲调时，钟子期又说出"洋洋兮若江河"。钟子期死后，伯牙亦不再弹琴，因为知音难觅啊。这就说明，真正的朋友不但心灵相通，而且可遇而不可求。人海茫茫，找一个合拍的朋友，真的是莫大的缘分。而朋友对我们的影响，可以说是渗透到了工作生活的方方面面。你失败了，朋友可以充当温情的角色，给你抚慰；你受伤了，朋友借你肩膀，让你哭让你依靠；你迷惘了，朋友却保持清醒，给你指点出路……真正的朋友，可以像家人，像爱人，给予你的帮助事无巨细。而一个有品位的朋友，会让你在潜移默化中提升自己的品位，至少，他不会降低你的格调。但俗话说得好，"物以类聚，人以群分"，要想结交有品位的朋友，努力提升你自己是首要的前提。你换位思考一下，一个有品位的人，他何尝不想也结交一个同样有品位的人呢？所以，你能够结交什么样的朋友，往往取决于你自己，这是交友的公平原则。

我们每个人的思想灵魂与精神品格，越来越散见于你所交往的朋友中，因为他们的总和就是你。

气质女人的好习惯

Good habits of temperament women

唯有健康"万年长"

每个女人都有一个隐形的小孩需要珍爱、呵护，那就是健康。

先说点实在的。对于女性来说，健康出了问题，直接影响形象。没休息好，会有黑眼圈吧？劳累过度，气色会很难看吧？没有好好保暖，腰受凉了，直不起来了吧？熬夜多了，一头青丝掉得稀稀拉拉吧？你怠慢了身体，健康不会让你好看的。所以之于女性，你有了健康，才有资格谈美丽啊气质啊什么的。

女人的健康从何而来呢？人们自然而然地想到了运动。但是，像跑步、打球等用力的运动其实只适合天生就热爱运动的女人。对于那些生性娴静的女子，我觉得户外运动有点勉强。这时候，我们可以选择稍微带点美感的、幅度较小的运动，比如跳舞、瑜伽等。这些充满女性特色的运动方式不仅可以锻炼身体，还能修身养性，可以说是为女性量身发明的。还有一个我觉得最科学的运动，就是散步。买菜的时候可以散散步，适当的逛街也权当散步，饭后和家人也可以散步，而且这对家庭成员之间亲密关系的经营与维系也有很大的好处。总之，我觉得保持健康应该成为女人的一种理念，进而养成一种日常习惯，即尽量选择对健康有益的生活方式。

但对女性健康最有摧毁性的，是来自心理的方面，也就是精神健康。如果你平时有关注养生这块，你会发现，女性得的大多是情志病，那些出了问题的脏器，要么是被倔脾气闷坏的，要么是被爆脾气气坏的，但更多的是抑郁成疾，就是伤感啊，惆怅啊，还有各种忧虑。怎么说呢，可能还是因为女性感情比较脆弱一点，再加上又敏感，所以一点小事都能耿耿于怀很久，一点心事都能搅得六神无主，最后直接造成情郁于中。所以说，作为女人，一定要大气，要有气量，这不光是提升气质的事儿，更直接影响我们自己的身心健康。一个大度的女人，不但健康了自己，还能健康别人。因为她的存在是一个充满正能量的磁场，与她交往的人不用小心翼翼，面对着她的时候，整个人很自然就放松下来，万般自在，气氛和乐。而过于"小气"的女人呢，别人都很怕和你接触，生怕一不小心就"冒犯"了你，你让人如此的谨小慎微，对方自然也不可能和你交心。所以气量小的女人其实更孤独，孤独的你，更容易发生健康问题了——这就是恶性循环。

这本书我们一直在讲气质，前面也讲到气质最主要来自一个人的修养。其实提高修养也是为了提升我们的心理健康水平，从而达到身体的健康。一个人若没有修养，就容易做出些不受人欢迎的事情，自然也得不到别人的尊重，这又将导致她的内心不可避免地产生不良情绪，从而使身体发生相应的不良变化，进而降低身体的健康水平。绕来绕去，我只想说，精神世界的健康会让人从现实生活中获得身心的愉悦。所以女人哪，不管你面对的现实是个什么样子，都一定要保持健康向上的理想信念，你要明白，这是为了对你自己的身心负责。

最后再来句鸡汤：一个疾病缠身的国王还不如一个健康的乞丐来得幸福，美貌、金钱、地位和权力固然很好，但唯有健康可以享用。

你的时间观念要靠得住

在一个茶话沙龙上，听过一个男人痛心疾首的吐槽，讲的是女人时间观念太差的现象。虽然真的很好笑，但我却笑不出来。

男人说，他可能自身磁场有问题，身边的女性朋友十个中有八个爱迟到，剩下的两个中还有一个爱放人鸽子。就他自己来说，每次和女性约会，都会距离约定的时间早到15—20分钟，但他所遇到的女性，迟到最少的那个一般也得迟个一刻钟，也就是说，他每次与人约会，最少也要等半个小时。而大多数时候，女性朋友们会迟到20—40分钟，这样算来，他大概有将近一个小时的时间被浪费掉。有一位女士则更过分，迟到一小时是标配。他最初出于礼貌，在等得不耐烦的时候还会帮她找理由开脱，以使自己不去怪她。可有一次她竟让他在烈日下等了将近两个小时，最要命的是电话也关机，害他等得忧心如焚，脑洞大开到甚至想象出她被拐骗或受伤的画面。两个多小时以后，终于联系上了，可人家还夸张地洗刷他说，这么热你也敢出门？我还在家看电视呢，出去会被晒伤的，手机刚充上电。那一刻，他就决定他们的交情玩完了。男人说起这些，忍不住做出头痛状。他说我以前也不是低头党，可还是被这些女人给逼出来了，因为等待太过漫长和无聊。

看看周围，这样的女性其实挺多，或许你不幸就是其中之一。我见过很多没有时间观念的同性，她们觉得迟到并不是什么大不了的事情，理由是，比较正式的场合如面试、开会、与客户签合同等，都会守时，而迟到的情况一般发生在与熟人的约会中，是非正式场合。对这样的观点，我是不敢苟同的。我觉得守时不但是一种礼貌，也是一种修养，不管约会的对象是谁，既然承诺了，就要信守诺言，不能根据亲疏和场合来区别对待。比如恋人间的约会，你可能觉得男士等女士是天经地义的，但男士却可以从你淡薄的时间观念里考察到你的为人，也或许，他会把你的迟到当作你对这段感情的态度，你既然不在乎他为你浪费时间，那他可以理解为你也没有那么在乎他；如果是同性之间的约会，面对一个总是守时的女伴，你却屡次不守时，她会觉得你对此次相约根本没什么兴趣，或者觉得你是吃定了她会等你，从而对你们的友情产生别的想法，如果你面对的是一个同样不守时的女伴，那完蛋了，我觉得两个温吞的人在一起，是互相残杀……我总是记得人生中一次尴尬的经历。那是我作为讲师第一次登台演讲，为此在那之前演练了千万遍。可是那天早上，当我积攒了毕生的勇气走到众人的视线中时，才发现我的助理居然迟到了……那种紧张、慌乱、尴尬无以言表，真的是一次糟糕的体验。所以，不管是对我的合作伙伴，还是我的孩子们，我都经常强调时间观念的重要性。不守时这件事，可大可小，却将你的修养暴露无遗。在人际交往中，不管对方的实力如何，如果他是一个信守时间的人，我会对他平添好感，我相信这也是很多有识之士的心声。

不要以为女性有不守时的特权，那只是别人在强化你的弱点。即便优雅的你优雅地姗姗来迟，然后优雅地说着 Sorry，对你望穿秋水的人一样会有厌烦的念头一闪而过——不要怀疑，因为那是本能。其实，要做到守时并不难，起心动念提前一点，梳妆打扮的速度快一点不就行了？让别人在约定的时间如期看到你，那是一种沉稳大气的气质。

如果你从来没有意识到守时的重要性，不要紧，从坝在开始矫正你的时间观念，并把它养成一种终身的好习惯。虽然这并非一日之功，但从现在开始，还来得及。俗话说，一日之计在于晨，那就从每日按时起床开始吧，不要让你的闹钟形同虚设，也不要再让别人觉得你的时间观念靠不住。

学会理财，为了更优质的生活

　　女人是花钱高手，但理财高手就不多了。可是想起了那句流行语："你负责赚钱养家，我负责貌美如花"，好像不应该和女人探讨理财这么一个沉重的话题，或者说是比较男性化的话题。但是我觉得吧，女人既然爱花钱，应该也是爱钱的啦，爱钱的人有理财的习惯，不就应该是"专业对口"吗？

　　我认识很多有钱的太太，她们的理财观念很淡薄，说是我对这些不感兴趣，因为我们家不是我在管钱，反正老公给我足够多的钱花，我也不愁吃了上顿没下顿。我其实很有冲动想给她普及一下理财的概念。因为大多数人都这样，对理财有所误解，一谈到理财就只想到投资或者赚钱。而事实上，理财就是管理自己的财务，它可以是终身的，包括个人一生的现金流量与风险管理。我们还是回到这位有钱太太身上吧。她说她不管家庭的财务，那她可以管理老公给她的那部分财务啊。女人虽然对大型财务管理不太敏感，但至少应该学会管理小家或自己的财务。如果钱随心所欲地花，或干脆来个月月光，有朝一日若生活发生了变故，就只有抓狂的份了。我个人认为，女人之所以要理财，一方面是为了使自己的钱财能得到合理地利用和支配，一方面也是为了以防万一。毕竟人生有太多不可预知的变故，做到在精神上有所准备，在物质上有所预备终归是好的，这就是所谓的有备无患嘛。而且我还发现，那些有理财意识、善于理财的人，她们的生活质量更高，一是她们比较注意把钱花在需要的地方，花在有品位的东西上，至少不会盲目消费，不像有些女人一看到商品打折就控制不住狂热的购买心，会理财的人却相对理性，她们会选择自己所需且质量可靠的商品购买；二是好习惯一般不是孤立存在的，一个把财务规范化的人，必定在别的方面也一样，小到家务的料理，大到全家人的全年旅行计划等，她一般都会安排得井井有条；三是不管这个会理财的女人是单身还是未婚，她都活得更从容淡定，因为经济上有了统筹计划，至少她在物质方面不会有恐慌感，这也直接影响到她待人接物的心态，自然趋向于有底气有气度。我们女性在学会理财前，一定要有能够说服自己的理财动机，也就是说，你首先应该相信，理财可以改变你的生活，使你的生活规范化，越变越好。

我认识一个三十出头的女人，养育了两个小孩，她和爱人则都是独生子女，他们全家人的财务都是她在管理，不止她的小家，还有双方父母的。按理说即使财务不多，应该也是千头万绪吧，毕竟牵涉几个小家庭，可是我从未见她为此犯难过。虽然有四位老人、两个小孩，而且她和老公都是朝九晚五的上班族，有时候工作压力还特别大，但我眼里的她却活得和那些一家小三口的家庭差不多，很轻松，很率性，生活质量也不低。我对此很好奇，问她是如何做到的。她说没有刻意做什么啊，把家庭的事都变成一些习惯，生活就自然而然地规律了。我说你一个30岁的女孩子就能理好财，真的很了不起。她笑着说，真要说起来的话，我上高中那会儿就会了，只是不懂这叫理财罢了。她说她的原生家庭环境不是太好，父亲是工人，母亲则因为下岗而找了份临时工做，她念高中的时候大概是2000年的样子，父母给她的生活费是按周给，每周50块，她是个懂得体恤父母的孝顺女儿，怕学习上有额外的费用，又不想给家里增加压力，便想着能有点积蓄，以补贴自己的不时之需。于是，她每周拿出20块钱存银行，雷打不动。那时候不但遭到同学们的打趣，连银行的叔叔阿姨都认识她了，说你这小姑娘还挺坚持的，每个星期准来报到。就这样，到她高中毕业的时候，竟有了一笔小小的积蓄。后来到外地念大学，也是如法炮制……总之，用她的话说，虽然自己是个穷人家的孩子，却好像从未觉得自己贫穷过。她的故事让我觉得很励志，并因此而深思，一个人之所以能活得轻松愉快，一定是有原因的，最起码，她懂得把凌乱的生活理顺，把可能存在的忧患事先防范。虽然不是每个女性都能做到像她那样的早熟，但有一点你不得不承认，从你开始独立挣钱起，你除了要学会，不，应该是必须会，经营和管理自己的生活，同时还得管理自己的物质财产，这就叫独立。

而当你开始为自己的生活埋单以后，你的生活水平都是由你自己的赚钱能力和理财能力所决定。所以为什么说我们女性得有理财意识呢？因为不管你赚钱的能力如何，你生活质量的好与坏，很大一部分还得取决于你的理财能力。

接下来你可能会问，那要怎么理财好呢？这个得根据你自身的实际情况来，不能一概而论。我建议大家闲暇的时候，除了热衷于女人的美丽事业，还应该关注一下理财方面的信息，多看多学，意识便随之生成。但从我自身的经验出发，我觉得女性朋友们可以先养成几个好习惯，都有利于你能更好地理财。一是学会记账，不管钱为谁而花，都要有所记录，这样才会知道钱花在了哪里，然后定时整理，看看哪些钱花在了实处，哪些钱属于浪费，以后再花钱时，才会有个警醒。二是要节约，再有钱的人都提倡节约，你凭什么不行呢？三是要学习，不要以为与理财无关，你甚至可以通过学习开创理财新理念。四是要坚持，这个不解释。

女人大多没有安全感，如果学会了理财，我相信你的安全感会倍增。而你的气质，也会从你的安全感中衍生出来，这个——自己慢慢体会。

除了将就，别的选项都可以

先就这个话题逗乐一下。

王女士很讨厌别人说"随便"二字。一次她在外面办事，接到同事李女士的电话，叫她回办公室的时候顺便给带点下午茶回去。王女士问，那究竟要带什么呢？李女士说，随便吧，只要咸的就可以了。王女士说，随便这么多，你好歹说个具体的。对方说，哎呀，随便你就行了，然后挂了电话。后来，王女士给李女士买了一包盐带回去。

说"随便"的人很随便，可是要按"随便"行事的人却不随便，甚至相当棘手，非常头痛。我个人认为，每次别人给出选择题就回答"随便"的人，一是懒，二是无主见，三是无责任心，总结下来就两个字：将就，而且将就惯了。这真的是一个很坏的习惯，人生短暂，什么事都能将就过去，可是就这么将就着，这一生也不值当啊。以前找我做形象设计的人很多，整天要接待一茬又一茬的客户，我就最怕遇到说"随便"的人。在这些说"随便"的人中，我感觉不到她们最后的欣喜，因为她们想要的"随便"的效果，连她们自己也不能够明晰，我这个按照客观形象进行主观设计的人又怎能轻易达到呢？所以，即使最后我个人比较满意，但是看到她们一副将就的样子，成就感就会荡然无存，有时候甚至会徒增挫败感。也正因为如此，我对习惯于将就的人早已累觉不爱了。

就像前面我们讲女人要过精致的生活一样，粗糙即是糟糕，而将就便意味着粗糙。在女人这里，将就无处不在，无所不能，穿戴可以将就，吃饭可以将就，工作可以将就，连嫁人也可以将就。但将就的结果大多不会如意，然后是各种怨念。何必呢？记得很多年前与一个朋友相约出行，说是趁着年轻好好出去玩一下。至于去哪里，两个人讨论了几次都没有结果。这个朋友本来就不喜欢操心，最后干脆把选地点的任务丢给我，说随便你好啦，你去哪儿我就去哪儿。她说出"随便"二字倒很轻松，我却要花好多工夫才能做出决定，因为要考虑到彼此的偏好等因素。后来我先后筛选出好几个地方，都被她以各种理由否定了，最后看我也有了撂下不管的架势，她才松了口，同意我去某地的提议。可是出行几天，我是玩得很嗨很享受，她却各种嫌弃，表现出各种失望，回来后还大叹不值，说早知道这么差劲还不如去哪里哪里玩了。说实在的，我再是个气度不算小的女孩子，也真的因为她的言行很受伤。从那之后，也慢慢与她疏远了，因为她动不动就将就的态度，令身边的人很累。

很多人觉得将就只是一件小事，不必小题大做。可我想说，即便是在一件微不足道的事情上将就，都会影响你的心情和生活质量。你看啊，比如你明天要参加一个很重要的聚会，今天才发现衣橱里少了一件适合这种场合的衣服，于是你马不停蹄地去买。可是逛了大半天，也选不到一件心仪的衣服，最后为了完成你今天要买到衣服的任务，便选了件稍微顺眼的埋单走人，你心里想的是，将就吧，谁叫时间这么紧迫呢？不过怎么也好过家里的衣服吧。可是第二天，当你穿着它去参加聚会，看到大家的衣服好像都比你的好，你就开始觉得浑身别扭。尤其是回到家以后，这件完成了自身使命的衣服开始遭到你的嫌弃，你甚至后悔还不如不买，不就穿一会儿吗？浪费了钱，又不满意。毋庸置疑，这件衣服从那之后会被你束之高阁。你看吧，一次小小的将就，是不是让你的情绪和钱包都遭殃了呢？这些还真算小事，如果你心态足够阳光，它带给你的不快很快就会成为过眼云烟。但是对于那些连婚姻都要将就的女人，我觉得她的人生是很悲惨的。婚姻是人生的第二次投胎，决定你后半生的生活质量，如果你连这个都将就的话，只能证明你从未想过为自己而活。

当任何选择的命题摆在你面前的时候，除了将就，你选什么都好，因为不管最后的结果如何，它都会让你从中获得某种实质性的体验。而将就，往往代表你浪费了某次选择的机会。所以，不要让将就成为习惯，因为它真的很坏，对待每一次选择都请认真一点，认真多一点，遗憾就会少一点。

世界这么大，不如去旅行

我们前面一直在讲如何提升女人的气质，女人的气质从何而来。其实从某种角度来说，你的修养、你的处世哲学、你的个人魅力、你的品位以及你的一些良好习惯，都可以通过某种方式一站式提升，那就是旅行。

对于很多女性来说，旅行是带有目的性的，我们听得最多的是这样的口头禅："最近好烦，真想出去走走。"这个时候，旅行是为了散心。当然，还有各种目的，比如听说那里很美，我想去看看；前段时候忙得昏天暗地，该出去放松一下了；孩子放假了，总得带他出去玩一下……看看吧，旅行被赋予了太多的预期。我以前也是这么"对待"旅行的，大有一言不合就要出去旅行的阵仗。可是随着时间的推移、年龄的增长，我对于女性一定要出去旅行的看法有了一些改变。

在我所接触的女性中，一部分保持着定期旅行的习惯，有人喜欢走得远远的，走出国门；有人喜欢国内游，天南海北任我游；也有人钟情于附近的山水，每个周末都会安排一次远足，或只是自己，或与家人同行，或一帮闺蜜相约……这些热爱出走的人，先不说身体状况比那些"宅女"精神头更足，就她们的性格、谈吐和气质，大都完胜后者。我觉得有句话说得很好："看到不同的风景，是另外一种阅读。"一个人走的路多了，见识的风土人情多了，她的视野也跟着开阔了，知识也跟着丰富了，人也会变得开朗大气。连"鸡汤"都是这么说的："女人，你可以没有男人，但一定要有闺蜜；你可以没有LV，但一定要有Long vacation（旅行）！"旅行对于提升女人的气质，是无形而高效的。因为一个女人的见识非常重要。你见得多了，心胸自然就开阔豁达了，它甚至会影响你对很多事情的看法。一个习惯走出去的女人，她的勇气和智慧也会与日俱增，因为每一个旅途都是享受也是历练，你在得到了眼睛、耳朵和心灵的愉悦之余，也要面临一些突发状况的考验，当然，最后你都会想方设法把问题解决掉。一来二去，你会变得更有胆量，也更有信心，不管是现实世界还是精神世界，你都不再害怕迷失方向。有了自信又有了眼界的你，不管是曾经的小女人还是囿于家庭的小妇人，都不会因为一个男人给你一个小蜜枣，你就屁颠屁颠地跟着跑，变得独立的你，也不会再是那个只会用纸巾擦干眼泪的脆弱女人。而最重要的是，不管你处在什么样的年龄，旅行都会教你成长。这样说吧，如果没有几次迷路，没有几次无助，没有几次失望，你就不会知道什么叫作成长。不管你的生活是艰难还是顺遂，你都有必要去体验成长，这就是人生。

有的女性会说，日子过得不是很富足，有什么资格谈旅行，把旅行的钱拿来生活多好。这样的观点当然是错误的，因为旅行就是生活。还有，旅行也不是有钱人的消遣，它适合有钱没钱的你。你可以根据自己的实际情况来制订旅行计划，就像文章前面提到的，你也可以选择定期一次的远足。有时候，女人们宁愿拿钱买一大堆零零碎碎的没什么用处的东西，也不愿意计划一笔钱作为旅游资金，因为在她们看来，旅行的消费是个大头。但旅行不是日常消费，只要及早作出计划，你可以有较长的时间来做资金准备，所以，至少一年一两次的旅行，并不会有太大压力。当行走的阅历逐渐沉淀出你的气质，你会明白，旅行绝对是女人最有用的投资。

有时候我们很容易走入旅行的误区，比如有的人喜欢盲目跟风，有的人喜欢追求刺激，这都不是理性的旅游。正如我之前说的，要根据自身的实际情况来制订旅行计划。你看，还有骨灰级的女性游历者呢，一年去了很多个国家，巴布亚新几内亚的蛮荒地带、新西兰高空弹跳、墨西哥死亡跳水、秘鲁和僵尸共枕等，都留下她们的足迹，都有她们的体验日记，但人家那是旅游发烧友，或者说是资深探险者，除非你有兴趣有胆量有经验有后备，否则就不要冲动效仿了。一句话，女人的旅行，怡情是最好不过的。

终日生活在城市的钢筋水泥里，再美丽娇贵的花朵都会失去光彩和活力。

女人花更是要经受更多的"风吹雨打"，才能花开不败，娇艳动人。那么女人们，行动起来吧，让我们用有限的时间，有限的金钱，有限的精力，去看无限风景吧！

完美气质练成计划

Perfect temperament training plan

改变你的外在形象能"速成"气质

虽然气质的第一要义是内在修养的外现，但正如我前文中说的，不要幻想谁能通过你糟糕的外表发现你美好的内在。所以话说回来，要做气质女人，必须得内外兼修。你要记住，你的外表＋你的外在就＝你整个人的风采。

只要我们仔细观察就会发现，没有几个被标签为"气质佳"的女人会带给你外表邋遢的印象。相反，有气质的女人即使不是优雅高贵，也算得上落落大方。总之是要"顺眼"的。然而，如果你对自己的外在形象还不甚满意，也千万不要气馁，因为改变外在其实是打造完美气质计划中最能速成的。

一个人的外在形象包括什么呢？无非是发型、体态、容貌、衣着等。

首先，你必须找个靠谱一点的造型师，为自己量身打造一个专属发型。而发型的重要性，我在前面一章里已经讲过，就不再赘述了。总之，发型是与你的气质和脸型相匹配的，而且这还不够，在你固定了发型以后，还得讲究服装与发型的搭配。永远不要有偷懒的念头，也不要幻想有一劳永逸的发型，更不要迷信"乱搭出奇效"。只有当一个人从上到下都相互协调了，她的独特气质才会应运而生。还有一点，我们在选择发型时，除了考虑身体、气质的因素外，还要把职业、场合等元素也融合进去，就是说，你的整体造型一定要符合你的身份。记住了这些要点，便可大刀阔斧地拿自己头上的一亩三分地进行改造了。

其次便是容貌了，当然，根本不用我说，这都是千百年来所有女人心照不宣的执着。颜值，颜值，曾让多少女人爱恨交织。其实，气质对于容貌的要求并不是干瘪瘪的"美丽"，而是舒服、大气。试想，天下女人基因各不同，总要有些参差不齐才正常吧，哪能都长着一张清新脱俗的脸呢？但是，不管你长得平庸还是出色，不管你是喜欢浓妆、淡妆，还是偏爱素面朝天，都要好好保护你的脸。作为女人，这个工作应该不太陌生，也不太难。要想保护你的容颜不老、不衰，就要做好日常的护理，最基础的就是一定要给自己修个合适的眉型，因为眉毛对容貌是要负一大部分的责任，它直接影响和决定一个人的精神面貌。然后就是保养脸部肌肤的事儿了。平时一定要把脸洗干净，如果习惯化妆，则一定要把妆卸彻底啦，再就是定期做做面膜，让肌肤补水，外出记得防晒。至于应不应该化妆这个问题，我觉得还是根据个人的需要和喜好来比较好。如果你想尝试日常化妆，就先学着为自己画个简单的妆容，如果自己拿捏不准，可以请求医美的辅助。

接下来就是体形。不管你是高矮胖瘦，都要记住一个法则，那就是一定要匀称。因为只有匀称的身材才能使整个身体看起来协调，而且它还是你穿衣好看以及好的精神面貌的基础保证——这应该成为每个女人对自己的初级要求，然后在此基础上追求所谓的凹凸有致、"S"形等。平时，我们可以通过跑步、俯卧撑、跳绳、蹲站、箭步蹲、游泳、骑自行车等简单易行的运动来达到塑造完美身形的效果，它们能有效地强健身体并燃烧掉多余的卡路里。当然，只做运动还是不够的，你还需要注意饮食的健康和有规律的充足睡眠。最后提醒一点，好身材的保持，一定离不开你的坚持。

再有就是穿衣搭配。这个我在前面已有专门讲过，大家请参照。人靠衣装，一定要培养你的穿着品位。不要跟我谈钱，我只想说，一个有品位的女人，任何价位都能买到适合她的服装，你要善于用自己的审美挑选出能使自己气质凸显的单品，但前提是你必须了解你自己。不知道大家看没看过《曼哈顿女佣》，一个女佣，穿了一件5000美元的衣服马上气质就变得不一样了，她穿着这身衣服开始和议员约会。虽然他爱的是她的心，但那件昂贵的衣服无疑在重要的时刻改变了她的身份。这就表现出衣品对女人的重要性。当然，服装不必追求品牌，时尚也不是奢侈品，有品就好。

做到以上这几点，你的完美气质计划里的外在形象的打造就基本完成了，我敢打赌，这样的你一定看起来更漂亮、更自信，因为你那"随随便便的样子"，总算有了质感。

培养一种爱好，成就一种气质

不必紧张，我现在说的是爱好，不是手艺。

先借用庄雅婷文章里的话来"定义"爱好吧。"读书、旅行、音乐，都不是爱好，那叫休闲娱乐。爱好是指一些具体的东西，或经过多年学习能够达到半专业级别的技能。跑步、烘焙、书法、插花、喝茶、收藏杯子什么的，都算。"你看，任何一个被列举出来的爱好，都可以在现实生活里轻松实现，而且最重要的是，它在让你的肉身有所动作的时候，使你的精神得到了某种愉悦。

你想啊，我们在描述古代某位有钱人家的小姐的时候，不，其实对现代多才多艺的气质女人也会这样描述，就是"她精通琴棋书画……"一看到这个词，这个人的气质形象就在你脑海里变得具体了对不对？所以我们说女人要培养一种爱好是有根有据的，因为它的确会让你的某种独特气质散发出来。来点实际的吧。比如你看赫本，她可以算得上是集美丽和优雅于一身了吧？但是我认为，她的一颦一笑应该都得益于芭蕾带给她的举手投足间的卓尔不凡。在我心中，她穿着黑色芭蕾舞服的样子始终是最经典的形象。还有已经从我们的视线中淡出的周慧敏，她的气质中总有那么一种气定神闲的味道，我想那应该也源自她对画画的热情吧。还有一些热爱运动的女星，你看即使有时候因为角色需要而素面朝天，也丝毫不影响她们阳光般的气质。从这些例子中你会发现，那些彰显着自己独特气质的女性，都与她们不同的专长有关。所以，要形成属于你自己的气质，很大程度都来自你对某种积极事物的持久的热爱，把它变成你生活里一种不可或缺的存在。时日渐长，对爱好的修炼也在无形中修炼了你的气质，这不是一举两得的事情吗？

有人可能会说，我这个人对什么都没有天赋，你叫我半路培养出一个爱好，真是有点困难。别急，这世上哪有那么多的天赋异禀呢，任何一种爱好的养成，无非都是源自热爱，也或许只是在某个时刻的灵光乍现，以为自己很擅长。但即使是"高估"了这方面的能力也不要紧，你慢慢地努力去做好就行了，这又不是要你用各类考级来证明实力的东西，最重要的是要有一个享受的过程，当满足感与成就感上来的时候，你就会对这个爱好越来越喜欢的。而且爱好可以传递你的品位，而品位的最初一般都是借鉴来的，因为天生就有品位的人几乎没有，即使有，也大都是从小受了环境或教育的影响而具备的。一开始我们会觉得谁谁谁的品位不错，然后就有了一个对"美好"的感知，接下来才在不知不觉中借鉴，并在借鉴的过程中比对自身，逐渐形成自己的风格。说了这么多，其实只是想告诉你，品位的形成和爱好的培养是一个道理，你要选择你所欣赏的事物去喜欢、去研究，要心存热情，这样才会保持持续的热度，这对一项爱好的养成是必需的条件。在欣赏之后，在决定培养这种爱好之后，就要由衷地喜欢上它。因为只有真心喜欢的东西才不会被自己轻易放弃，即使不能得到别人的欣赏，至少你还可以孤芳自赏。而且这样的事情你也会比较容易做到较高的水准。

另一方面，爱好也并非只是为了提高你的个人气质，它还可以为生活工作忙碌疲惫的你缓解压力。不管是当你倦怠于家务还是困扰于工作的时候，你都可以按暂停键，用自己的小爱好来作为调剂，哪怕只是练练字，修剪一下盆栽，做一次烘焙，设计一个小饰品等。因为这些爱好都是你喜欢并上了手的，所以操作起来很快就会投入其中，把此前的不顺暂时放一放。对于那些总是找不到情绪发泄口的人，这是对身心最好的调节。凡此种种告诉我们，无论出于何种目的，你都要培养一个拿得出手的爱好，权当悦己。

接下来我们说说对于爱好的选择。要找到自己喜欢的事情，肯定不是凭空想象，而是要经过多次尝试，不必为了某一样兴趣的失败而灰心。还有就是，爱好也不必随大流，关键是要喜爱并适合你。你看就像有人喜欢画画，有人喜欢收藏画，虽然方向相同，但始终有别，如果在喜爱的基础上又能选择自己比较擅长的，不是更好吗？

最后谈一下如何"经营"自己的爱好。首先是心态问题，对爱好要有一个客观的期许。尤其是爱好都会有缓冲期，不要因为一时没有进步就质疑自己的天资和能力，心态要放轻松，多看、多揣摩、多练习，平台期就会渐渐过去。而如果你始终无法特别投入到一项爱好中，那么它可能不是你现阶段的最爱，可以暂时搁浅，慢慢观望。还有，不管你的爱好是难是易，都不要自己一个人闷头去做，而应该学会和有着同样兴趣爱好的朋友相互交流，不但进步更快，还可以扩大自己的交际圈。再就是，我们讲的爱好都是基于健康、有益身心的基础之上。对于那些不健康的爱好，最好避之若浼。还有一些需要投入大量资金、时间的爱好，最好掂量而为。

看书行走阅人，与新事物握手言欢

女人是"惰性"动物，我深以为用那句"以不变应万变"来形容女人再恰当不过了。我小时候就有这样的体会。对于那些中途转学来的同学，男孩子比女孩子适应得更快，表现得也更活泼。而那些女孩子刚进入一个新集体时，大多表现得像只受惊的小兔子，几乎不会主动和新同学说话、玩耍。从这个现象就能看出，女性对于新的环境新的事物有一种本能的排斥，这也许是受她天性中矜持羞怯的影响。成年的女性在这方面也表现得很突出。比如在一个单位待得久了，哪怕有千万次拍拍屁股走人的念头，最后仍会死守城池。一个朋友就说了，他们单位的管理体制很有问题，引得员工经常怨声载道。但那些平日对老板恨得咬牙切齿的女同事几乎没有流动，倒是男同事来了又走，走了又来。还有就是，你会发现女人的圈子都比较固定，圈子的规模也比较稳定，这说明什么呢？说明大家都比较"守旧"，既不想走出去接触新的圈子，也舍不得离开旧的圈子。我说的自然是大部分女性。也有小众者，她们对生活比较主动，比较活跃。怎么说呢？就是愿意折腾，愿意接触新鲜事物。这部分人有什么特征呢？你从她们的气质就可以辨识出来。君不见，那些所谓的气质女人，她们的眼神都深邃有力，既不飘忽游离，也不空无一物，她们的表情都沉静淡然，不会夸张，也不会扭曲。我个人认为，这种超然的气质来自于"见多识广"。我们都有这样的经验：只要经历过某事某物，再次经历时便会少了最初的惊慌和无措，也或者是小小的情绪波动。在我看来，她们这种对人事游刃有余的风范，大多来自于对事物的充分把控，因为有所历练，所以才能做到遇事从容淡定。这——是装不来的。

"保守型"的女人，要么每天围绕着家、公司、朋友生活着，要么除了孩子就是老公，除了家人就是自己，她们生活在一个小范围里，这个小圈子形成的时间越长，她们越感觉依赖。因为只有在这个范围之内，她们才能找到自信。就像一位朋友说起自己的老妈妈，在家乡的小镇活得是风生水起，做事比有的年轻人还机敏，可一说到城里姑娘家住两天，便有老年痴呆症发作的嫌疑，做什么事都缩手缩脚，影响正常发挥，好像脑子里所有活络的神经都失灵了似的。其实这也是人之常情。任何人只要生活在自己熟悉的环境中，都是最舒服惬意的，一如家之于每个人的安全感一样。她可以尽情生活在自己原有的观念里，甚至不愿去判断这种旧有观念的正确性，因为一贯都是这么过来的。相反的是，要她们接受新观念就比较痛苦，也比较辛苦，因为这意味着安全感的丧失，而且还要面对新观念的判断，这严重考验她们的智力和耐力，所以她们宁愿固守旧的生活圈子也不愿踏入雷池半步。这些不愿也不敢接受新观念的女性其实是悲哀的，因为她们排斥新事物，排斥所有相对于她们的陌生，她们毫无勇气走出旧环境，也无勇气去接受一个更美好的崭新的未来，所以说她们是落后于时代的可怜人。

作为新时代的女性，我们不要辜负了这个时代的美意，而应该试着去学习我们的时代精神，做一个与时俱进、有胆识有气度的新女性。而要完成这一蜕变，就需要我们先从自己的"蜗居"里走出来，呼吸新鲜空气，接触新鲜事物。至于怎么走出来，走出来又要何去何从，聪明细心的你其实可以在前面的章节中找到答案。要想增加我们的阅历，看更多的风景，有很多方式可以帮我们实现。比如说读书。曾国藩就曾对儿子曾纪泽说过："人之气质，由于天生，本难改变，惟读书则可变化气质，古之精相法者，并言读书可以变换骨相。"看吧，读书读出气质，一劳永逸啊！比如说行走。在经历了不同的风土人情之后，你会发现你不但见识广了，对人对事有了自己的见地，而且谈吐也变得不凡，性格也变得稳重大气，气质的培养竟然在旅行途中不知不觉就完成了。不过英国有句俗语也说得好："乌鸦去旅行，回到家里，其乌如故。"如果你真的只是带着一双脚在行走，不去体验，不去接触，也不去接受，那么你的旅行也就毫无意义。再比如"阅人"。有句话怎么说的？"读万卷书不如行万里路，行万里路不如阅人无数。"人行于世，最主要的活动就是与人打交道。人人都是一本活书，你交流的人越多，被反馈的信息也越多，就越能增强你的人际交往能力，使你学会融方于圆，内心强大无比。综合以上，为了接触新事物，我们可以从阅读一本书开始，从一次浪漫的旅行开始，从认识一个新朋友开始……

愿所有的女性朋友都能勇敢地挑战旧的自己，走出去、豁出去，活出新的自己。只要有朝一日你能感受到"在接触新鲜事物的过程中，我在进步"的快意，那么，就不枉费你迈出那一步的勇气。

心中永远有爱，魅力常在

　　我无意于在这里用任何"鸡汤"来煽情，但事实是，一些故事深深撼动了我。在刚刚结束不久的 2016 里约奥运会上，我为奥运健儿们的热血和热泪感动，但最让我震动的，是 41 岁的乌兹别克斯坦体操选手丘索维金娜。对于职业生涯极为短暂的体操运动员来说，41 岁真的算是超高龄了。可是，是什么促使这位大龄女运动员第七次出战奥运会，完成超高难度的体操动作的呢？各大媒体的新闻标题给出了答案：为爱而战。为了给患白血病已十多年的儿子阿利舍凑足医疗费用，早该退役的她却一次又一次地不断挑战极限，征战沙场。一句"你未痊愈，我不敢老"的宣言感动世界。是啊，爱是一切的答案。

　　我们这里说的爱，不单指母子之爱、夫妻之爱这样的小爱，还有对人对事对生活的大爱。比尔·盖茨曾说："每天早晨醒来，一想到所从事的工作和所开发的技术将会给人类生活带来的巨大影响和变化，我就会无比兴奋和激动。"我们从中读出了爱，那是对人类对社会无私奉献的爱。爱使人精神饱满，爱令人获得尊重，心中有爱，才不会迷失方向，因为爱就是方向。有爱的女人，温柔而有力量，因为爱就是最好的武器。

　　那么，怎样才算心中有爱呢？

　　有爱的女人首先是有教养的。在和他人的交往中，她不会总是以自我为中心，而是习惯于站在对方的立场来思考问题，处处替人着想，有一颗宽容、体谅的心，并因此而赢得他人的喜爱。她的爱，体现在教养上。这样的女人就如空谷幽兰，走到哪里都能生香。而那些与之相反的习惯于无视别人存在或得理不饶人的人，别人会排斥与你一起工作或生活，因为没有人喜欢自私、狭隘的磁场。而且从爱的吸引力法则来讲，没有爱就没有吸引力。那么，我们应该如何提高自己的教养呢？第一点，必须学会站在对方的立场思考问题。

第二点，必须能基于自己的想法说话。第三点，必须做到经常审视自己、鞭策自己。做到这些，你才能成功地把自己塑造成为具有良好教养的女性。

"女人不一定要漂亮，但一定要善良。"有爱的女人是善良的。善良不是指要做多少善事，而是不给别人添麻烦，能够以己之力予人方便，对家庭、朋友、社会做到问心无愧。善良的背后总会有所取舍，而善良的女人一般会选舍弃取，她的起心动念皆是成全他人。善良的女人，无论何时都会觉得这个世界无比美好，因为世界也会对她善良以待。要知道，人与人的关系如同一面镜子，你如何对待别人，别人就会如何对待你。善良的女人因为这一层因果关系而更容易得到幸福和快乐。那么，我们又要如何觉得心中有善呢？第一，要尽到自己的孝道，对父母亲人要孝顺。第二点，要对贫弱者心怀怜悯，尽自己所能地帮助他们。第三点，对人要真诚，任何时候都不要去算计别人。第四点，要能够换位思考，将心比心，不伤害别人。还有就是练就不张扬、不作秀、不图回报的性格，因为善良本身就是一种世界上最有亲和力的气质。

"生活的本意是爱，谁不会爱，谁就不能理解生活。"有爱的女人是热爱生活的。她们乐观积极，总是充满活力和激情。她们没有时间忧郁颓废，因为她们有方向有动力，并为此而努力奋斗着，从不浪费光阴。即便她们只是普通的家庭主妇，也把经营好自己的家庭作为一项终生的光辉事业。这样的女人带给他人满满的正能量，在她举手投足的意气风发里，你能感受到爱的热度。一位模范母亲就曾说过："大抵可从厨房、化妆室的干净整洁程度看出一个家庭的美丑，看出一个家庭主妇对这个家所付出的心血以及对这个家的热爱程度。"由此可见，女人对生活是否热爱，直接影响自己和家人的生活质量。在热爱生活的人眼里，生活永远是诗情画意的，而最后，她也会竭尽全力把生活变得诗情画意。这，就是热情的力量。那么，我们要如何做到热爱生活呢？首先，把握好基本的道德准则和行为准则，尽量使自己处于轻松、愉悦、充实、有效的生活状态中。积极地去做自己想做的事情，并设法把它做好。其次，一切向前看，不要停留或沉湎于短暂的失意中，学会换个角度思考问题，敢于去体验生活，接受教训，吸取经验。总之，不要过分地追求完美，也不要刻意地回避错误。然后就是要学会从生活中寻找乐趣，不管是工作、家务还是爱好，都要用心去做，并偶尔制造点情趣，为一成不变的生活锦上添花，还有，别忘了保持嘴角上扬的动作。最后，要懂得为自己的行为负责，学会自立自强……

总之，爱是一门女人终其一生都要学习的学问，女人被人爱不难，难的是要学会爱人。只有学会了爱，你的爱才会持久，魅力才能永存。

制订健康计划，优雅地老去

三十多岁的女人，十多年来一直坐在办公室里做着不算太累的财务工作，最近因为颈椎病越发严重而影响了大脑和脊椎，无法长时间思考，也不能久坐，只好辞职开始了漫长的理疗康复。最近又向我诉苦说，电疗时遭到意外电击，需要进行全面体检，以确定是否对心脏造成损伤。这是我朋友的真实经历。我从她的身上，更加深味健康对女人的重要性。就像朋友自己说的，很多年前就知道长期坐在电脑前不活动会造成颈椎疾病，可从来没有引起过重视，总觉得这又不是什么要命的大病，而且自己也不至于这么点背。没想到真的摊上了，才发现看似小小的健康问题竟然对工作和生活造成了严重的影响。现在的状况实在糟透了，除了失去工作，生活上也引发了诸多不便，颈椎病带来的身体不适，让她即使休养在家，也无心于家事，因为病灶的痛感无时无刻不折磨着她，让她对任何事情都提不起兴致，相当无力。她恐慌地问我，难道我的下半辈子，就注定被这该死的病给耽误了吗？我给不了她回答，因为我不是骨科医生；我也给不了她安慰，因为我不是心理医生。所以，当健康遭到损坏，承受者便是唯一的承担者。

其实我在前文中已经详述过健康对于女人的影响和作用，那么在本章的完美气质养成计划里，它也该被提上议事日程了。

首先，正如我此前所讲的，心理健康问题对于女人的摧毁性甚为巨大。现代社会里，女人扮演的角色越来越多，也越来越重要。尤其又身处生活节奏快、竞争激烈的生活环境，压力过大是可想而知的。再加上女人的每个年龄阶段都会或多或少出现一些心理问题，这更加剧了女性的心理负担。所以在我们的健康计划里，首先就是要实施减压计划。如何减压？最好是根据自身的实际情况来选择最便捷有效的方式。比如学会倾诉。当你有了抑郁不平或者愤怒忧虑，都不要让它憋在心里继续发酵，这样会严重影响身心健康。而应该把它说出来，因为倾诉是宣泄，是释放，也是寻找共鸣。不管你达到了哪种效果，你心中的负面情绪都会得到相应的消解，这是一种倾诉效应，对缓解人的不良情绪极为有效。至于向谁倾诉，可以是家人，也可以是亲密无间的朋友或值得信赖的同事。如果你比较排斥对人倾诉，也可以把它用日记的形式写下来，把心事诉诸纸笔，同样是一种释放。再比如学会自我调整。也就是所谓的自我安慰。这需要比较理性、自制力良好的人才可能做到。自我调整就是要摆正心态，学会理解，学会原谅，学会取舍。再有就是凡事要懂得适当降低自己的期望值，不要过于强求，学会顺其自然。关于减压，你还可以学会转移注意力。当你的负面情绪高涨到极点，无从解脱，索性直接不理，否则发展下去就钻进死胡同出不来了。这时候你可以转而做点别的事情——最好不用动手动脑，比如逛街、听音乐或看电影。

接下来就是我们的体格健康计划，也就是运动计划。虽然很多女性的体重都控制在正常范围之内，但也不能说明你足够健康。现代生活中，女性容易摄入过剩的高脂肪高蛋白，再加上肌张力普遍较低，又缺乏足够的锻炼，所以大多存在身体的健康隐患。要避免这一点，就得进行适当的运动锻炼。在众多的运动方式中，健步走、游泳、瑜伽是最适合女性群体身体特质的。其中健步走可以放松大脑，调节气血，改善体质，适合身体素质较弱的人群；游泳则是一项全身运动，既能增强心肺功能，又能塑造形体美，适合各个年龄各种体质的女性；瑜伽是一种慢运动、轻运动，类似于静力运动，安全度最高，几乎没有损伤，能同时达到修身养性的效果。不管你选择哪一种运动方式，都要长期坚持，甚至把它当作终身计划来实施，因为保持身体健康是我们一生的事业。

最后就是经常被我们忽略的健康饮食计划。身为女性，这其实是我们的强项，因为女人天生精于此道。而且女性不但要关爱自己的饮食健康，还要担负起全家人的饮食健康管理。在一个家庭里，如果女主人善于制订合理科学的饮食计划，那么全家人的健康都会受益。所以说，一个会做饭会持家的女人，对于家庭的和谐健康稳定是十分重要的。对于生活饮食，我们提倡各种营养成分的食物都要摄入，但必须控制好量，掌握好度。当然，这可没有现成的范本，你得根据自己和家人的身体情况来有针对性地制订计划，这就需要我们的女主人们在营养学方面多下功夫了。

有人说，"一个人无法不变老，但是他可以抵制衰老"，而我们的健康计划，就是可以抵制衰老的卫士。即使有一天注定要不可阻挡地老去，健康也会赋予我们优雅的姿态。

第三篇

美在细节

每一个女人，都应在细节中见证『玩美』的妙处，瞬间即永恒。

美，不是一件小事

Beauty is not a small thing

何为女人味：静若清池，动如涟漪

若问何为女人味，恐怕连女人自己都对这一概念含糊不清，往往要通过第三者的视听来判定。所以人们常说，女人味不是嗅出来的，而是感觉出来的。论一个女人的味道，人们常从她的一笑一颦、一举一动中所流露出来的气质评定：或高贵优雅，或奔放热情，或狂野泼辣，或亲切随和；有时也从身段姿态中窥出一二：或丰腴性感，或纤细娇巧，或健壮沉稳；偶尔也从眉眼流光中探个究竟：或坚定果敢，或温暖明媚，或娇嗔内蕴，或纯真无邪……

朱自清先生曾有过这样一段对女人的描述：女人有她温柔的空气，如听箫声，如嗅玫瑰，如水似蜜，如烟似雾，笼罩着我们，她的一举步，一伸腰，一掠发，一转眼，都如蜜在流，水在荡……女人的微笑是半开的花朵，里面流溢着诗与画，还有无声的音乐。

这段话优美而精准地诠释了所谓的女人味：静若清池清澄安然，动若涟漪调皮悦动。所以，真正的女人味绝不是飞扬跋扈，不是喜怒形于色，不是哗众取宠，更不是肆无忌惮……总而言之，女人终归要有女人样，才可散发真正的女人味。

女人啊，千万不要以为只靠一堆名牌就能让你拥有女人味，它们只能虚饰你的外表。物质堆砌不出女人味，再多的奢侈品也只是你的外包装，它无法改变你骨子里浑然天成的气质。富有、漂亮的女人不一定有女人味，但有女人味的女人即使不富有，不漂亮，也能令人赏心悦目。

在此，我不会告诉大家作为一个女人，我们不可以怎样。但我可以告诉大家的是：作为一个女人，我们应该怎样。

女人，要有自己的趣味。书法、茶道、花艺、音乐、瑜伽、读书……女人要学会修炼和提升自己，要乐于学习，要涉猎文史哲学，偶尔还要去看看流行电影，不定期地四处游走，观摩这广阔无边的世界。

女人，要有自己的香味。这里所说的香味，并不指单纯的香水味，它还包括专属于女人自己的、由内而外散发出的迷人气息，这种气息因人而异，千人千味，最为独特。它让我们不论身处钢筋丛林还是山野乡间，都能保持个性，吸引他人。

女人，要有自己的品位，要学会淡定、从容地面对生活，不盲从，不迷失，亦不患得患失。宁静淡泊的女人气质如兰，她们一贯化着淡妆，笑容可掬，语速适中，不急不缓，无论何时何地都能保持优雅自信。

女人，要有自己的韵味。不论是二八碧玉还是桃李年华，不论是花信之期抑或半老岁月，我们都不能失去柔情，不能忘了性别赋予我们的独特情怀。娇憨可爱也好，温柔妩媚也罢，若能做到永远保持本真，便可韵味悠长，耐人寻味。

女人，要有自己的清味。所谓清味，便是不事张扬，也无须寡淡，而是恰到好处。要知道，说话喋喋不休的女人看起来强势，做事风风火火的女人看起来热情，待人大大咧咧的女人让人感觉豪爽，但都与女人味不甚相投。所以，何不做个清新淡雅的女人，明眸善睐，笑看云卷云舒，垂首生媚态，扬眉好姿态，举手投足间总能令人怦然心动。

女人，要有自己的意味。尤其作为东方女人，得有东方的神韵和情调。就像那缓缓流淌的、动人心弦的古筝乐一般，既要有令人心旌荡漾的曲调及让人难以琢磨的音色，还要有润物细无声般的诱惑和层山难望断般的内涵，这就是女人独有的意味，带着只可意会不可言传的神秘感。

女人味囊括种种，不一而足，但你真正需要的，是符合你特质的那一种。静若清池也好，动如涟漪也罢，重要的是做你自己。

女人，天生爱美丽

女人天生对美丽的事物毫无免疫力。当我们开始懂得人事，最初的渴望一定与美丽有关：裙子、丝带、礼物……无一不闪耀，无一不美好。而那些能够想到并许下的心愿，也定是与美的专属名词有关。

在自认为能够掌控"美丽"之后，女人一边抱怨节食的虐心，化妆的琐碎，一边又不遗余力地"虐己"，并在"忍饥挨饿"初见成效后沾沾自喜。所以，女人往往理性地热爱着美丽，却又感性地追逐着美丽。对于女人，美丽也许是个终生目标，她们穷其一生，只为到达和长久地占据。

然而，美丽的内容太宽泛，何止流于表面的光鲜或夺目？

我们要学会善良。人生说长就长，说短也短，这长长短短的一生，如果耗费在各种钩心斗角、好高骛远和小心算计上，又何来美丽？因为始终怀抱不美好心情的人，无法催生美丽的笑靥和容颜。所以，美丽源自美好，而美好，取决于你的德行。若要美丽，请心存善念。善良是为人之本，无论何时何地，我们都不能因为名利和光环而失去善的本性。

我们要学会快乐。相由心生，一个不快乐的女人永远不可能拥有美丽。与此相反，快乐又最具感染力，一个快乐的女人，不但由内而外地散发积极的力量，还能感召他人，扫除他人的情绪阴霾。所以，若要美丽，便把心放开，学会快乐。

我们要学会欣赏自己。自信的女人最美丽。千万不要把诸如"你看我穿这件衣服漂亮吗？""你看我的身材好吗？""你觉得这个颜色怎么样……"之类的话变作口头禅。衣服穿在你身上，要用你自己的身体去感受它是否舒适，用眼睛去感觉它是否得体，何必被他人的意志左右？一个毫无主见，无法把握自我风格的人，定是难言美丽的。要知道，自信也会为你的美丽加分！

我们要学会宠爱自己。所谓宠爱，不是溺爱，而是保护身体发肤，自尊自爱，保持初心。女人，千万不要过分娇惯自己，否则成为温室里的小花，不堪一击。要知道，只有经历过风雨的成长，才能成就美丽。

我们要学会自立。千万不要轻信男人所谓的"我会养你一辈子"之类的鬼话。这个世界谁也不欠谁，更有太多的难以预料，所以不要做柔弱的寄生花，即便美丽，也只娇艳如花青春时。所以，要做自立自强的女人，所有华丽的外衣和强大的内心力量，我们自己积攒。这样的女人，美丽深入到骨子里。

我们要学会乐观。人生有苦有乐，痛苦时忍一忍，痛完潇洒说再见。阳光只会照耀在积极的人身上，阴暗的内心永远不会感觉温暖，更无法将美丽衍生在外。一个人若学会了乐观地待人接物，即便满脸五线谱，也能开出花来。

我们要学会不卑不亢。女人的情绪千变万化，时而飞上云端，时而低到尘埃里。如此变化多端的女人，自然是无法拥有恒久的美丽。必要时，我们应放下卑微，拾起身为女人的清高。当然，清高不等于傲娇，适度的谦卑，往往为你赢得好人缘。一个不卑不亢的女人，无须吹捧气自华。

女人要学会坚强。爱情、亲情、友情……坚强的女人不会动不动受伤，因为她们知道任何一种单一的情感都不可能构成一生。所以，她们懂得用坚强来应对一切人世沧桑，最后只剩下蒙娜丽莎式意味深长的微笑，美丽至极，耐人寻味。

女人不要和男人争，但也不要屈尊男人之卜。不争不是畏惧而是谦和，女人本就拥有可以和男人媲美的非凡能力和强者风范，之所以不争是因为女人特性中独具的阴柔之美。因着这份阴柔，女人的美丽才别具一格，无法复制。

爱美的女人，不要一味追求外在而忽视内心的修炼。要知道，唯有内外兼修的美丽，才敌得过时间。

女人不要以男人的方式活着

你的心态决定你的美态

女人三十岁之前的形象可以靠年轻的相貌来呈现，但三十岁之后的形象却要由心态来决定。

我们为了家庭、事业付出了光阴，容颜易老，青春不再，到头来有可能对自己的定位感到迷茫。看着面部轮廓一天天变得松弛，眼角的皱纹开始一天天增长，内心开始纠结，开始惶恐，也许会悲观地认为：美丽似乎已与我无关了。

晚了么？我觉得女人只要活着，就有理由一直让自己美丽。不论你是20岁、30岁还是40岁，哪怕已经年近古稀，我们都有理由也有必要让自己美丽！方法很简单，就是马上改变自己的心态。

我们是女人，所以千万不要以男人的方式活着。我们是女人，就应该活出女人的样。哪怕只是今天换一套衣服，明天换一条裙子的细微改变，也能一点一点让自己变得更美。

一天变美一分，十天便美丽十分。你会发现，随着每天的加分，你身边的男人、女人、老人、孩子都会渐渐注意到你，到那个时候，你会想让自己更美。

所以我们一定要告诉自己，我要追求我的美，找出我自己独有的魅力。因为作为一个女人，魅力和形象的价值，是难以估算的。当你自身成为一种价值，你会变得淡定从容，因为即便身无分文，你也能够创造出成功。

当你变得越来越美丽，整个人的状态也会随之好起来，荷尔蒙开始活跃分泌，状态也会越来越好，越来越美丽。人生的路上需要美丽成长。

通透才会成长

人生就是一个藏污纳垢的过程，不仅是外表和身体上，你的内心和思想同样也是。我们在生活中经常遇到各种各样的事情，导致我们浑身充满负能量，这些负能量就像垃圾一样，堵住我们的身体，谁也不愿意和消极主义者做朋友，我们可能会被孤立，所以我们每天都需要倒"垃圾"，不要让"垃圾"过夜。

如果我们的身体和灵魂都被垃圾堵塞，那么我们想减慢衰老的速度就会很难。想让自己皮肤变好，那需要让皮肤的毛孔透气。而想让自己变得美丽，就需要让自己的思想通透、开阔起来。

在很多年以前，我是属于"小鞭炮"的脾气，一点就着。可能有些时候我只是不太会说话，但是发起火来，我老公都会重重地叹息一声。而且我在做事情的时候力求完美，还有点强迫症，什么都想做到最好，在我的字典里没有允许自己犯错这样的字眼。

这些年通过学习，原本脾气暴躁的我，慢慢开始自我约束，因为我明白了负面情绪只会让我们的细胞衰老得更快。以前的我，是个有棱有角的人，而现在则平缓了很多。

女人在一定年龄的时候，内心越善良，越看不出年龄，就越年轻越漂亮。所以为了让自己年轻，为了更美的容颜，在遇到事情的时候不如让自己善良一下看开一些。随着时间慢慢推移，你会变得越来越柔，也没有了那么多的肝火，不管别人在耳边多么聒噪，也不会影响你，因为你已经学会了控制情绪。

人无完人，我们不要去追求完美，十个人中不可能每个人都认同你，而你也不必为了那一个不认同你的人大动肝火，反而忽略了喜欢你的九个人。你首先要做到的是认同自己，然后去让那九个人因为你而得到收获，这就够了。

控制情绪是需要修炼的，多听一听舒缓的音乐，多看一看女人提升魅力的书，多出去走一走，让自己阳光起来。不要整天八卦家长里短，因为那些都是垃圾，身边的垃圾越来越多，你也会越来越不好看。每天和阳光的人在一起，你也会阳光，跟美丽的人在一起，你也会越来越美丽。

同样的八十岁，有的人可能已经成为骨灰盒中的一抔轻灰，而有的人还能走一台人人叫好的秀，这就是每个人在身体和灵魂上的差别。所以说，虽然正确的保养很重要，但是相由心生，不仅仅是外在要去角质，内心也需要。

为了让自己成长，让自己美丽，每天都要倒"垃圾"。

早点追求美丽

人的青春总是短暂的，尤其是女人，最美的年华稍纵即逝，所以女人是最应该把握时间的人。

现在很多人都在整形，但做整形的人大多都是 40 岁的女人，因为此时开始注意到自己正在衰老，慌忙想要整形。但如果你在 20 岁的时候开始做抗衰老保养，是不是和 40 岁再去整形有本质上的区别？

因为 20 岁的皮肤是年轻的，可塑性很强，而 40 岁的皮肤已经开始松弛，再去做整形就会变得僵硬。如果我们提早开始追求美丽的话，不仅会美得长久，还会美得健康。

不仅是在容貌方面，在精神方面同样适用。如果我们在 20 岁开始学习，开始提升自己，让自己成长，相比于 30 岁才开始学习的人，就会多出十年的优势。而你当下学习，跟未来再去学习，优势一样很明显。

而喜欢学习与否，将决定一个女人的年龄是可以保鲜得更久，还是见证岁月的无情。

所以现在就开始成长吧，学习会让一个女人散发出由内而外的美，这种美无法抗拒。可能在当下学习一两年内看不到明显的效果，但是请坚持下去，你会看到一个不一样的自己。

女人，一生如花不如一生如画

如画的价值

在人们交际的过程中，外表是一张重要的名片。瓶水在外表华丽的五星级酒店内，卖 35 一瓶也不会觉得贵。但如果在普通的快捷酒店，这瓶水卖 10 元都会觉得是在坑人。这说明女人的外在可以很大程度地提升自身的价值，我们需要让自己的外貌变成五星级酒店。

所以女人，你让自己变得美丽很重要，但这并不是我们一生追求的目标，因为暂时的美丽会随着时间而消逝，美丽所带来的价值也会消散。我们需要做的就是让自己成为有价值的人，无论时间，无论地点，你永远因为自己而昂贵。

女人如花，不同的年龄形容自己是不同的花。不同的性格定义自己不同的花名。花却易凋零。因此女人一生如花，终究不如一生如画！

成长让你更美丽

如果你是一个相貌平平的女子，你没有理由让自己继续平凡下去，你需要用自己的智慧来升华自己的相貌。如果你是一个相貌优秀的女子，你更没有理由让自己平凡，因为岁月终究会带走你美丽的容颜。

花朵在盛开时很美，但终有凋零之时。但是画就不一样，在梵蒂冈的博物馆和法国的罗浮宫中，摆放着千年之前的画卷，现在依然光鲜如初，依然价值不菲。而我们所要的成长，就是成为这样一幅画，有着自己的味道。即便岁月在我们的脸上沉淀出很多皱纹，但是我们坐在那里就是一幅画，一幅耐人寻味的画。

虽然这条成长的道路很难，但是一路成长也会有一路的收获。我在修炼的路上最幸福的收获是有了自我约束，自我管理，自律性。之所以会这样，是因为我在接触美的事物的时候，面对很多跟我学习的人的时候，在帮助她们美丽的同时，我对自己有了更多的要求，于是我不断地学习，所以我能更快地成长。

不止我可以这样，世间的所有女人都可以这样，在成长的路上让身边的人快乐，自己也更加美丽。

追求美丽和格调

上帝在创造每个女人的时候都很公平，每个女人都是一个独一无二的载体，每个女人都是一幅画，是一种花。只是在不同的年龄，女人属于不同的花，也是不同的画。而花会随着时间凋谢，但画不会。一幅有潜力的画，有懂得欣赏画的收藏家，会随着岁月的沉淀变得越来越有价值。

作为女人，不一定要貌美如花，但一定要优雅动人，不一定要衣着华美，但一定要耐人寻味。你的一生不一定要成为一个万众瞩目的传奇，但你一定要成为你自己的传奇。不是每个人都能够拥有一个为人熟知的传奇故事，但为了不白来这世间一趟，你要成为一个自己愿意读的故事。

所有美丽的妆容、衣服、首饰都只是当下的美感。但是决定你人生的美丽和味道的是你的品位和格调。当你拥有了这些，在你九十岁的时候，甚至是你走向人生另一个世纪的那一刻，你依然会美丽优雅。

人们常说岁月是一把无情的刀，但是为什么在生活中会有一些人，她的外表年龄跟实际年龄相差甚远？为什么有的人在八十岁的时候，你依然会觉得她很美丽？这就是品位和格调所带来的那份让岁月停留的美。

女人不怕青春老去，只怕没了价值

所谓美丽永远不是今天一个美丽的妆容所能代表的，在二十岁自然有二十岁年轻青春的美，三十岁有着韵味的美，四十岁经历过沉淀有了智慧的美，

五十、六十也有坦然豁达的美，直到八九十岁，你便成了无价之宝。

但在中国的大多数女性，在五十岁的时候就感慨岁月是一把无情的刀，让自己变成了老太婆。而事实也正如她们所说，每天左手抱着孩子，右手插着兜，和街坊四邻聊聊家长里短。当这样的情景已经变成了常态，女人怎么会不变成老太婆？女人的人生应该秉持着追求美的态度，不断提升自己的价值，让自己在人生的每一个当下都能够很美。

家族中的一个好女人可以影响三代人，作为一个家族中的一员，能够从内向外散发出美，不仅会让别人感觉到舒服，也会让家族的后代受到影响，在审美观上得到升华，形成贵族的气质。

所以女人不用怕自己的青春老去，在相对应的年纪也会有相对应的美。只要你拥有自己的价值，随着岁月的流逝，你不仅会自己保持美丽，也会正向影响整个家族美丽。

想要如画，需懂得坚持

如画的过程就是不断地突破自己的审美，从骨子里由内而外地散发出一种美，并且做好一个美的榜样。这也就是人们常说的即便是老，也要优雅地老下去。

前些年我去了法国，刚到那里的时候我很失望。在我的印象中法国是一个优雅的国家，但是当我在巴黎街头看到那些人的时候，我并没有感觉到丝毫优雅，反而很乱。当时与我随行的一个学员，还没看到巴黎的夜空，随身的包包就被人抢了。

那天我们决定马上离开巴黎，巴黎并不是我们想要看到的地方。我们坐上火车，前往法国的南部。在火车还没有到南部的时候，我们看到了一幅画，真正的画。

一位老太太坐在座椅上，身前放着一杯咖啡，手中拿着一份报纸，身上的衣服没有任何装饰，只是一件薄薄的风衣。她的脖子上挂着一串珍珠项链，鼻梁上架着一副眼镜，在安静地看着报纸。

虽然头发已经花白，但是她从内向外散发出的气质会让你觉得很美，她就是一幅风景油画。

到达法国南部之后，优雅美丽的画面变得更多。在街头随时可以看到穿着高跟鞋的老太太，抹着大红唇在遛狗，或者拎着一个包优雅地走在路上，这幅画让我感觉到安静舒服的气氛。

上帝对于每个女人都是公平的，你可以变成一个"岁月是把杀猪刀式"的女人，同时你也可以变成一个优雅女人。但若要成为一个如画般优雅的女人，你需要坚持。一年两年或许看不到成效，三年五年也有可能，但是十年呢？你用十年的时间走在如画的路上不曾放弃，你会和同龄人有着五六年的年龄差。这种差别不仅体现在表面上，更体现在内在的精气神上。

收获的不仅仅是和同龄人之间的年龄差，还会收到更多最美的回馈，但这一切都需要坚持，因为美丽从来不是一蹴而就的短跑，而是持之一生的长跑。

女人是幸福的源头

不做女汉子

在一些国家，十多岁的女孩子有专门的美学教育课，教育女孩子如何成为一个精致的女人。而这样的课程在中国是没有的，不管男生还是女生，全部上一样的课，全部接受一样的教育，导致现在出现了很多的"女汉子"。

女汉子的思想很简单，男人可以做到的事情，她也能做到，所以找不找男人已经不是必要。而男人看到这些女人这么强大，甚至比自己还强，男人自身对女人的保护欲减值为零，所以也不会主动去接近女汉子了。

女人是幸福的源头，如果女人能够扮演好自己的角色，该柔弱的时候柔弱，男人自然会站出来展现阳刚的一面。

不仅在社会上如此，在家族中女人也同样重要，女人是家中幸福的源头。

家中的女主人如果懂得美，有高雅的审美观，任何一件物品都能够找到最适合摆放的地点，任何一件物品都知道应该用什么样的材质和颜色，那么这个家便会让来到房间内的人感到舒服，这个房间就会汇聚起人气。如果房间的女主人很美很漂亮，她自己就是一种人气。在房间里无论男女，无论老少都向她投来喜欢的目光，这也是一种汇聚人气。

人们常说，一个女人找对老公幸福一辈子，一个男人找错女人毁了整个家族，这就是在说女人对于家族的重要性。所以作为女人，我们真的需要对自己投资，让自己成为家族幸福的源头。

爱独一无二的自己

现在的女性，都知道要对自己好一点，对自己下手要"狠"一点，要好好地爱自己。这个观点并没有错，但并不代表只爱自己。当你的"爱自己"不是为了让身边的人关系变得更好，而是变成了一种极致的自私行为，你就会偏离你的初心，离爱与幸福越来越远，这种行为会让你迷失了爱的方向。

我们变美、爱自己的根本，是让自己成为一股磁场，形成一种强大的吸引力，能够吸引更多的人围绕着自己，让你变得越来越有味道，越来越美。每个女人都有不同的磁场，就像这世界上没有两片相同的叶子。所以我们不用刻意地模仿，不用复制别人的美，我们永远因为自己而美。

穿，美，幸福，你都对了吗？

找到自己最美的地方

作为女性，在这样一个飞速发展的时代，我们有了更加宽广的空间来展现我们的美丽。不同于古代大门不出，二门不迈的大家闺秀，我们可以穿上各式各样的衣服，自由地走在大街上。

但是，即便有了充裕的空间和时间，现在还是有很多女性依然不懂得如何穿着。要么在职场上穿着随意的衣服，要么回家依然穿着严谨的职场服装……于是很多女性觉得美是一件很困难的事。

在生活中，职场就是职场，在职场上穿的衣服回到家一定要换掉，穿上一身飘逸柔软的衣服。同样工作就是工作，不要穿着吊带短裤去见自己的老板，着装一定要多一丝严谨，多一份直线条。这些穿衣的方法，你都对了吗？

同样的女性，在不同年龄段如果能够得到更多的夸赞，那么衰老的程度将大大减弱。受到夸赞的前提是我们拥有一个美丽的脸庞和妆容，那应该如何画一个适合也不过分的妆容呢？

很多年以前，我的家里发生了一个有趣的故事。那时候我还在上班，已经开始了我的美丽生涯。我的婆婆看到我这个儿媳妇每天都这么漂亮，满面红光地去上班，心中就很好奇。

毕竟每个女人都爱美，我婆婆也不例外。但是老人总是好面子，我婆婆也犹豫是否要来请教我，于是就趁我在上班的时间在我的房间中到处寻找。当时的很多化妆品品牌我婆婆并不认识也不懂如何使用，于是就把洁面乳当作护发素抹在了头上，把厚厚的粉底抹在脸上。

当时是炎热的夏天，由于没有做好准备工作，粉底禁不住汗液的侵蚀，全部掉了下来，婆婆的脸就像柿子饼一样。我回到家着实吓了一跳，赶紧帮她清理掉，婆婆还在满口称赞"护发素"很实用。再后来，我给我婆婆买了一些适合她的产品，以后再也没有发生过这样的乌龙。

这个故事虽然有趣，但在另一方面也说明，我们爱美可以，但不能盲目，一定要选对产品和使用正确的方式，那你美对了吗？

现在的社会发展了，所有的女性都开始走向社会，开始独立，开始在社会中担当责任，拥有自己的一番事业。她们和男性的角色分工不那么明显了。

很多人总是让我去教一教她们应该怎样做一个女人，其实我也是这样一路走来的。当我觉得自己越来越强大的时候，同时也发现自己越来越不幸福，我的家庭出现了矛盾。

大多数嘴上说自己很强大，老公很一般的女性，她们的内心都不幸福。这是必然的事情，大部分女人都是在表象上觉得幸福，回到家之后，内心缺失的安全感和满满的空虚感立马会让人陷入痛苦。

当我出现这样的状况时，我放慢了自己的脚步，开始回家做饭，抽出很多的时间来陪孩子，陪家人散步，一起出去度假旅游，内心的感觉马上就变得不一样了。被人呵护，有被人心疼的感觉，才是一个女人最大的幸福。

当女人变得越来越有女人味，变得越来越漂亮，被老公或者朋友称赞，你的幸福指数会直线上升。但是，属于你的幸福办法，你找对了么？

穿衣，美妆，幸福，这些女人不可或缺的元素都需要我们自己来实现，这才是我们为之付出一生的事业，这些元素你都做对了么？如果没有，或者你想做得更好，来让我们开始新的篇章！

穿衣搭配

Wear and match

走出误区，没有绝对的流行

如何驾驭流行美

流行，变幻莫测，一年一个样，我们女人只需要找到属于自己的流行就够了。女人，千万不要觉得流行跟我们没关系，也千万不要觉得流行的都是对的。我们要做到的是：让我们永远站在流行的前面。

什么叫作流行，什么叫时尚，所有的时尚和流行都要因为我们而存在，否则它们存在还有什么意义？我们都要拥有专属于我们自己独特的美，这也是我出这本书的目的。就如莎翁所说：个人的穿着打扮，就是个人的教养，以及个人品位，最形象地体现和表达。

相信每一位看这本书的姐妹的梳妆台上都有一大堆化妆品，大家的衣橱里也都有数不清的衣服，我们拥有这些，大多是为了追求两个字：时尚。我们想让自己看起来更时尚，更美丽，却忘了中国女性的美是要将时尚与传统相结合所呈现出来的美。

我们的身上不可忽略时尚元素，但这么多年的经验告诉我，流行元素一定是为了呈现你的美方称之为美。当流行色不适合，你可以将色彩面积最小化到某一个不起眼的装饰物上，但一定点缀在你自身最美的地方。一切的流行不能衬托你的美，就让它随风而去吧，你的美才是引领流行的又一标杆。

让别人记住你，而不是你的衣服

衣服再美，也要人来穿。

我们听到别人夸人的时候，总会说："哎呀，你天生就是一个衣服架子。"一些人很喜欢听这样的称赞，但我们不能做衣服的陪衬，而要让衣服为我们服务。完美的服饰搭配不应是红花，而应是你的绿叶。有些女人为了让别人更容易记住自己，会选择张扬的、华丽的、闪闪亮的衣服，但人们最终记住的也只是这一身衣裳，而不是她那个人。

所以，女人要美丽，美的应该是人，所有的装扮、点缀、美妆，都应该服务于你。只有这样，旁人才会记住你的名字和样子，而不是在向别人提起你的时候会这样介绍——你只是那个穿着某某服装的女人。

穿出你的吸引力

适合自己，了解风格

其实每个人都有自己的风格，同样一件衣服，两个女人穿上，一个很漂亮，一个就不美，其实是风格各异的原因。每个人的风格都由自己的五官和身材来决定。这些要素当中可以归类为两个基本点，量感与曲直。

其实风格还有很多，比如经常听到的：少女、少年、古典、优雅、自然、浪漫、异域、都市……这么多风格会让很多人感到迷茫，局限自己的穿衣风格，其实女人只要主风格不变，真的可以百变。只要注意风格的元素对应及禁忌点。

身材娇小、略有曲线、五官玲珑、皮肤白皙，这类女人不适合穿有大面积暗沉颜色与大花朵的衣服及佩戴夸张和硬朗的配饰。

身材娇小且平坦的女人，不适合大面积的蕾丝的衣服，所有的装饰物不要大面积地出现小花小朵、蝴蝶结、大花朵。禁忌太烦琐，曲线元素不要太多。

身材高大、圆润、厚实、丰满的女人，不适合粗纹理、大面积小花小朵及清浅色彩、柔软面料的衣物及尖锐的配饰。更适合立体裁剪及挺括的衣服。

有的人胸部饱满，臀部挺翘，腰线分明，这样的类型叫作曲线。大曲线的女人穿大花的衣服很漂亮，小曲线的女人穿小花才好看些。

还有的人胸部并不饱满，臀部也没有曲线，身材平坦，这样的类型叫作"直线"。这部分人总是在抱怨自己的身材，觉得不够性感，其实她们将那种野性的美装扮到极致就会非常性感。例如，身材丰满的人穿白衬衫，有时就像工装，但身材直线的女人就能将白衬衫穿得非常性感。

在"曲"和"直"中间还有一种人，定位为古典。这样类型的女人，适合穿中规中矩的衣服，不能穿蕾丝或者蓬蓬裙这样偏可爱的类型，同样也不能穿戴很大阔形的服装及夸张硬朗的配饰。就是要简简单单，落落大方。

在这个范围内的女人，如果身材矮小，皮肤很白，有一点曲线，就属于年轻的少女，偏年轻的"曲"，这种类型的女人就可以穿蝴蝶结、浅色或者粉色的衣服，彰显可爱的风格。

所谓的风格不仅仅只是几段话那么简单，找对自己的风格很重要。在这里一定要了解自己身材的线条和五官的比例来定义自己属于哪类。女人的风格从元素中找突破点，有大必有小。只要不碰触禁忌点，会美之前先不错。从配饰到服饰都要与你的身材合一，就是你的风格。女人只要负责你的主风格不变，其实完全可以百变。

扮演好自己的角色

所谓吸引，无非就是人际关系之间的接触，可能一些人已经发现，人与人之间的交流，第一眼的印象非常重要，可能三秒，或者五秒，你的印象就会定格在别人的脑海中。

不仅和陌生人如此，在家庭中夫妻之间、孩子和母亲之间也一样，你给身边人所留下的印象很重要。所以想要让这道吸引力变得和谐、正确，就要考虑到自己所扮演的是什么角色。只有符合角色的正确装扮，才能形成正确的吸引力。

在以前的社会当中，我们定义职业装就是职业装。其实经过做美业的这十八年，在我的眼里，职业装已经简单明了了。

所谓的职业装，用更简单的一句话来概括：你是做什么的，就应该穿得像什么。比如你是一个时尚的传播者，那就需要掌握时尚的命脉，在你的身上肯定要有关于时尚的元素。比如你是一个发型师，那你就应该凸显技艺，在自己的发型上做文章。比如你是一个设计师，那么你的衣着就应该显示出你的个性和风格，在装扮上告诉别人你是一个有个性的设计师。

其实做妈妈也是一种职业，做女朋友同样是一种职业，做妻子更是如此。所有的女人都应该明白，在每一个当下的场合，你所扮演的是什么角色，就应该穿着相对于角色的装扮。

在一个什么样的氛围内，就应该穿出这个氛围所呈现的元素，并且有自己的个性，这就是吸引力。因为当你如此穿着的时候，别人在看到你的第一眼就知道你此时是一个什么样的角色，在无形当中传达出了高效的信息，这就是穿着的艺术，而穿着的艺术就是一股无形的吸引力。

扮演角色之——女人

现代女性都开始追求自己独立的工作创业，优秀的女性甚至可以独当一面。可能一些人年纪轻轻就当了领导。而一个领导所要表现的信息就是严谨，一种四平八稳的感觉，能够让别人感觉到信服和谨慎的气息。

所以作为一个职场女性，你所穿衣服的颜色和样式就要给别人这种印象。而黑、白、灰、蓝、红这五种颜色，就能够给予别人一种分量感。不仅颜色要穿对，面料也要挺括起来。工作要给人的感觉有章程，有条理，面料挺括的衣装就能够给人这种感觉，西服和风衣就是专为职场而做的衣装。

在工作上我们穿出了自己的职业形象，但是我们不能将这种装扮带进家的氛围当中。因为当你回到家中后，你便不是职场中的老板或者员工，此时你的角色已经变换成了女人。

其实在家中还可以细分为床上、家里和外面。很多女人可能觉得在家里随意一点就好了，不用那么复杂。其实就是这么复杂，这对于女人来说是一种赤诚，是一种吸引，是一种魅力散发的时刻，所以女人一定要穿出自己的吸引力。

女人味是非常重要的，在家庭中，在男人面前，我们一生都需要修炼自己的女人味，也就是专属于女人的那一份柔美。回到家中，我们的衣服不管是从颜色还是面料，都需要柔美起来，柔软起来，飘逸起来，多出一份女人味，那会更好一些。

但是，并不是所有的女人都适用柔美衣料，这个例外群体就长相偏中性的女人。她们在穿一些女人味浓郁的衣装时，比如蕾丝系、粉嫩系，这些元素在她们身上是不好看的。这个时候就需要进行切换，面料不好下手，可以从颜色或者面料材质上进行调整。

她们可以穿黑色的，或者深色的一些衣服，面料一定要是真丝，或者像欧根纱那样的感觉，还有一种就是若隐若现的真丝透纱。面料经过柔软，颜色经过加深，这些偏中性的女人一样可以展现自己的柔美和性感。性感并不代表袒胸露乳，不是裸露才算性感。你要呈现的是那一丝飘逸和灵动，似透非透的性感更能展示女人的魅惑。

性感的女人是多方位的，所有的女人都可以展现自己的性感，也具有展现性感的条件和资格。任何女人都不能放弃自己得天独厚的这份权利和条件，你只需要找到属于自己的那份性感。

在女人一生的三个角色当中，还有一个女儿的身份，这就无须赘述。你作为女儿无论穿成什么样子，男人都会心疼你，只要你会像女儿般学会撒娇与依偎，这何尝不是一种装扮。

扮演角色之——母亲

女儿、女人、母亲，在女性一生的三个角色当中，最重要的莫过于母亲这个角色，能直接影响到一个人成长的好与坏。相信每个妈妈都希望自己的孩子能够健康地成长，但是在孩子成长的过程中总会经历叛逆期，孩子不愿意和妈妈分享自己的现状，妈妈也就不能正确地引导孩子成长。

这个时候，穿衣就成了关键点。一个女人作为妈妈的角色和孩子在一起的时候，衣服可以尽量多选一些亲子装，或者是靠近孩子这样活泼跳跃色彩的服饰。一定要让孩子感受到你和他是没有距离的。

和孩子在一起的时候要忘记自己是一个妈妈，让孩子感觉到你是他/她的好朋友，好闺蜜，甚至是好哥们。孩子都喜欢妈妈穿得年轻一点，活力一点，阳光一点。孩子在身材方面肯定随父母线条，这个时候你也可以和他/她穿一样的衣服，只要大一号就可以了。

有段时间我陪女儿去买衣服，我女儿买了一套匡威，我也跟着买了一套匡威的 T 恤和短裤，再加上一双帆布鞋。当我穿着匡威和女儿聊天的时候，有了意想不到的收获。

女儿的话匣子就像停不下来一样，什么事情都和我分享。比如在班里某个同学谈恋爱了，对某个老师的印象，对某个同学的感觉，还说到她对现在谈恋爱的看法。这是某些家长们偷偷看孩子日记才能知道的事情，我只是换了一身衣服就能轻松了解，还是孩子自愿呈现给我的。

所以当你穿对衣服的时候，孩子其实没有把你当作家长，而当成了朋友。在孩子毫无保留地把一些趣事，或者是隐私告诉你的时候，你就能够知道自己应该如何去正确地引导孩子。

一定是要引导孩子，管孩子千万不要教条化，不要鞭打，一定要和孩子拉近距离，走进孩子的内心，理解孩子的想法，懂得他的需求，用正确的方法来引导孩子健康成长。我平时其实很少有时间陪孩子，经常会有人问我会不会觉得遗憾。我的回答是没有，因为我的女儿曾对我说过一句话："妈妈你把我送到外国语学校是非常明智的，我的很多同学来了之后都很叛逆，最起码我不叛逆。"

这就是我穿对了衣服，和孩子有了心与心的沟通后的结果，即便你平时没有时间和孩子交流，孩子也会自己告诉你。如果你打扮成一个严厉的妈妈，用家长的身份，以命令的方式来对待孩子，那孩子就会怕你，会离你越来越远。

职场女性的穿衣技巧

虽然职场女性要穿出严谨和稳重的风格，但也并不代表就应该像以前那样中规中矩地穿上西服西裤、西服步裙。我们一定要记住不同的职业，要穿不同的服饰。可以根据自己的体态和风格进行略微的调整。

我们可以参考凯特王妃的穿着，她所有的着装都非常端庄优雅，因为职场要给人表现的就是这样的感觉。但是凯特王妃依然在着装上有变化，在参加一些严肃的场合时，她的衣装便全部是直线条，不会有任何多余的曲线。而在一些略微放松的场合，她的衣装上就会多出一些曲线，充分展示了一个女性完美的腰线，严谨中不失优雅。

在职场上的女性经常会参加一些会议或者谈判，这个时候身上的穿着就不要有任何多余的东西。甚至蕾丝或者一些柔软的元素都不要，就是成衣、西裤、高裙、西服。在身上的配饰也不要超过三件，而且这三件配饰必须全部是冷色调或者偏向硬朗的风格。如果需要体现出自己端庄优雅的气息，那就戴上一串珍珠项链，仅限于此，不能多余。

职业就是庄重，端庄，中性。在职场的你一定要记住，凡是职业装一定是中性。那些线条膨胀的衣服，比如风衣的领子，西服的领子，这些衣服线条都是胀起来的，穿上之后你整个人也就挺起来了，高起来了，这个叫作职业装。

职场是有禁忌的，一定要记住，职业装不要袒胸，不要露背。身在职场的你一定会知道，即便男人热得满身大汗，他也不会脱掉西服，这是职业的标准，女性同样也是。

在夏天的时候不要穿吊带，穿裙子的时候不要露到膝盖上面十厘米。这个"十厘米"就是你的四个手指并拢，横到你的膝盖上部的位置。

在职场中，我们不需要浓妆艳抹，自然的头发，唯美的妆容，一切都是干练、稳重、典雅的职业形象，而做到这些只需要两个字——干净。发型一定要干净，即便要把头发放下来也不能有丝毫的凌乱感，一定要顺畅。

宴会聚会的穿搭技巧

在隆重的社交场合中，我们需要体现的就是性感、女人味、夸张、奢华、亮眼，无论是配饰或者手包，还是鞋。这里有一个非常简单的穿搭技巧：如果你觉得自己的腿很漂亮，你就在鞋上面做文章，无论是色彩或者是鞋的设计都可以相对夸张一些。当然，要是腿部不漂亮的话也很简单，穿一双不带任何点缀的黑鞋就足够了。同理，将奢华的夸张的配饰点缀在你自身最美的地方，关键是其他地方都相对应弱化。

生活居家的搭配推荐

女人在生活中的穿衣打扮，一切围绕着你是一个女人，只要穿出你的舒适与幸福度即可。

在和老公或者男朋友约会的时候，千万不要穿直挺挺的衣服，一定要穿出飘逸感，也可以性感，注意不要裸露。因为你是女人，要学会示弱，当你示弱的时候就需要衣服柔软起来。

当你展现了属于女人的柔弱，男人的阳刚就自然而然地被激发出来了。他会想要保护你、心疼你。

有些女人可能会遇到时间紧迫的情况，比如约会的时间恰好和下班的时间碰到了一起，已经没有回家换衣服的时间。这个时候你就可以将代表职场的西装脱掉，只剩下里面的打底衫，然后套上一个毛领或者披上一条围巾，也可以戴上一串珍珠项链，再拿上一个小手包，完美的约会装就搞定了。

有人说女人一生只需要两套睡衣就可以了，春夏一套，秋冬一套。其实并不是这样的，我们可以换很多的花样，越贴身的衣服越贵，越贴近自己的衣物应该越讲究品质，因为最珍贵的就是你自己。

在选择内衣和睡衣的时候，可以根据自己的元素来决定，这里的元素指的是身材曲线或者直线。如果你的身材前凸后翘，自然可以穿蕾丝的睡衣和内衣。如果你的身材偏直线，最简单的方法就是选择简洁的单色的内衣。如果你想在睡衣上穿得性感一些，就可以选缎面、真丝的面料，加上一点透纱，依然可以很性感。尽量不要选择大面积带有蕾丝的睡衣。

美丽穿着是"减"出来的

凯特王妃在职场着装会在自己的腰节部位做文章，生活装就很随意，但是你不会觉得她很俗，因为她身上没有过多的色彩和点缀。女人穿衣服一定要穿简单的，不要穿过多累赘的东西，否则会让别人只看到服饰，没有看到你。

你想让别人看哪里，你就装饰哪里。但是其他的地方是不是不用装饰了呢？是的，就是不要装饰了。不要让自己的帽子也漂亮，鞋也漂亮，那你到底是要让别人看你的头还是看你的脚呢。

所以我们一定要有专注点，一定要主次分明，还有在所有场合着装当中的配饰一定要记住，要减法不要加法。

减法是什么？减掉多余配饰，呈现自己最美点，这才是我们每个人所要去学的。

所有的女人都应该在减法中美丽，不仅是装扮要减法，思想也要减法。唯美的心境，才会有唯美的容貌。每天晚上学会内心情绪的净心也可以为我们的美丽加分，思想与装扮同时做减法，减出最美的自己。

你不一定懂色彩，但一定要会穿色彩

正确看待色彩

作为一个女性，我们需要对自己的美负责，也要学会怎样去美。很多人为了美丽，去学习色彩搭配。这样的初衷是对的，但是学习美丽这件事情可以不用这样麻烦，有更简单的方法。

因为不是所有的女人都要从事美业这行业，学习再多用不上也是徒劳无功。美在专业上非常繁杂，这个体系那个体系，还有各种各样的色布与色卡。其实所有的色彩，哪怕是同一批布料，今天出现第一批，明天出现第二批的时候都会有色差，运用到实际中也会有误差。其实你只要找到属于你的色彩，运用到生活中就够了。

不为"我喜欢"消费　而为"适合我"投资

什么是适合自己的衣物，我们要靠自己的眼睛发现，因为眼睛是自己最好的老师，同时也需要借助一个好的工具——镜子，拿出衣服照镜子，然后观察。

这个时候有必要讲一下女性的购物欲，去商场买衣服的时候，大多数的女人都会变成一只感性的小猫，满世界都是喜欢的小鱼，很少能够理性地对待。为了"我喜欢"这三个字买了很多不应该买的东西。那些"我喜欢"的衣服买回家之后就雪藏到柜子中，不见天日。学会了色彩与搭配，买衣服的消费会直线下降。

在选择衣服的时候，还有一个非常重要的点。如果你平时的常态是化妆出门，那你就化上妆容去购物。平时的常态是不化妆的话，那就素颜去购物，一定要保持自己的常态。因为一个人化妆与否的差别很大，改变常态所买的衣服通常会变成雪藏衣物中的新伙伴。

将这些重要的点做好之后，每次购物需要做一件事，就是拿着衣服站在镜子前观察（这里的衣服一般是上衣或者围巾这种内搭的版块），来决定一个颜色适不适合你。如果镜子中的你气色明显比刚刚好，皮肤也显得很有光泽，五官更加立体，自己看起来更加有精神，那么就对了，这就是你的颜色，一定毫不犹豫地买下来。如果一个颜色让你看起来很没有精神，面色晦暗，像是生了一场大病一样，镜子会直接传递出不适合你的信息，那么就果断地抛弃掉。千万不要为了"我喜欢"这两个字而埋单，即便你再喜欢，再漂亮的衣服，不适合你也是被雪藏的废物，而且你的人生也会在不断的消费当中而消耗自己的人生美好时光。

所以我们一定要理性地面对衣物，安抚那一颗躁动的心。如果你慢慢懂了这套理论和体系，你基本上就不会乱花钱。以前我也经历过喜欢就买的日子，每次去法国和意大利购物，绝对要刷爆卡。但是懂得理性和选衣服的技巧之后，我现在很冷静，对很多事物都不再强求。因为是我的永远都是我的，不是我的，我也不会要。因为所有的配饰只要我配得拥有方能让我每时每刻成为当下最美的自己。

掌控流行色

面对颜色首先要学会选择，对当下流行的色彩要有所了解，因为想要成为一个女神，一定要懂得时尚。这些流行时尚的资讯每年都不尽相同，可以去网络上查找了解。

了解到时尚的颜色后会出现一个问题，并不是所有的人都适合流行色，那应该怎样处理？很简单，把这个颜色缩小到最小的范围，放到自身最美的地方。比如你是一位美腿姑娘，那么你就可以将流行色放在鞋上。如果你的手纤纤修长，那么就可以放在戒指上或者小手提包上。如果你拥有一个小蛮腰，那么一条流行色的腰带就是最好的选择。

在一般情况下，不能将不适合自己的颜色放在颈间。因为我们大部分的身体都包裹在衣服当中，唯一露出来的就是你的颈部和以上的位置，那么在颈部下方，身体和衣服交接的地方就成了最重要的位置，只能够放适合自己的颜色。

颈间是视线的聚焦点，将不适合你的流行色放在这里会格外明显，所以在颈部以上的所有位置都不适合。我们应将流行色放在自身最美的某个部位，它会发挥出重要的作用，否则适得其反。当然流行色适合自己时可以大胆地驾驭，不过也不可大面积在身上用艳色。

颜色小故事

选择颜色有一个禁忌点，那就是阴天黑夜尽量不穿白，阳光底下尽量不穿黑。关于这个禁忌点，我还有两个非常有趣的故事：

很多年前我还在徐州的云龙湖，我对那个地方的感情很深，直到现在我对云龙湖依然还有一份情愫。当时我和我老公因为一些琐事闹起了别扭，导致我心情低落，于是我就开车跑到湖边宣泄情绪。

那天我穿着一身白色的连衣裙，配了一个白色的披肩，蹲在一个湖边的草丛中。当时的时间是晚上九点多，湖边也没有什么灯光，我就静静地一个人在昏暗的湖边草坪中流眼泪，也没有发出什么声音，只是陷在了委屈的情绪当中。

过了没多久，在草丛另一边传来了一些人的声音，好像正向我走来。由于草丛的遮挡，我看不到声音的源头，那边的人也看不到我，但我还是被吓到了，当时心里就想着完蛋了，这深更半夜，四处无人的环境下，什么可能都会发生。很没有安全感的我第一反应就是跑，于是我就迅速起身开始跑。

当我起身的时候，有三对情侣从草丛另一边走过来。从他们的角度来看，就是走得好好的，突然出现了一个披头散发的白色身影，还跑得飞快。当时就给他们吓坏了，手里的东西一扔，扭头就跑，嘴里还喊着：鬼啊！

当时在这一队人当中有一个男生胆子还挺大，转头来看我，用徐州话跟我说：这个女鬼还挺"俊"的。现在想来真是又好气又好笑。不过在我跑回车里的时候，白色披肩随风飞起的确挺吓人。

我吓过人，也被人吓过。当时是在登山的时候，同样也是漆黑的半夜，一个女人穿着一身白衣服，披着头发就从山上往下"飘"，真的把我吓到了。等到那个我认为的女鬼"飘"到面前的时候，才知道这是个人。所以说为了别人也为了自己，尽量不要在晚上的时候穿一身白。

在阳光下不穿黑，是因为黑色是吸收紫外线最强的颜色，长期在阳光下穿着黑色衣服，有可能会导致皮肤癌。我们平时在沙滩度假的时候，那些沙滩服花花绿绿的，在所有的镜头捕捉下却是非常唯美，生活中穿碎花或者花花绿绿的衣服感觉特别俗气，但是处于热烈的太阳下，就会觉得其实挺漂亮的，这是因为亮色的衣服能反射较多的太阳光，而且会让我们所有人的肤色显得健康而靓丽，成为阳光底下的一道风景。

让八条小黑裙解决你的四季场合

每个女人都希望能搭配出一身好的衣服，出现在各个场合。但是拉开衣柜，看着满满当当的衣服却不知道应该穿哪件才是最合适的搭配，以至于在着急出门的情况下，经常会穿错衣服。

不过现在不用担心，只需要八条小黑裙，就能完美解决你四季的任何场合。这八条小黑裙分别在春夏秋冬各两套，一套为长裙，一套为短裙。这八条小黑裙拥有的是经典颜色，在任何场合都不会穿错，故而能应你一切所急。

短礼服，在生活中可以起到百搭的作用，在外面套上西服或者用风衣来做正装，应付一切职业上或者严肃的场合；围上丝巾就是约会装，一样可以展现女人的柔美。如果套上毛领和皮草，手上再拿一个奢华的手包，在酒会上你也不会失色。

大礼服的作用是用来应付一些隆重的场合，比如我们走红地毯的时候，就必须要有套大礼服来展现自己的大气。很多名流、明星走红地毯时穿的都是黑裙，无论是怎样的设计，一律都是深邃的黑色，衬托出她们高贵、典雅、冷艳的气质，也衬托出她们美丽白皙的肌肤，完美地演绎出了红与黑的经典。

虽然小黑裙能够应付任何场合，但不代表就可以随意穿着。因为每个人的体态不一样，每个人的最美点也不一样。比如一个脖子长的人，那就尽量不要选择深 V 领的黑裙，因为那会让她的脖子显得更长。相同的道理，脖子短的人就尽量不要穿中领或者一字领。

裙子可以根据四季来选择中袖、长袖，或者无袖，也可以根据你自身条件来选择。但是在配饰方面一定不能随意，要做好文章。同样举几个例子，比如一个个子矮小的女人，那就将所有的配饰都佩戴在上半身；一个体态比较丰腴的女人，就应该戴一些长项链或者系长丝巾，将视线聚集到中心轴；

一个双腿比较漂亮的女性，脚也很好看，那么就可以穿上最漂亮的高跟鞋，来迎接任何即将面对的场合。

你可以戴上漂亮的首饰，但前提是你的五官和脖子要美。你也可以戴上一个闪亮的戒指，前提是你的手要漂亮。道理很简单，就是展现出你最美的点，然后将不美的地方尽量弱化，呈现给众人一个最美的你。小黑裙加上美点的配饰可以让你永远是一道靓丽的风景线。

女人一生不可错过的"增高魔法"

生活中很多女人最期望的就是身高能增加一点点，哪怕三厘米。但是现实毕竟是现实，不管怎样期望都无济于事。虽然身高不会长高几厘米，但是我们可以用一些装扮的技巧让自己看上去高一些，这就是我们的"增高魔法"。

这个技巧很简单，就是利用视觉的错位来让自己显得高一些。从颜色、配饰到发型、衣装，都可以让我们增高不少。

首先颜色要利用色彩延伸，即从你的下巴一直延伸到你的脚尖，都用一个颜色。当你整体都是一个颜色的时候，一定会让你在别人的目光中增高不少。

第二个是利用配饰，尽量将这些配饰放到高腰节的位置。直白的话来讲，就是把所有的装饰物放到胸位的上方，在下身的裤子和鞋就不要放任何装饰物了，然后你的裤子和鞋一定要是一个颜色，再不济也要是一个色系。这样一来，所有看向你的目光都会向上，从而让你显得很高。

还有一个我的独家秘籍，现在分享给你们。其实我的身高只有159.5厘米，但是我总能穿出163厘米的感觉，这是我非常自豪的一点。之所以能够这样，是因为我的专属武器——太阳镜。我每次出门几乎都会在头发上卡上太阳镜，这已经成为我的一个发卡。将太阳镜卡在头顶的时候，无形中就为我增高了一厘米，再加上衣服的配色等等，马上就会使我显高一些。

第三就是利用头发。小个子女人到了35岁以后可以将头发剪到很短，整体发型就会蓬松，向上延伸，起码会增高两三厘米。不过这个方法只适用于部分女性，有的女性是不适合剪短发的。

这些就是女人的增高魔法，总之就是利用一切可以利用的物品来影响别人的视觉。头顶一个太阳镜或者一顶帽子，再加上颜色的延伸，踏上一双高跟鞋，你也可以成为高挑的儿女神。要想美记得行动哦！

肩宽女人的穿衣技巧

如果你是一个肩宽的女人，那么你只需要记住两个点。

第一，不要在肩上做任何的装饰。任何的垫肩，或者胸章、公主袖、泡泡袖、花色披肩等等，都是禁忌，一个都不能装饰。凡是肩部的任何装饰都需要摘除。

第二，一定要穿深 V 领，或者深 U 领。这里采用了分割原理，将一件本身很宽的东西，在中间分割出一个点，在视觉上就会缩小了宽度。

肩宽的女人适合将所有的花色及亮色由下巴尖向下延伸，但是一定要在花色当中找一个单一的色彩由肩部往里收，比如，花色的内搭，外加一件净色的外套或者净色的披肩。起到了视觉聚焦的效果，忽略了肩宽。

让你的冬天多一点性感

在冬天，身上的衣物总是免不了厚重，其实面对这样的厚重并不是没有办法，女人在冬天一样能够穿出性感。

首先，在冬天中除了外套，里面的衣服一定要做到精致、漂亮、薄，品质一定要好。外面的衣服即便是臃肿的羽绒服也没关系，因为在冬天室内都会有暖气，外套进入房间就会脱掉，我们依然可以展现自己的身材和性感。女人的美是从内到外，所以真正的核心是内，外面不能冻着，里面一定要美着。要"美丽动人"而非"美丽冻人"。

当然穿在外面的衣服也不能不讲究，可以选择素雅一些的羽绒服，一定要选择单色，不要有刺绣，也不要有花纹，极尽简致。面料可以选择保暖舒适的，那些粗纹理蓬松的面料容易显得人臃肿，适合干瘦的女人。女人应该让衣服成为自己的塑形工具，衣服的形态决定了你未来的体态。

在羽绒服的购买上一定要买好的，不要怕花钱，怕败家。其实女人生来就要活在败家的世界里，但是要会败家，我做的事业就是让每个女性在败家中能够败出价值，败出女人的幸福。不会败家的女人是很痛苦的，同样是败家两个字，对不同女人来讲，可能是褒义，也可能是贬义。

当选择好里面的衣服和外面的羽绒服或者保暖外套后，就需要添加配饰，毕竟太素雅的羽绒服会让人显得很平庸。选择一件适合自己的配饰，如适合自己的丝巾或者一顶漂亮的帽子或者是当下盛行并适合自己的包包，装点在自己最美的地方，外边有温暖的羽绒服，里面有性感的美衣，我们就尽情绽放吧。寒冷的冬季，依然做性感的精致女人。

丝巾——你的第二件衣裳

您知道丝巾有场合讲究么?

在这里,你要了解的不是丝巾的系法,而是丝巾的魅力。

一方丝巾可以让简单的装扮瞬间变得时尚优雅,也可以让暗淡无光的脸庞焕发出不可思议的光泽,可以修饰腰部的曲线使你变得更加窈窕动人,也可以让一个经典的包包添加几分趣味。

丝巾就是有着这样神奇的魅力,是每个女人都需要的装饰物。现在有些女性很沉闷,一个月穿来穿去就两三套衣服,没有变化,这个时候丝巾可以让你成为百变女神啦。

选择丝巾的颜色和选择衣服颜色的方法一样,在自己的一个常态下,拿上丝巾在镜子面前观察,如果容光焕发,那么就是对的颜色,如果像生过病一样,那么就果断舍弃。还有一个非常重要的点,丝巾要根据衣服来选择。如果你的衣服是花色,那么丝巾就尽量选择素色。相反,如果你的衣服素色比较多,那一定要选择花色的丝巾,相辅相成。

在职场中,我们要体现自己的端庄优雅,也要表现出工作中严谨的风格。在和别人签合同时,决定要不要与你合作的是你这个人做事是否严谨,是不是一个注重细节的人。所以我们就需要向别人表现出自己是一个大气的女人,在丝巾材质方面就可以选择真丝、绸缎、羊绒或者缎面这样的类型,凸显你的稳重干练。追求细节注重品质的女人值得信赖。

脱离了职场,就进入了生活,在平时可选择一些棉麻、针织类型的丝巾,让自己舒服,毕竟生活就是用来享受的,就应该追求那一份惬意和舒适。如果在生活中偶尔要参加一些酒会活动,那么就可以选择毛领和皮草,再搭上一条小黑裙，做最精致的高贵女神。颈上围巾的学问太大了，我们继续研究属于我们的第一件衣裳吧。

丝巾调整身材的秘密

当一个汉堡放在你面前的时候，你会觉得它很矮圆，因为它是横向的。而当一根油条放在你面前的时候，你就会觉得它瘦长，因为它是纵向的。

横向延伸显矮显胖显宽，纵向隔离显瘦，纵向延伸显高，于是我们可以利用丝巾进行身材调整。如果我想显瘦就让丝巾在颈部与胸前纵向延伸，起到显瘦的效果。前提是丝巾的色彩跳出服装的色彩。我们想显高，丝巾的色彩可以延伸衔接到下半身服饰的色彩 23 搭才会美出你的风景线。

丝巾魔法，多变的穿着

在职场中，一条丝巾可以系成蝴蝶结，来充当领结。

在调整身材上，可以将不用的戒指充当丝巾扣，将丝巾聚拢在中心轴的位置。起到显瘦的作用。

如果你的腰线漂亮，那么可以将美丽的丝巾围在腰上，然后用腰带来固定，充分秀出你的完美腰线。

如果你的颈部漂亮，可以将丝巾缠绕在项链上，只露出项链前段的吊坠，你就展现出了双份的美丽。

同样的道理，丝巾也可以用来充当背心、披肩、发束和头巾，甚至可以用来当裙子。记得花色小面积，净色大面积。

如何制造你的标准脖长

从下巴到头顶，这代表着一个头长，而标准的脖长就是你的半个头长，不过并不是每个人都有标准的脖长，这就需要一些方法来解决这个问题。如果脖子偏短，那一定不能围着丝巾遮住脖子，一定要把颈部下方的锁骨位置露出来，在视觉上就会觉得露出来的地方也是你的脖子，起到视觉延长的效果。

让脖子看起来会显长。

而脖子长的人就可以尽情围丝巾了，多绕几圈也没有关系。学了这么多的妙招，你也许心动开始去购买丝巾了吧，关注我们的学堂可以学到更多让你减法中美丽的生活扮靓法则，18 年的用心铸就，既是奇迹又不是奇迹。你我之间的遇见就是遇见史美的你的开始。

首饰是画龙点睛，而不是画蛇添足

首饰，是穿衣搭配中的重要环节。戴对了，你会是一个优雅中透着精致的女人，戴错了，就会有些俗气。

我们在戴首饰的时候，一定要谨记减法美原则。直白一点说，就是你想让别人看哪里，你就装饰哪里，剩下的地方就不要装饰。当你的手很漂亮，你就可以拿一个亮色的手包，当然也可以戴夸张一点的戒指或者手镯。如果你的颈部或者五官很漂亮，就可以戴一条夸张的项链或者戴一对耳环、耳钉。

佩戴适合你穿衣风格的，最主要是色彩及风格与服饰要搭配。还有身材偏胖或不是很理想的，而五官比较美好可以戴漂亮的配饰在颈项以上。这样才能把所有人的目光带到你的脸上。这个时候，哪怕你的身体再胖，别人也只会记住你美丽的脸庞。

点缀，要点缀得恰到好处，千万不要画蛇添足一样将首饰放到不该放的地方。我曾见过一个姐妹，她的胳膊上有一道长长的疤痕，她在手腕上戴了一块金光灿灿的腕表，别人在看她的时候，很容易就会因为闪光而把视线落到那道疤痕上。

我们也不能因为流行就胡乱点缀。例如流行脚链，你的脚却又黑又胖，那么你千万不要佩戴脚链。

点缀要点到为止，就似画龙点睛。千万不要装饰得满身都是首饰，当你的颈部、耳部、手部还有脚部都是闪着亮光的首饰，那么别人看向你的目光就会涣散，反而不会注意到这些首饰背后美丽的你。所有的首饰佩戴在你最需要展示的那个部位，让人永远深深地烙在脑海里，你精致的五官，你纤纤的手、你修长的美腿，而做到这一点就是配饰减法穿戴，试试这神奇的法则吧。相信你会成为更有品位的女人。

女人鞋柜中的三双鞋

一双合适的鞋对于女人的重要性不言而喻，但是众多颜色、众多形状的鞋让女人们挑花了眼。其实，女人一生中必不可缺的鞋只有三双。

从年少时就开始好奇和幻想的高跟鞋，在踏上之后随着一声声鞋跟与地面的碰撞声，女人在其中收获了自信和荣光，也展现出了女人的精致、美好和女人味。一双平稳的中跟鞋，让女人在职场中展现自己的干练和稳重，同时也没有失去作为女人独有的柔美。一双平跟鞋，让女人在脱离职场，脱离聚光灯回到家后，尽情释放双脚，让一切回归于自然，享受轻松和惬意。

大多数人注意的是灰姑娘在穿上了水晶鞋后，吸引了帅气的王子。但一定要记得，那双水晶鞋只有灰姑娘才能穿上，只有灰姑娘才能展现水晶鞋的美。那么，我们也需要找到属于自己的水晶鞋。

在选择鞋的时候，第一个需要注意的就是腿形。如果你的双腿又美丽又修长，那就毫不犹豫地秀出来。任何带有装饰物的鞋子都可以穿，怎么漂亮怎么穿，让所有人的视线凝聚在你的腿形上，让你的美腿定格在别人的脑海中。

如果你拥有的是一双不完美的双腿，此时就不要纠结选择什么样的鞋，将所有装饰的美点向上半身点缀。而鞋子就追求极简，无论颜色或者款式都尽量追求简单，让所有人的视线都看向你美丽的上身，忽略掉连你也困惑的双腿与脚部。

如果你的双腿很修长，只是有一些小腿肚，那么就可以用一个小技巧。在买鞋的时候，尽量选择一些鞋面有装饰物，鞋跟很简洁的款式。当你穿上这样的鞋的时候，所有的目光都会看向你鞋面的装饰物和你修长的腿形，反而忽略了你后面小腿肚的部分。利用这样一个简单的视觉错位，就能让你成为完美的装扮达人。

在选择鞋跟高度的时候，也要考虑场合的重要性。约会或者参加晚会的时候，鞋跟要在 8 ～ 10 厘米左右，让你尽显女人味和女王风范。而在职场的时候，就要低一些，保持 5 厘米以下就可以。

在一些严肃的职场场合，比如谈判的时候，鞋跟就要更低，3 厘米最适合，而且鞋面上不能有任何装饰，毕竟你是在工作。回到家中，面对生活的时候，就可以随意一些，尽量让自己舒服，保持两厘米以下的高度。

选择完了款式和鞋跟，就要考虑颜色了，颜色选对，可以为你的形象加分不少。基本上，在生活中你的衣服颜色偏向于某个颜色，那么你的鞋子就可以选择一样的颜色。当然，如果你的身高在 170 厘米以上，也可以选择不同颜色的鞋子。如果个子偏矮小的你，最好选择与下半身裤子或者裙子一个色系的鞋，任何装饰的鞋，无形拉伸你的个子。

作为女人，一生都要负责自己的美丽，不要因为鞋被踩在脚下就去忽略。其实，展现一个女人品位最重要的地方就是鞋子，一身完美的装扮也和鞋子密不可分。当我们走过喧嚣的城市和熙攘的人群，是鞋子展现了我们的优雅和魅力。女人一生必备的三双鞋，以防万一，如小黑裙一样。一双平跟黑鞋、一双中跟黑鞋、一双高跟黑鞋，它可以让你随时应付各种场合。

女人衣橱里必备的三个包

包是女人一生中的必需品，每个女人都需要一个包来体现自己的精致与优雅。不要认为包只是一个随身的物品，在不同的场合不同的服饰，一个适合的包包足以体现一个女人的品位。

女人一生中的三个包如同小黑裙一样，是生活中的经典，随时可以拿来应急，不会出错。礼服包、职业包、生活包，这三个必备的包颜色上要统一为黑色，款式上要无logo的简洁。这三款包对于平民或者富人，都十分实用。

必备之一：在生活中，选择包包可以根据自己的量感大小和服饰风格来决定用哪款经典的包包作为日常出行使用。

必备之二：在职场上就可以选择大一些的包包，大到可以装下A4纸，在风格上可以选择硬朗型，这样的包包既方便工作，也体现稳重的职场气息。

必备之三：就是出席晚礼场合的手包，这样的手包只需能装下钥匙、手机和银行卡，因为娇小的体态和经典百搭的黑色，所以就没有过多的禁忌。只需要注意包包的风格要根据自己服饰的风格来搭配就可以。

选择完风格就需要注意和身材上的搭配。偏向曲线条的女人就选择曲线点缀的包包，而直线条的女人，选择直线条的包。身材偏高的女性就可以选择大气一些的点缀，如果手臂和双手也很美的话，就可以选择色彩极尽跳跃的配饰在包包上。

如果是身高不占优势的女性，那在包包上的装饰就要尽量简单，少一些点缀物，手包上的花色也不要突兀。不要让包包抢夺了我们的美点，因为身高不高的女性一定要让所有的装饰向上点缀，位置偏下的包包就一定要选择精简的纯色或者和服饰相融的净色，这才是完美的搭配。

这三款永不过时而且适合自己又保险的黑色包包就如同女人衣柜中的经

典小黑裙一样重要，我们要美，就要从学会如何让自己不出错开始。

如果我们追求品牌包，那么，一生中的三个包，从简单款简单色开始。我们要明白每个品牌的定位和给人的印象，当我们了解到之后就会知道我们应该带什么样的包，去什么样的场合。

唯美妆容

Aesthetic makeup

懂自己的女人，才会找到真正属于自己的妆容

别找借口，你就是不会化妆

很多女性朋友都在为化妆这个话题纠结，网络教程层出不穷，而有的姐妹到处寻找学习却不得要领，有的干脆素面朝天。不管是哪种情况，这些姐妹对于化妆，心里都在不停地呐喊着两个字——苦恼，或者若无其事地说女人素颜才自然美。现在流行一句话：自然美不如美得自然。

无论什么原因追根究底就是因为她们对唯美妆容没有一个精准的定位。所以有些人要么浓妆艳抹，要么胡乱涂抹，要么干脆放弃。十几年的工作经历中我见证了那些成天喊着"素颜是对美丽最大的自信""化妆会伤害皮肤""年轻不需要化妆"的人，其实是没体验到唯美妆容给自己带来的自信与生活中的美丽磁场。

美丽，从了解自己的五官开始

多年的学习和对于美丽的追求，让我明白了一个道理：一个女人的妆容与发型，都应该从了解自我的脸型和五官开始。

女人，你想拥有一款属于你自己的唯美妆容，就要为自己的美妆仔细研究你该有的每一笔色彩和妆容与发现你自己的五官美点并选择适合自己的产品与技巧。有人看到这就觉得麻烦了，事实上美妆其实不难，从清洁到护肤，从彩妆到发型……只需要一点一点了解而已。

我常说女人要化妆就如作画的一个过程而不同皮肤就如不同的纸质。有人是宣纸，有人是素描纸，有人是水粉纸，有人是水彩纸。这就和皮肤有中性皮肤、干性皮肤、混合性皮肤跟油性皮肤一样，你得了解你的皮肤及五官，

明白你是什么纸，才能知道该用什么颜料。知道自己的肤质与五官才知道如何选择方法。

　　说到皮肤，很多姐妹都不知道自己到底属于什么性质的皮肤。这里教你一个很简单的测量方法：每天早上起来以后用手去摸自己的脸，手一定要洗干净。如果你感觉到非常光滑并无多油，那一定是干性皮肤；如果你感觉到非常油腻，那就是油性皮肤。但是有一部分人是中间"T"字部分特别油，然后两边又很干，这叫混合性皮肤（中性皮肤）。

　　女人是一幅画，五官就是画中的主要构造元素。有人的五官似青山，有人的五官如细水，有人的五官像苍柏翠柳……你有什么样的五官，就要画什么类型的画。

别忽略你的优点

　　然而很多姐妹根本不了解自己的皮肤是什么纸，也不对五官做功课。她们大画乱画，看什么教程就跟着怎么画，画到最后，一照镜子，把自己都吓了一跳。

　　所以，在下笔作画之前，我们要先拿镜子照自己的脸，开始在脸上找问题，这样一来，问题就出现了。有人说自己的脸太宽了，有人说自己皮肤太黄了，有人说自己脸上都是斑，有人说自己从头到尾没有一点好看的。

　　这重要么？重要，但也不重要。重要是因为你看到了自己的不足，不重要是我们可以用正确的方法来弥补这些不足。

　　好吧，我们再照一次镜子。这次千万不要看自己的缺点，要找到自己的优点，不跟别人比，只跟自己的五官比，你觉得哪个部位是你最美的位置，记住它，它是你画龙之后要点的睛！也是彩妆的重点投资定位。

　　有缺陷，自然就会有优点。因为上帝创造每个女人都是公平的，他总会让你得到的同时也会失去。女人之所以完美，不是因为她拥有完美的底子，而是她拥有完美地打扮自己的巧手与发现自己美的双眼，由心开始行动让自己由外美到内，由内透到外地美。

对症下药，找到你的美丽公式

拿出一张纸，对着镜子看你的三庭五眼，在纸上面写下你的缺点。

五官分为三庭，中庭上庭跟下庭。眉中到发际线的位置叫上庭，鼻尖到眉中的这个位置叫作中庭，鼻尖到下巴是下庭。两眼中间为一眼，两个外眼角到发际边缘又是二眼，再加上你本身的两只眼睛，这就是"五眼"。

一般来讲，三庭五眼比例均衡的人就是标准的美女。但是这种女人世间少有，绝对均衡的是极少数，因此我们要学会通过正确的化妆调整我们的五官比例。

一般来讲，凡是两眼距离远的人鼻子都很塌，两眼间距近的人鼻子相对会挺一些，很多人为了眼睛更大一些都去割内眼角，真的有这个必要么？如果用正确的化妆方法让她的鼻子挺翘起来，眼睛有神而更大一些，是不是也可以解决问题了呢，关键是你要会。

是记住你的缺陷，还是记住你的美点，给你一个专属于你的美丽公式。你可以通过粉底、遮暇、提亮进行五官的微调。美丽从了解自我的五官，正确的妆容技巧开始……

要承认当下的你最美

亚洲人最喜欢的两件事，一件是如何让自己变白，第二件事是如何让自己感觉像欧洲人一样拥有挺挺的鼻子。有的女人还想要大眼睛、深眼窝，恨不得把自己变成安吉丽娜·朱莉。

为什么会这样，因为大部分女人都有这样的心理：我没有什么，就想要什么。而忽略了你自我不可复制的美。

事实上很多欧洲人也不都是拥有白皮肤、挺鼻子、大眼睛和深眼窝。但很多外国人在找老婆的时候，都会找像我们中国人这样眼睛小、鼻子塌的，这是因为他们也想要他们没有的。

女人，你得知道你有别人无可复制的美，你得知道你如何能让自己变得更美丽。你要试着接受自己的美，更要让自己承认你当下的最美，然后通过一些可扮美的妙招，我们才能过好每个当下的无憾人生，自然美不如美得自然，只要开始永远不晚。

发型决定你的气场

发型美了，一切都美了

说到发型中的空气，就不得不说脸型。我常和我的学员们说：您的时尚与平凡只在于发型中的那股空气是否存在对了。女人，你一定要记住，我们要活在细节、美在细节，要时刻关注自己的发型。它将直观决定你的脸型与气场。

发型决定一个女性的气场，100% 美丽的发型不是电出来的，而是自己做造型做出来的。这世界上任何一本杂志，任何一个画面上的人发型好看，都不是因为发型师电出来的。而是通过电发、剪发、烫发、染发，这些步骤结束以后，你或许会暂时拥有一个完美的发型，但能否让发型一直美下去，并且因场合而变。关键是要看你自己学会打理。

发型是上帝给我们最好的礼物，你们千万不要觉得那简简单单的一头毛发没什么作用。如果能打理好它，它会让我们方而厉的脸看起来很圆润，短脸看起来会显长，长脸看起来会稍短且柔和，不同的脸型有不同的你。

说起来容易，但真的做起来呢？其实也很容易，只要找对那股应该属于你的空气。找对了，你会更美。你美了，一切就都美了。我们开始寻找属于自己的发型中的那股空气吧。

找到你发型中的那股空气

人就是几何图形组成的，想做对发型、找对空气，我们得先知道自己是什么脸型。国字脸、苹果脸、圆脸、瓜子脸、鹅蛋脸……我问过很多人，她们对自己脸型有很多种形容，再多的形容在这里都是大道至简。

事实上，人的脸型可以概括为四个子，这四个字就是：长、短、宽、窄。

装扮不是凭感觉的，而是有科学技巧的，这个技巧是由谁来引导呢，还是我们自己。这么多年来，我总会尝试着把一些别人喋喋不休的"高深理论"缩减成通俗易懂、更有实际意义的话。对于脸型中的空气，我分享给姐妹们一句话：缺在哪里，就要补在哪里。

短脸的人，恐惧的是更短。脸短的人缺的是长，那我们就把头发收起来，再用空气加高头顶发量，让它"站"起来，再把额头露出来，是不是就显得长了呢？所以我们讲，短脸一定要在头顶制造空气感。

长脸的人呢？我们用刘海来缩短脸部视觉效果最好在脸袋两侧头发多加空气，头顶禁加高，这样整个人也会显得甜美、个性、时尚很多。

宽脸的姐妹最适合留中分，再把两边头发稍稍挂起，这样就在面部形成了一条隔离的视觉效应，就不会显得那么宽了。禁忌两侧电卷发。

而窄脸的人呢？千万不要把目标放在如何分头发上，也不要让空气走到头顶，更不要依靠刘海，那样只会放大你窄脸的缺陷。我给你的建议是一定要让窄脸的两边有空气感，让两侧的头发蓬起来，这样会不会圆润很多。

上天就是这样子的，给到你一些，一定拿走你一些。缺陷是每个人都存在的，所以我们要通过自己智慧的双手来打造，弥补缺陷。找到属于你的空气，空气感在哪里，哪里就显得有饱满度。

正确扎马尾为你减龄

你们知道马尾的正确扎法可以调整脸型的同时还可以减龄吗？高马尾适合短脸型，中马尾适合长脸型，低马尾适合年轻及特殊发型。

长脸型的人，马尾是不能扎高的，因为那样会显得脸更长，当然也不能扎得太低，道理同上，我们不妨把马尾往中间放一放，再把两边加宽一些，这样会显得脸型更圆。

短脸型的人，禁止中规中矩地扎中马尾，会显得脸更短，有一种被分割的感觉。我们可以把马尾往上提一提，这样会看起来更有精神。

35 岁以上的姐妹，因为年龄的关系，皮肤已经开始有松弛的迹象。所以可以适当地把头发扎高，这样会将脸部肌肉向上提拉、收紧，可以提升面部轮廓起到精神饱满及年轻的状态。正确的马尾扎起来吧，与其说马尾不如说发型关键定位，因为盘发时有的参考。

吹出时尚空气感

任何造型之前，一定要体现时尚度或者调整脸型的发型，都要从正确的洗护吹开始。

如果希望发型更时尚，一定要吹出适合自己的空气感。首先记得护发素离头皮两寸，洗后用毛巾擦干，吹的时候用中风或者专业的护发吹风机将头发吹干带点潮。记得开始之前说的哪里缺补哪里。如果头发太贴服会缺乏时尚度。可以反方向 90 度吹发根，也可以将头低下往下吹。

这种方法特别适合脑门尖，头发太贴头皮的女性朋友。脑门太大的不建议采纳，还有选对工具可以让我们轻松拥有时尚造型。如日本的梳子吹风机。大家一定要切记造型要热风定型，要冷风热风交替吹造型，即可轻松拥有自然的时尚造型。更多希望实习操各种发型，可以关注我们的美丽订阅，让自己动手学习，我的脑海里有 3 千多款发型，时时要考虑是否要出本发型让你的精致人生多一份气场的书籍了。

完美底妆相当于微整形

有底妆，为什么要整形？

爱美之心，人皆有之，更有一些极力追求完美的人。

很多姐妹觉得自己不够完美，就要追求完美，塌鼻梁，红面丝，雀斑，松弛的面部轮廓……这些问题都是影响姐妹们完美的阻碍，有些人就想通过整形，彻底和瑕疵说再见。但是身体发肤，受之父母，躺在手术台上当小白鼠也只是脑海里的计划，纠结了很久也不知该如何抉择。多少勇气可以去挑战，也许研究一下透气的底妆可以解决以上苦恼。

曾有一个美国女子上传的视频，在网络上风靡一时，这位女子在交友网站上晒出自己的美妆照，引得无数男性示爱和追求，然而当她把自己的素颜照再曝上网以后，惹来的却是……，因为化妆后的她和素颜的她，简直是天壤之别。

很多人看了这段视频之后就会讶异：化妆术竟然这么神奇，竟然能如鬼斧神工一般，把一个满脸痘痘的女子变成肤白貌美、毫无瑕疵的女神。其实这没什么好惊讶的，化妆术确实这么厉害。

除了这段视频，网上还有很多美女的素颜和妆后对比照，这些视频和照片都能验证化妆术的强大。

完美底妆相当于微整形，女性朋友们都希望自己拥有一张天使般的面孔，零毛孔的肌底肌肤，而这个就离不开我们正确打造完美妆容的三要素：了解面部——选对产品——用对技巧。

完美底妆从了解自己适合自己开始，顾名思义，就是认知自己的五官优缺点和面部轮廓特点、肤质、肤色以及社会角色。

选对产品，就是在了解自己面部的基础上针对选择能凸显五官优点、弥补脸型缺点，并能让肌肤健康细腻有光泽的产品。

用对技巧，即用正确的步骤、合理的技巧、精致的工具来打造一个属于自己的完美底妆。

底妆成就唯美妆容

很多人只顾着一心学习化妆技巧，觉得有了技巧就可以化出完美的妆容，学到了技巧就给自己化妆，但是化完却没有达到想要的效果，反而像夜店妆、搞笑妆。化失败了自己看看还好，如果被朋友或老公看到了，笑你几句，可能就再也没有勇气化妆了。

这是因为很多人在学习化妆技巧的时候都会忽略掉一件最根本的事：找到属于我的唯美妆容。大家每次看到广告片里的女明星会觉得她很美，妆容又很清爽，好像也没有化太浓的妆，最让人嫉妒的是她们的皮肤看起来还特别好，自己给自己化妆，却怎么也化不出那种效果来。

但是不要泄气，因为那些只是假象，那样完美的肌肤效果也包含了灯光以及后期制作的功劳。所有人都有毛孔，都会出现毛孔增大等问题，但是我们可以通过底妆来掩盖这种问题。

有很多人并没有意识到化妆术的神奇能力，主要是因为对底妆的认识不足，接下来，我就讲一下化出完美底妆的步骤。

根据肤质选择合适的粉底

粉底是完美底妆必备单品，不同的肤质不同的粉底质地，在上妆之前，首先要学会选择适合自己的粉底。大多数人完全听从朋友和广告的建议。

而在这里，我们要开启肤质与粉底质地对抗的游戏。

霜状偏油，可以滋养皮肤，适合干性和特干性皮肤，但是上妆感厚重及油腻，夏天出汗后就容易脱妆，所以霜状粉底更适宜在冬季使用。

液体粉底质地柔和，可以遮瑕，上妆后又有足够的通透感，一年四季都适用，而且几乎适合所有人。而且液体粉底有很多不同的功效，如抗衰老、美白、抗过敏等等，我们选购液体粉底，就有更多的选择。液体粉底自然不持久含定妆粉。

膏状粉底适用于舞台和严重遮瑕者，但缺点是上妆效果太厚重，不适宜生活和唯美的妆容。但是膏状可以作为遮瑕。

啫喱类细腻白皙的粉底具有细腻和适宜均匀肤色的妆容效果。但是这种粉底不适合所有人，更适合皮肤白皙，瑕疵和毛孔不明显的年轻人。因为这种皮肤不好上彩妆，所以就适合用啫喱粉底，只是为起到均匀肤色的效果。

具有紧致和抗衰作用的粉底，适用于有皱纹的肌肤，这种类型的粉底除了遮瑕效果以外，还有光泽感，湿润且不厚重，也能在一定程度上改变肌肤衰老的程度，给肌肤以一定的滋养和保护。

皱纹处涂抹粉底时，偶尔会遇到卡粉的情况，这时就要选用带有珠光感的粉质。

你的肤色决定选择的粉底色

绿色粉底可令肤色看起来白皙透明，适合肤色偏黑或泛红者。在原有的粉底中，加入一点点绿色粉底，涂在鼻翼两侧最明显的发红区，肌肤就能显得光滑、白嫩、自然，同时还可修饰面部泛红的部位。如果你的脸部皮肤容易过敏，有红斑，可轻柔地刷上一点绿色蜜粉，也能呈现出立体的明亮感，斑痕也不再明显。

黄色粉底可以缩小上妆前后的对比偏差，适合肤色较深的亚洲人或古铜肤色者，与东方人本身偏黄的肤色相近，所以整体面部都可以使用，可让肤质显得细致、自然，且不会有卸妆前后判若两人的感觉。

紫色粉底可以有效修饰暗沉、无光泽肤质和偏黄肤质。适合偏黄肤色或暗沉肤色的整个面部，使用后会让脸庞自然散发出红润的光泽，在眼妆中可以着重使用，具有有效修饰黑眼圈及眼皮浮肿现象的作用。

白色粉底具有扩张、加大的效果，因此利用白色粉底或蜜粉可以修饰脸庞过瘦的脸形，适合各种肤色，涂在太阳穴、眼下、T字部位等，可以让脸庞看起来更丰腴立体、凸显五官。

遮瑕的正确方式

遮瑕产品一般分为遮瑕笔或遮瑕膏，可有效修饰并掩盖黑眼圈、色斑和色素沉积。

修饰大面积的色斑、胎记或严重的黑眼圈，要在涂抹粉底之前用遮瑕膏；而一些痘痘、小斑点等细微的地方可以在涂抹粉底后使用。

使用遮瑕产品时，应注意颜色要与皮肤或粉底的颜色接近。有时可用固体粉底代替遮瑕产品使用。

高光笔的妙用

高光笔也属于粉底打底类型当中的一种，有些人具有这样的面部问题：如脸形较大较宽，鼻梁过矮，眼袋泪沟明显，法令纹明显等等，这些问题就可以用一只高光笔来解决。高光可以有效掩盖法令纹和眼袋，也可以利用明暗原理填充你的太阳穴，显得面部圆滑饱满；在鼻子和下巴等部位使用高光笔，可以增加立体效果。

定妆粉

有很多人都不注意定妆，化完妆当时确实是美美的，但是出门工作几小时，再照镜子，就会发现脸上早已脱妆和晕妆，那时再补妆，效果就没有出门刚化完那样完美。

是否定妆决定了妆容的有效时长，也决定你今天需要带多少化妆品出门，所以千万不要忽略定妆这一步，所有的遮瑕和高光等底妆都要在定妆之前进行，化完底妆就扑上定妆粉，能够有效延长妆容寿命。

平时的生活妆，定妆产品可以根据心情和想要的妆容来使用，但是职业妆里，有一点需要注意：不要用过亮和带珠光的，应该尽量用透明的定妆粉。透明定妆粉具有普通定妆粉 20 倍的细腻度，有让皮肤看起来细腻通透的定妆效果，面部不会泛油光，适合大部分人使用，但如果皮肤较黑，就应该用正常肤色的定妆粉。

粉底妆的分类

完美法。眼袋是实现完美妆容的一个障碍，想隐去眼袋又使粉底看起来不厚重，不能用浅色粉底涂抹整个眼袋，而是在整个面部完成粉底涂抹后，先用比肤色略亮，属于偏暖色调的固体粉底或遮瑕产品，仔细涂抹在最深的凹陷处并向周围自然过渡，然后再上一层浅色的透明散粉，才能打造出透明的皮肤效果并遮盖住眼袋和黑眼圈。

新潮法。现在最先进的粉底技法是利用喷枪或喷笔涂抹粉底，有些品牌已经生产了用类似发胶包装的压力罐喷雾粉底。电动喷枪马力大喷射力度强，配合水溶粉底可以让肌肤展现出光滑平整的效果，宛如橱窗里的塑胶模特。

粉底小建议

粉底人人都会用，但是总有一些你不知道的妙方和误区，我就给大家讲一些在我化妆的过程中，合理运用粉底的小方法。

一是部分使用。如果脸上没有太多瑕疵需要遮盖的话，只需用稍白的粉底涂在 T 区和眼睛下即可，并和其他部分自然衔接，这是在夏季使用粉底的关键。

二是接近肤色。越接近肤色、越低调的粉底色彩，越容易体现自然和透明感。皮肤白的人可以涂更白的粉底。但是皮肤黑的人就不要追求过分美白，只要让自己的肤质看起来有光泽感就可以。考虑到接近肤色，脖子也要涂抹粉底，特别是皮肤较黑的人，面部的妆容和脖子的颜色要衔接好，不然会上下脱节。

三是利用手指。使用手指来涂抹粉底是最方便的方法，因为指腹的温度可以使粉底与皮肤更好的亲和。

四是一次即可。使用粉底时，尽量不要用同一种粉底重复几次使用，特别是膏状粉底，它的油分会让皮肤产生异样感，并减少妆容的透明感。

五是海绵帮忙。如果粉底抹得太厚，可以用湿海绵片轻轻地在脸上再按抹一遍，湿海绵很容易带走浮在脸上的粉底，使妆容变得清新自然。

六是黑白适度。使用粉底可以快捷简单地美白肌肤或变成古铜色美人，不过都要本着适度原则，多尝试不同产品和颜色的配合效果，才能美得迅速又自然。

七是明暗错位原理。在讲粉底的明暗错位使用方法之前，要先引入粉底号的概念。

有些人化妆时只用一种粉底，忽略了同时运用不同颜色粉底的修容效果。譬如说日本 RMK 201 号的粉底，是最白的，202 号稍微黄一点点，203 号稍暗，204 号更暗……虽然不同品牌的同一色号有细微差别，但是选取规律是一致的。

宽脸型需要的修容方法，就要用明暗错位原理，分开使用两种相差至少 2 个色号以上的粉底。脸越宽，色号就要相差越多。暗色有收缩效果，用在宽形脸颊的靠后处，而窄脸型的人就可以全部用亮色粉底，亮色有膨胀效果，不会显得脸过分细长。

使用不同颜色粉底，最好多准备几只刷子，不同的刷子分别蘸取不同的粉底。

底妆与发型的关系

发型包括头发的长度、颜色和形状。一个完美的妆容不仅仅是底妆和彩妆，跟发型也有直接的关系。

如果头发是黑、棕、深灰等接近黑色等色系，最好搭配底妆，只要底妆和肤色相接近，都可以驾驭，但是如果发色是鲜明跳脱的色彩，底妆就要稍微白亮一些，这也是皮肤黑的人不适宜染鲜艳发色的原因。

发型可以充分表现一个人的气质，长长的大波浪卷发，代表性感时尚；

黑长直，代表清新脱俗，淡雅可人；中短发，则凸显爽快干练的气质。除了头发自身的基本因素，也可能因为今天所做的不同发型，拥有不同的气质，那这一天的妆容就要和发型相搭配。

清新淡雅的黑长直，就不要用过白的底妆，会让人不舒服；想用短发体现干练，就应该妙用高光和不同粉底的明暗原理，突出自己的轮廓立体感。

化妆前，想想你今天给自己设计的气质定位，再决定今天给自己上一个什么样的底妆。

让你的人生多一份"眉"开眼笑的美

眉妆的意义

眉妆可以说是在眼睛之上的点睛之笔，不同的眉妆，给人的第一印象不同，不能直接根据原有的眉形淡淡一描，所以在眉形上大有文章可做。

如果要画年轻女孩的甜美妆容，画眉就要记住三点：平，直，淡。

年龄决定了眉毛量的浓密或稀疏，而在职业妆中眉妆的浓密粗细，则由你的职位高低决定。切记职场妆需要强调的是干练的力度，而不是甜美。职场中的女性，作为一个白领、高管，代表的是成熟、有担当的形象要用眉形烘托出干练，能予人安全感。现在很流行粗淡的眉毛，但不能是平眉，要尝试向上微挑的眉妆，眉妆越细越高挑，就越能凸显严厉的神韵，细到极致，甚至会显得尖酸刻薄。所以职场妆里的眉毛就要略微高挑起来，而不是过分地凸显细眉。尽量与当下眉形的流行趋势而略加调整。

眉妆技巧

找到适合自己的眉形，接下来就要学会如何画眉，知道了画眉的标准和原理，眉妆其实很简单。

画眉要记住几要素：

1.眉头最宽最圆最淡，略低于眉尾

眉尾比眉头高，即向上轻挑，因为眉毛和眼睛其实是一体的，五官有黄金分割点，如果额头过长，就可以用提高眉毛的高度来调整五官比例，接近黄金分割点，眉毛高度这一条分割线，影响了额头和眼鼻距的比例，所以眉

尾也不能过高，不然会显得眉眼间距过大，过分高挑和过分尖细的眉尾更会显得人尖酸刻薄。

2. 眉峰下面的颜色比眉峰上面的颜色深

和遮瑕与粉底修容的原理相同，眉峰下面的颜色深，有视觉收缩效果，眉峰上面颜色浅，有视觉膨胀效果，有些人的眉骨很平，一条平面的眉毛，就可以用这两种视觉冲突体现出立体感。

3. 切忌线条生硬

杂志妆和新娘妆等，妆容太浓，而日常妆容，切记不要化浓妆，生活妆应该亲近自然，眉妆也是同理，通过眉妆体现亲近自然的办法，除了不要画过分的浓眉，还要切忌线条明显。

眉毛和女人身材的线条一样，要圆滑顺畅，不能有棱有角线条生硬，虚化眉妆边缘的线条，可以稍微模糊一点，更能烘托出女人捉摸不定的神秘气质。

4. 可以用亚光眉粉画眉

用亚光眉粉的原理与选用大地色系和不带珠光效果的眼影原理相通，不要化可能产生肿胀效果的妆，而且亚光眉粉也更符合生活妆要求的亲近自然的气质。

白里透红没那么难——腮红

根据脸型画腮红

化妆不能乱化，腮红不能乱打，我在这里分享给姐妹们一些根据不同脸型打不同腮红的小技巧。

腮红不仅仅要达到白里透红的效果，了解了脸型、腮红的打法可以起到调整脸型的效果。

先了解脸部轮廓，你属于方形脸还是圆形脸？你属于短脸还是长脸？短脸腮红需要斜长打法；长脸可以扇形打法；方脸型可以线圆式打法；圆形脸就要直线式打法。只要记住范围不要低于嘴角延长线高于眼窝笑肌的最高点下笔，按照自己的脸部轮廓开始行动吧！

腮红的定妆

画好腮红并及时定妆，会让你整天红润有气色，就像我每天化完妆出门，从来都不带化妆包，最多带一只口红，原因就是我会注意正确定妆能使妆容更持久。

化完底妆之后，腮红直接打在底妆上，会渗透进妆容，再用定妆粉，腮红都会保持一整天，并且腮红过红也不用担心。定妆粉隐约盖住腮红，就起到白里透红的效果。

腮红的颜色

腮红和口红有一个相同点，选颜色很重要，腮红和口红都有琳琅满目的颜色，自然要针对我们自身情况来挑选腮红。

皮肤较白的人适合用粉色系的，会显得很健康；而肤色较黑较黄的人，腮红就忌用粉红和玫红，涂了这种颜色的腮红，就像是经历了长期暴晒一样不美观，可以选用橙色系的腮红。

挑选腮红时可以在手部和面部多抹几层来试妆，劣质的腮红，腮红颜色越来越浓，质量好的腮红，抹多少层，饱和度和色彩都不会改变，会显得自然。

腮红的画法

用腮红刷蘸取适量腮红后，首先要找到画腮红的起点。微笑时，从苹果肌下大概距鼻翼为两个小指头的距离，以这里为中心开始画。短脸型要斜扫，长脸型要扇形扫，同时也要根据自己的脸部肌肉线条的走向来画，如果肌肉紧致，可以用中规中矩的扇形画法，如果肌肉已经松弛下垂，腮红的中心就要提高，千万不要顺着肌肉下垂的纹路画，会显得脸颊的整体肌肉都松弛下垂。

眼妆——展示心灵的开始

眼影到底要不要

首先我要分享给姐妹们一个心得：职业女性不适合浓妆艳抹的眼影妆，除非你是专业卖眼影的。

某些化妆品导购员，她们走在马路上，一眼就能知道她们是想卖眼影的。如果某个品牌这个季度出现了新的产品，不管适合不适合，导购小姐都会抹上去，她们是宣传眼影的。

我们不是卖眼影的，能不画眼影，尽量不要画，因为亚洲人和欧洲人的美不一样。大部分欧洲人都很适合画眼影，因为欧洲人的眼部轮廓和亚洲人的构造不同，欧洲人眼窝深，眼皮很薄，所以画眼影可以让眼睛更加立体。

人们对亚洲美女的称赞，大多会用"清新""自然"这样的词汇，只有在形容欧洲人的时候会常用"神秘"和"性感"。裸妆盛行的时代还是建议大家，能不画眼影就不要画，不画眼影反而干净更能体现出唯美妆容。

我并不反对大家画眼影，我们应该先了解自己需不需要画眼影。如果你一定要选择画眼影的话，在画眼影之前，你首先要区分自己是薄眼皮还是浮肿的眼皮，如果是浮肿的眼皮，就尽量不要画眼影。大部分黄皮肤的亚洲女性适合画大地色系的眼影。眼皮的浮肿度决定了眼影的选择范围，如果眼皮浮肿就一定不能抹珠光，珠光的眼影会让眼皮在灯光下显得格外肿胀，看你的眼睛，以为你昨晚睡前喝了一升水。如果你是薄眼皮，就可以随便抹珠光了，但用色建议保险一些使用大地色系的眼影，如果皮肤白皙也可以选择与服饰颜色邻近的眼影色彩。

正确的眼影画法

包括学过化妆的姐妹，我觉得很多人都不会画眼影。大部分人在画眼影的时候，都会一个颜色画到底，有人可能不会在双眼皮的部分画眼影，有的则只在双眼皮部分稍微画上一点，正确眼影画法目的要明确，让眼睛看起来有神，色彩与当下的服饰与场合吻合。

完美的眼影妆应该是放射状、橄榄形的，一定要从睫毛的根部向外放射。我分享给大家的画法是由大范围到小面积，由淡到浓，由浅到深。我们在广告上看到的一些眼影，又有神韵又有层次感，就是这样画出来的。没有特殊的需求建议大家尽量不要夸张，仅在睫毛的根部眼线上方略微扫点大地色即可。

丢掉美瞳，从今天起画美瞳线吧

画美瞳线的目的，是让你的眼睛看起来更有神，让睫毛看起来更浓密，无论你是什么眼形，都要会学会画美瞳线。正确的美瞳线能让你的眼睛会说话，也让你的双眼更会放电。

我们平时可以不画眼影，也可以不刷睫毛，但美瞳线我们一定要画。有人称赞我的眼睛"水汪汪的"，这都是美瞳线的功劳。美瞳线就是内眼线，是在睫毛根部的内侧部位的眼线。

很多年前，我曾戴过美瞳，因为那个时候我还不知道有美瞳线。我只是觉得我戴着美瞳，会显得眼睛大大的。我老公却说，本来我的眼睛也不小，戴个美瞳反倒吓人，倒不如摘了。我觉得好看，所以就没听他的建议。

但是因为我时常坐飞机，戴着美瞳坐飞机，我的视力开始下降，所以我不敢再戴了。后来，我听很多人说过，也在网上、报纸上看过，美瞳确实对眼睛有伤害，对不同的人伤害程度不同，总之就是有害有利。这所谓的"利"，只是让眼睛更美。这里我可以告诉大家，画美瞳线就可以达到这个效果，让眼睛看起来更有神，更水汪汪。

美瞳线画法

我很庆幸我能从事这个行业，我能通过亲身实践从而发现专业问题，也能在第一时间从大家那里接收到类似的问题，更能第一时间把我所有对于美丽的心得体会分享给大家。首先选择防水眼线膏加眼线刷，新手要有棉签，还要备可调节的化妆镜。

平时我在家中画美瞳线的时候，会将镜子和面部成45°角摆放，镜子在下，眼睛在上。要画的时候眼睛向下朝镜子看，另一只眼睛看镜子，这样很方便操作画美瞳线了。

如果画美瞳线的时候流眼泪，可以将棉签放在内眼角上闭上眼，但千万不要挪动棉签，因为容易脱妆不动它会自动吸干眼泪。在刚学画美瞳线的时候，很多人的眼睛会不习惯，如果学会控制眨眼防止眼线晕妆，时间长了，也就习惯了。过程虽然麻烦一些，但是一切都是为了美，这很值得哦！

眼线画久了，是不是会发现眼线膏很容易干？不易蘸取也不易画，特别是画眼线的过程比较长，不盖盖子，眼线膏里的有机溶剂会渐渐蒸发掉。觉得眼线膏有些干硬的时候，加水是不行的，因为眼线膏里的固体物质只溶于有机溶剂，再买一盒新的又太浪费。这时候就可以用卸妆油补充眼线膏里的有机溶剂。把卸妆油滴到眼线膏里面，均匀地溶解，下次用的时候就特别流畅。选对眼线刷也很重要，美瞳线就是睫毛根部的眼白部分利用刷子填实，美瞳线会让眼睛看起来很有神，睫毛也会更浓密。

脸部要定妆，眼线也要定妆

当美瞳线画完了，根据眼形的需求会适当地画一点外眼线。此时在外眼线上用哑光哑色眉粉定妆，往眼线周边适当晕开，即可达到眼部持久不晕妆的效果。

眼线的定妆，不仅仅是由眉粉的定妆效果时长来决定的，我们的行为习惯也会决定眼妆的有效时长。有些人画完眼线，会不自觉地揉眼睛，或者有大幅度的闭眼动作，这都可能导致晕妆。

如果是因为眼睛痒，或者进了灰尘而要揉眼睛，那一定要照镜子，小心处理，不能乱揉一气。如果只是下意识地要揉眼睛，那是因为你潜意识里告诉自己想揉，但是你也可以用潜意识告诫自己，我今天的妆容很美，这样美的妆容，我是不应该也不舍得去破坏的，当你经历过几次自我告诫之后，以后就很难再忍不住想要揉眼睛了。意志决定眼妆的持久，美丽的眼妆你说了算。

选对睫毛膏，保证睫毛卷翘不耷拉一整天

职业妆要画睫毛膏最需要注重的不是浓密而是卷翘。不是苍蝇腿般的浓密，而是根根分明的卷翘，千万不要和广告里的睫毛一样过分浓密。

根根分明，体现了职业女性的干练整洁，而卷翘加浓密则体现我们身为女性的性感和妩媚，场合不同就要注意。

维持睫毛卷翘一整天的秘诀很简单，在掌握正确方法的同时，选对产品与工具也很重要。我用过国内外几十种品牌和种类的睫毛膏，最后得出经验是：最贵的，不一定是最好的。

很多睫毛膏的成分不一样，这是我后来发现的，这里的成分，指的不是化学成分，而是溶剂和溶质浓度不同。有些睫毛膏溶质浓度低，溶剂太多，就会有种水水的感觉，这种睫毛膏刷在睫毛上，因为水分太重，睫毛会被压沉，自然就不会往上卷翘。所以睫毛膏一定要找不要含水分太多的，而是先找有定型效果的，像日本的 RMK 双头睫毛膏，恋爱魔镜的睫毛膏等。你也可以根据这个方法多试一些睫毛膏产品，好的产品一定会达到一整天都是 C 形。

美睫三步曲之睫毛夹正确选择

不要小瞧一个看上去简单的睫毛夹，选用睫毛夹，也是有规则可循的。从产品到方法你要是都对了，你就会是电眼美女了哦。

选择睫毛夹的时候由于欧洲人的眼窝特别深，所以欧洲人的睫毛夹和亚洲人的睫毛夹，产品设计是不一样，欧洲产的睫毛夹是根据欧洲人的眼窝设

计的，除非你是欧式眼，不然一定要用亚洲产的睫毛夹。即使是同一品牌，也要选择亚洲专柜的。这里提醒大家一下要选择导热快的铁质或钢质睫毛夹，如日本 RMK，植村秀等。

选对产品就开始学习技巧啦，在夹睫毛之前，用打火机均匀烧热前端铁头部位记得打开不要烧到那块皮垫，烧后用一张纸巾包裹，擦拭，不仅可以擦掉脏东西，还可以透过纸巾，用手感知温度，感知到温而不烫即可。

从睫毛前端往根部分三段夹由外到里夹好，在睫毛 1/3 处轻轻夹，在 1/2 处稍微用力夹，在睫毛根部就要夹住停留一会儿，然后立刻刷上定型的睫毛膏。力度由轻到重，可以完美呈现自然卷翘的 C 形。

如果出差坐飞机没有打火机了，我还可以教大家一个我自己发现的小窍门，用吹风机的热吹风吹睫毛夹的前端，也可以达到同样的效果。火柴也可以，生活妙招此书通处可见。

建议不用价格便宜的睫毛夹，它容易损坏睫毛，用这样的睫毛夹，不仅睫毛夹不整齐，不够卷翘，长期使用还会损坏睫毛。虽然品牌睫毛夹价格会比普通的高出十几倍，但是持久的使用以及对睫毛的无损，性价比会更高一些。我们可以选择好一点的品牌，因为我们的美可是无价的。睫毛夹建议用日本或韩国产的，因为适合亚洲人。

睫毛夹的故事

其实烫睫毛的方法不是跟老师学习的，来源于我在香港 SPA 馆里的一段经历。

我最讨厌女人吸烟的，当时就看到一位女士点燃打火机，我立刻避开三尺远。我以为她要吸烟，还提醒她这里是禁烟区，结果是我向她表示很抱歉，因为这位女士不是要吸烟。她笑着拿出一个睫毛夹开始烧铁头，然后我们就成了朋友，从她的语气和烧睫毛夹的行为上，我发现她很讲究。

她告诉我，烫烧后的睫毛夹能够烫睫毛。于是我就学了这一招，但是有时候我坐飞机不让带打火机，我平时喜欢自己搞些小发明，就突然想到一招，我用吹风机的热风吹睫毛夹，也达到同样效果了。（提醒大家一定将睫毛夹打开，加热前端铁质部分）。

我北京的学生就说：老师你就是神笔马良。她们之所以这样讲，是因为我总能在没有办法的时候，一定要想出正确的办法才肯罢休。就像这个睫毛夹，虽然只是一招很小的技巧，但是对于美的追求我早已根深蒂固，深入了我的骨髓甚至灵魂。

化妆其实有很多看似不起眼的小技巧，但是却能帮上大忙。睫毛夹的故事，只是列举了我的一点小小心得，希望大家也能学会并寻找适合自己的小窍门。

下眼线到底要不要

女人天生爱化妆，但不代表女人天生会化妆。很多女人在化妆的时候会自动忽略掉下眼线，因为她们觉得在日常唯美妆容中下眼线画完了会让自己五官整体下挂，显年龄量感。但如果反过来思考，下眼线如果能让五官位置发生视觉上的"位移"，我们为什么不能加以善用，让五官比例更加协调呢？

画下眼线的前提是眼睛上半部分的妆相对要浓一些，上下要协调，形成视觉上的层次。这样一来，上眼皮的妆从上扩张眼睛，下眼线从下扩张眼睛，就不会显得眼睛下挂，也会让眼睛变得更大，更有神韵。

这里强调一下，外眼角下垂的人或者仅是要求裸妆的人还是不要画下眼线，至少不能大面积画下眼线。

这里我不得不说一下烟熏妆，时下很多年轻女孩喜欢化烟熏妆，觉得那是时尚和个性的表现，但需要知道的是，烟熏妆并不适合在白天出现，更不要在职业妆中出现。烟熏妆只适合晚上某些较个性的场合。

唇的性感，从会抹口红开始

唇形、肤色决定唇膏

想要性感的唇，我们首先要明白自己有什么样的唇。用在唇膏上的钱，不是由我们的钱包决定的，而是由唇形决定。口红的颜色有千千万，选颜色的时候，我们不一定要运用冷暖色彩学，我们可以先到专柜，凭自己的感觉去试口红。

如果你的唇形特别性感漂亮，你就应该在口红上重点投资，让自己的优点更加突出。你可以根据当下的流行，用复古的大红、酒红，各种各样浓郁的颜色都可以，因为你就是要突出你唇的性感。

如果你的唇形和牙形都不太美，那就要买跟你唇色相近，带有润唇功效的口红。稍微带点颜色的口红就可以，因为你不需要过多地在口红方面去投资，你应该发现五官中其他更美更适合投资的地方。

如果你的唇形很漂亮，不要自然地认为你可以驾驭任何颜色的口红，你应该挑选最适合自己的颜色来突出唇形的美。即在投资口红的时候，也要根据你的肤色来挑选。一般化了妆才会涂口红，所以你应该化完妆再去专柜挑选口红。

当某个颜色能让你妆后的肤色锦上添花，那么这个口红就是适合你的颜色；相反，如果某种颜色让你的皮肤显得苍白或焦黄，那它就不是适合你的颜色。

唇膏的颜色要看衣服的颜色

挑选口红的时候，不仅要搭配你的肤色和唇形，还要搭配你的服装颜色。

千万不要用你当时穿的衣服来判定用什么口红，你需要在脑海里回忆一下，你最近的衣服是什么色系的。

如果清浅色比较多，就可以选清浅的口红，这样会在整体上给人一种清新、自然、淡雅的感觉。但如果你最近穿着浓郁的颜色比较多，那就可以用比较夸张、颜色较深、较浓郁的口红颜色。如果你最近的穿着颜色很夸张，那么口红中夸张的红会让你更加个性和跳脱，也能凸显你美丽的唇形。

唇腮 + 唇膏 = 完美

画唇妆的时候，我建议姐妹们使用唇刷，而不是用口红直接涂抹。

我问过很多身边的朋友，有些人直接用天生的唇形来做口红的画布。这样的结果就是口红颜色较硬，而且没有角度。但如果我们用唇刷的话，刷子可以让颜色更有层次，画出来的嘴唇也更有角度。而且可以几支口红色彩用唇刷进行调配，时尚度更强。

传统的唇线笔虽然能勾勒出唇形，但线条太硬。我们要学会用唇刷代替唇线笔，用刷子侧边缘直接勾勒出唇形的边缘，这样一来就能把我们原有的唇形轮廓更自然地勾勒出来——更自然的美与性感。

微调好过漂唇

常用口红的女人都已经知道自己的唇形很漂亮了，用口红是凸显出自己美唇的手段；但还有一种情况，有些人唇形很漂亮，但是唇色不好看，这时候就更需要口红的颜色来修饰唇色。这两种情况的原因不同，但是目的相同，合适的口红能让美唇锦上添花。

但如果唇形和唇色都不好看，又该怎么办？有些姐妹发现了另一种她们自认为超越了传统化妆的高科技，那就是微整形，比如漂唇。

现在的微整形技术已经相当发达，漂唇时，医生会向唇中注入玻尿酸等化学成分。手术恢复后，嘴唇会变得非常性感，就像嘟嘟唇一样。但是我建议大部分人，如果你的嘴唇没有严重干裂、唇色极差的情况下尽量不要做这样的手术。

不做手术，唇形又不美，我们总不能就让它那样难看着。不要苦恼，我们可以考虑选择工具与产品以方法微调。前面已经说了，适合肤色的、符合自己的五官特点、与服装颜色搭配的口红加上每晚的润唇妙招可以让你的唇更加饱满与性感，拥有专属于你的美唇，真的没那么难。

蜂蜜护唇法

人体是一个永动机，身体上的每一块肌肉，每一分每一秒都在进行着自我代谢，嘴唇也不例外。随着年龄的增长，岁月会让我们逐渐苍老，皮肤代谢速度逐渐加快，更新速度反而降低，于是便出现了角质层。

我建议大家在睡一个安稳的美容觉之前，在唇上涂抹一些蜂蜜。蜂蜜的甜馨味道不仅有助于睡眠，还会在夜间护理唇部。第二天清晨，当我们起床洁面的时候，把蜂蜜一起洗去，同时还可以洗掉唇上的老化角质层。

蜂蜜护唇法不仅对于女人有用，对于男人同样有效。所以，姐妹们，家里常备一罐蜂蜜吧。甜蜜的嘴唇飘出甜甜蜜语，美唇的性感与感性让你的生活多一份甜蜜与幸福，你是否从中得到了什么呢……

卸妆 & 洁面

正确的卸装和洁面给你更好的皮肤

完美妆容的前提是你的保养品能达到应有的吸收效果。皮肤能充分吸收保养品的前提是，良好的皮肤状况。所以女人一定要学会正确地卸妆和洁面，无论是以护肤为目的，还是以保养为目的，或者是为了让彩妆达到完美效果为目的，正确地卸妆洁面，是一切的基础和源头。

如果皮肤不好，上多少彩妆也没有预期效果；如果清洁不够彻底，用多少保养品也不能充分吸收。黑头、皮肤松弛、面部过敏等面部问题都跟不正确的卸妆和洁面，有很大关系。

下班或睡前，一定要卸妆加洁面。肯定会有人觉得这样很麻烦，但是不战胜小麻烦就要付出大代价。毛孔堵塞，皮肤衰老变黄，毛孔粗大，你处理这些问题的代价会更高，也会更麻烦。即使在化妆台上有堆积如山的保养品，因为皮肤清洁得不够彻底导致不吸收，不仅麻烦，也没有效果。所以卸妆一定要卸干净，哪怕只擦了bb霜就出门，回到家中仍然要坚持卸妆。

不论化不化妆，都必须卸妆

有很多女性跟我讲："薇老师，有人说还是不化妆好，化妆对皮肤不好。"我这样回答她："让裸露的皮肤赤裸裸地迎接空气，这样更残忍。""化妆对皮肤不好"，我觉得这完全就是谬论，也是对皮肤最大的伤害。

每一天，每一秒，只要我们暴露在空气里，那些雾霾、辐射和肉眼看不到的空气尘埃，都会直接侵蚀你的皮肤和毛孔。选择正确的化妆品、化正确的妆，不是在伤害皮肤，反而是在保护皮肤。

化了妆就要卸妆，卸妆是每个女人都要重视的，哪怕是一个不化妆的女人。因为卸妆卸掉的不仅是化妆品，还有对皮肤有害的坏东西。卸妆不仅要卸得彻底，还要注意区分五官来卸妆。

唇妆的口红，眼妆的睫毛膏和眼线，这些就需要有专门的眼唇卸妆液。听起来似乎很吓人，有些人开始担忧要花费很多钱在卸妆产品上了。但事实上并不是这样，贵的不一定是对的，适合的才是正确的。

卸妆小技巧

卸妆的时候一定要针对不同部位选择合适的方法。

内眼线的卸妆，把眼部卸妆液倒在棉签上，然后把棉签放到内眼角，闭上眼睛，将棉签从内眼角拉到外眼角，再睁开眼睛时，你的内眼线已经移到棉签上了。很多人不会卸内眼线的妆容，导致眼睛过敏。

眼睛外部的卸妆，将卸妆液倒在棉片上，覆盖在闭合的眼睛上渗透几秒钟，之后轻轻一擦，马上干干净净，这就是针对眼妆，选对眼部卸妆液的结果。唇部卸妆和眼部卸妆同理。

脸部的卸妆，卸妆液分为油性卸妆油和水性卸妆水，脸部卸妆液的选择，由肤质决定。干性皮肤，某期间内皮肤干燥的人，混合性皮肤，和敏感性皮肤，可以用油性卸妆液。而油性皮肤就不适用油性卸妆油。皮肤分泌油脂过剩，还要用油性物质去涂抹，对皮肤会造成很大负担。

除了根据肤质来选用卸妆液的情况之外，我也建议大家使用带有补水性质的卸妆液，比如贝德玛的卸妆水，几百块一大瓶，能用很久，不仅卸得很干净，也能同时补水。

洁面三步骤

卸妆的下一步是洁面，洁面有三步骤。

一是要活水洗脸。活水指的是流动的水，地球的引力可将脸部的污垢与角质顺水而下。脸部的黑头毛孔粗大都会有所改善。

二要选对洁面产品。根据你自己的肤质来选择合适的洁面产品，朋友向你推荐的，可能只适合她的肤质。如果你是干性皮肤，那洁面产品就应该有滋润功效。如果你是油性皮肤，就选择有清爽功效的产品。

用泡沫能够判断洁面产品是否滋润。泡沫越细腻说明产品越适合干性皮肤；而泡沫特别丰富，则说明它适合油性皮肤；泡沫量中等的，就适合混合性皮肤。不是绝对，相对而论是匹配的。

还有一种洁面产品是没有泡沫的，很油滑、很滋润，这种产品更适合衰老性皮肤和特别干燥的皮肤。但是一定要在彻底卸妆之后用。

洁面后，大家都会涂抹保养品。一定要记得，我们的三秒钟补水定律哦——三步水疗之后按步骤抹保养品会有事半功倍的效果呢。）

正确的洗脸姿态

有的人说自己用凉水洗脸后，皮肤会更加紧绷。这种紧绷感是真实的，那是洁面方法错误，因为毛孔遇冷收缩，脏东西就会藏在毛孔里，洗不净。等皮肤舒缓之后，紧绷感没了，脏东西却依然在。

正确的洗脸方法，需要适宜的水温，温水 38° 左右最为适宜，这是人体正常体温。用温水洗脸，毛孔舒张，可以洗掉毛孔里的脏东西。洗脸时把洁面产品挤在手心，揉搓成泡沫，双手在脸上打圈，冲掉泡沫时，双手接自来水，不要用盆里的水，用手捧过水之后，直接拍在脸上，泼至少十次以上。

千万不要用力在脸上揉搓，用地心引力让水自然冲刷面部皮肤，再让水流自然垂落。不要觉得麻烦，当你习惯这种方法之后，你会觉得那是一种非常舒服的享受。

泡沫冲干净之后，用一次性的白毛巾擦干脸上的水分，发际线附近一定要擦干净，再用凉水泼五六次，这个时候毛孔就遇冷收缩，不是冷热交替，而是先温后冷，长期坚持先温后冷的洁面方法不仅能洗净毛孔里的脏东西，还能收缩毛孔。不过经期中的女性朋友建议温水就可以啦，美是从健康出发哦。

之前提到蜂蜜可以护理唇部，在洁面方面，蜂蜜还有一个妙用。早晨起床后，大部分人觉得脸部很干，特别是在北方，起床后可以用蜂蜜洗脸。将蜂蜜涂抹在脸上，由上自下打圈，直接用温水冲净，用一次性毛巾擦干，用好三秒补水定律拍上补水产品及保养品，皮肤会很光滑，完美的肌底就会有完美的妆容，完美的妆容就会有美好的生活哦。

补水——我们要做水美人

我们不仅要做水一样智慧的女人，还要做水美人

很多女士都觉得皮肤美白是最重要的，她们不惜耗费大价钱，也不怕浪费时间、消耗体力，奔走在各个品牌专柜，想尽一切办法寻找皮肤美白的技巧。面膜、面霜、美白霜，只要能白，怎么做都可以。她们专心于美白手段，在美白成功之后，面部的角质层就会变薄，会出现红血丝。

事实证明很多姐妹的行为都是错的，因为她们误解了"美白"的定义。"美白"不是"美"和"白"，而是"美丽的白"，或者说是健康的、正确的、适合的健康肤色。我们常会看见那样一些女人，她们的脸很白，但是到了脖子那里，颜色却出现了断层……总是避免不了这样的尴尬。

女人想美白，补水是关键。女人是水做的，水善万物，也是皮肤充满活力的源泉，皮肤缺水便会失去光泽，但如果补水得当，皮肤便能复发活力。水可以增加皮肤的抵抗力和平衡力，不缺水的皮肤很少过敏、起痘、出红血丝。如果皮肤补水到位，再用美白产品效果才会更好。

去角质不一定要用角质霜

我们的皮肤会有新陈代谢会形成脸部的角质层，此时纯粹的洁面不能达到彻底清除的作用。我们用再多、再好的方法保养，也达不到我们想要的效果，因为角质层的关系吸收会不太好。这时候有人选择用角质霜来去掉死皮，以为这样能让自己重新焕发生机。不过是否有更好的方式呢？

就如前面我不建议大家用美瞳，因为美瞳会伤害眼睛。这里我建议大家尽量不用角质霜，因为角质霜对皮肤有一定的伤害。

不用角质霜，我们如何去角质呢？生活中我们洗完脸以后每次三秒补水定律后，将水倒在棉片上按照脸部护理的手法进行第一次的擦拭，额头往两边擦，脸部中心 T 字部位上提的方式往上提擦。每天坚持早晚使用。它可以起到再次清洁去角质的作用，同时达到了补水的效果。

我用棉片去角质，用补水喷雾补水，这就是我为什么从来不去美容院，而且家里没有一支角质霜的原因。女人的一生都是由细节决定的，所以即使是角质层这样小小的细节，我们也一定要注意到。用再多的保养品，不用得恰到好处，就是无用功。这也是我走了很多弯路，花了很多冤枉钱，经历了很多，加上专业的研究之后，自己研发出来的妙招，实用又方便。大家可以365 天不用角质霜也无妨啦。

正确补水让你远离法令纹

每个人都会长法令纹，随着年龄的增长，每个人的法令纹都会越加明显，所以我们在生活当中需要掌握一些减淡法令纹的手法。

把补水产品倒在手心，拍打到脸上，从下拍到上，接下来做一个简单的动作：三个手指并拢，倒上乳液或面霜，由法令纹挨着鼻翼的边缘往上推，一直推到内眼角的地方，然后往外向上提拉，拉倒发际线太阳穴的位置，也要用向上提的力，紧接着拉至耳际上方，这个时候开始向下拉，拉到淋巴结的位置，到这里结束。

每次洗完脸之后，在脸上进行这个手法。这对于每个人都有很大的帮助，在刚开始的时候可能效果不太显著，但是如果你能坚持下来，你的法令纹一定会比别人浅。一定要坚持，年轻的秘籍不仅要有妙招还有持之以恒哦。

早晚洁面各不同

如果条件允许建议女性朋友早晚的洗面奶可以是两支。如油性皮肤人士，平时用泡沫丰富的，但早晨可以用泡沫较少的，平时用泡沫较少的人士，早晨就可以用无泡沫的。

早晨起来皮肤相对应比较干净，所以适当的清洁就足够了，把早晚的洁面可以区分开来，对皮肤的损伤相对减少。皮肤的表层受损率会低一些。

与洗面奶的选用同理，保养品也是有区别的。晚上可以让脸部多一份营养，白天可以让脸部少一份负担。

我晚上会用精华为主的霜状保养品，白天则以水状的乳液为主，这样针对不同时段使用适合皮肤状况的保养品，化底妆和彩妆时，上妆效果会更好。

补水三秒定律

之前一直讲"三秒"钟补水定律，这"三秒"定律到底有多重要。洗脸之后的三秒钟之内补水，真的很重要。在涂抹保养品之前的补水步骤，能够促进保养品的吸收。现在北方的水大部分略带碱性，很多人洁面之后涂抹乳液，脸上还是有紧绷感，是因为酸碱不平衡，造成营养成分被破坏。

这时候我们就需要一个专业的补水喷雾或者是矿泉喷雾，洁面后，用一次性的白毛巾擦干水分，可以用天然矿泉喷雾或水在三秒钟之内马上喷在脸上，起到了平衡的作用。

喷完之后取棉片，用水或补水产品浸湿。干性皮肤，就用柔肤水浸湿；敏感性皮肤，则用滋养抗敏的补水产品浸湿。

在喷过喷雾之后，面部的水分还没有蒸发，用浸湿的棉片，用向上提的力，从面部中间向两边擦，从下往上擦。

接下来还有一个非常关键的步骤——三秒钟补水定律产品的选择与方法，准备矿泉水和喷雾瓶，喷头的制水雾效果要好，水雾均匀有负离子效果更好。

矿泉水可以选择依云矿泉水，倒入喷雾瓶，洁面擦净后立刻喷在脸上。矿泉水可以放到冰箱里面冷藏，平时要拧紧，防止滋生细菌。

南北方水都呈弱碱性，但酸碱度 PH 不同。要延缓面部肌肤的衰老，就要保证遍布肌肤处在酸碱平衡的状态，挑选弱酸性的矿泉水，可以让面部环境维持酸碱平衡，便于皮肤吸收营养。而且面部皮肤如果没有经过矿泉喷雾的均衡，补水产品里的营养就会被破坏。

矿泉水是最经济实惠的选择，当然也可以选购喷雾产品代替，敏感性皮肤就用抗敏性喷雾，正常皮肤就用补水喷雾。

水女人三秒钟补水定律就是告诉你洗完脸之后三秒钟一定要马上喷雾补水哦。效果时间说了算，可以帮你节省很多化妆品呢。

第四篇

美在
行念

向美而生的学习，我们称之为美学。

生命的每一刻，都会在行念之间，留下印记。

美随处可见，我们需要知道的是能捕捉到什么？能留下什么？

仪态万千，悦目是佳人

美，在于独特

　　女子之美，不在胖瘦，不在脸蛋，在于顺然天成，更在于多姿。就好比万花丛，你不必羡慕娇艳似火的玫瑰，也不必羡慕寒霜傲骨的蜡梅，更不必为自己不是出淤泥而不染的清莲而自卑。任何一朵花都有绽放的权利，都有自己的风采，都有独属自己的味道。

　　发现自己的独特之美，人人可以修成。

女子的大气之美

做个大气的女子，不为名利而争，不为钱财而搏。

大气女子的魅力蕴含于举手投足、眉宇和谈吐之中；大气的女子，懂得时尚会昙花一现，高尚的品格才会恒久。

悠闲时，可以在阳光沐浴中读喜欢的诗歌。夕阳下，可以和最亲的人漫步林间。那是一种洒脱与超然。

女子的精致之美

一个人的穿着，最能看出她对生活的态度。精致的女子一定是爱生活的，爱到了极致，才肯花时间修饰自己。不一定浓妆艳抹，但一定光彩照人。

女子的诗意之美

诗意的女子风露清愁，才华横溢，是最值得品味的。仿佛一杯好茶，需得有时间、耐心、信心，才能品出清香，才会余味无穷。

历史上的奇女子，哪一个不是才华横溢呢？美丽的容貌只会吸引那些浅薄的人，满身的才气才会让你充满魅力。

女子的温柔之美

温柔的女子最是坚韧，遇河蹚河，遇山绕山，没有过不去的坎，生命如水一般流淌。

轻柔的步履，款款的语言，一定会融化这个世界。

颈项，藏着旗袍最美的寄托

女人的脖颈相比脊柱，多了几分柔软与妩媚，恰恰是这样软硬兼施的美是它真正迷人的来源。

旗袍，是对这一灵魂线最美的装饰。

古人曾这样修饰美人："手如柔荑，肤如凝脂，领如蝤蛴，齿如瓠犀。螓首蛾眉，巧笑倩兮，美目盼兮。"

多少女子，都梦想着有一袭华美的旗袍，得体地穿在身上，尽显妖娆。修长的脖颈，纤细而优美，加上旗袍那半立的衣领，白皙的颈部就会若隐若现，是道不尽的端庄风韵。

亭亭长玉颈，款款小蛮腰，那份东方神韵，宛若古典的花，开放在时光深处，惊艳时光。

婀娜的女子，一袭旗袍，撑着一把油纸伞，走在灰墙青石的古色弄巷里，笑颜如花绽，玉音婉流转，只一回眸间便醉了千年。

我于岁月静好的时光里等你，等你随我，携手漫步走天涯。

佳人之美，尤在风骨

"北方有佳人，遗世而独立"，论美，仅有颜值，太单薄，经不得细品，要有点独特的风骨，才堪称佳人。

美人骨，世间上品。有骨者，而未有皮，有皮者，而未有骨。

得风骨的美人，从来都是被岁月珍惜的。时光沉淀下，是她不败的芳华。

这样一个女子，清玉为骨，白裳雪倾，素颜如霜，穿过清冷的月光，翩跹而来，从此岁月无双。

这样的女子，容颜依旧，芳华永驻，如沐风华，惊世倾城。她，不诉离殇，玉人长立，温暖旧时光。

这份淡定融入迢迢绿水，任春来秋去，樱桃自红芭蕉暗绿。

她，从上古诗经的蒹葭开始，翻阅一川逝水烟岚，将万千风情凝　她，独居云水间，将一指水月风华，一枕幽思化一庭梅花舞雪。

这样的好非必丝与竹，山水自有清音。身姿清秀，香浮波上，嗅之如无，忽焉如有，恍兮忽兮，令人神怡。

笑对人生，岁月温柔

雨果说：有一种东西，比我们的面貌更像我们，那便是我们的表情；还有另外一种东西，比表情更像我们，那便是我们的微笑。

张衡在《思玄赋》写道："离朱唇而微笑兮，颜的砾以遗光。"美人嫣然一笑倾城倾国，温柔了岁月。

回首，那些阴霾里温柔过的目光，那些在生命中灿烂过的笑容，在生活的沧桑中，都成了折叠的记忆。

我们不能不承认，世界还不是太完美，生活中还有太多的烦琐与无奈。这时候，给生命一个微笑，用微笑面对人生。就如河流欢快着去融入大海。

带着阳光、雨露的清新，与时光对饮。在温暖的阳光下沐浴，风干心事，明媚眼眸。

洒脱笑看过往，恬淡随遇而安。用感恩的情怀滋养岁序，用希望的欢愉坚守梦想。

人生太真实，人生如梦不是梦；生活有苦涩，生活如水不是水。

对自己保持着微笑，就能把生活、工作中的每一次失败都归结为尝试，不去懊恼，让自己放松。

对自己保持着微笑，就能把每一次的成功想象成一种幸运，不去自傲，也不会故步自封。

微笑就像琴弦上的音符，微笑就像暖人的阳光，它能奏响生命的乐章，它能将自己脚下的路变得宽阔和畅通。

转身时
背影要美

人生是终究一个人的路。

开始你会有父母养护，然后是同学、朋友、情人、亲人和孩子。他们交替着陪伴你，走过不同的路途，却也不能陪你走完。我们不可避免的，都要走向人生的下一段。

这一路，可以是繁花似锦，也可以是静水深流。但无论是哪种风景，都不要忘记告别那种全副武装、张牙舞爪的状态，卸下所有的装备，别让自己那么累。

学会跟当下并不完美的生活握手言和。优雅地蹲下身来，轻轻收起碎成一地的凌乱和忧伤。有人赏识的时候，提醒自己保持优美的身姿和温和的目光；没人扶你的时候，更要命令自己努力站直！

路很长，因为始终负重前行，一天结束的时候，你的脚或许是脏的，你的头发可能是凌乱的，但背影，一定要美。路还长，自己站直，自信坚强。

愿在今后的日子里，即使单枪匹马，也能勇敢无畏。

美在行念

纤纤柔荑，拨弄人间烟火

我想牵你的手，从心动，到古稀。而那双手，被赋予了生命中最厚重的承诺。

生命没有来日方长，现在的每一天，都是余生最美好的一天。

这也许就是我们热爱生命的理由，它酸甜苦辣，它来去匆匆，所拥有的却是谁也复制不了的美丽人生。

古往今来，呈现在画家笔下的美人，最美的是那一双双安然垂在胸前的手。它们光滑美丽，像玉一般莹莹泛光。那双手，撑得起一家烟火温暖，也端得住满世芳华。

几百年过后，再看那画中的女人，只感觉那手充满灵性地又要动起来，仿佛又要去挑油灯的灯花。

它最柔，能化解钢筋水泥般的强硬，它最韧，握得住风刀霜剑的岁月攻击。

一切风平浪静时，这双手，亦能对镜贴花黄。

那一刻，它与她，是最美的永恒。

审丑是本能，
审美却需要学习

木心先生曾说："没有审美力是绝症，知识也救不了。"

现在就有一种"隐形穷人"，穷的不是物质，也不是文化，而是审美。

没有恰当审美的人，生活暴露出最务实的一面，越来越追求实用化的背后，生活也越来越单调、越来越无趣。

审美是什么？审美是看见一个东西时，内心产生与过往经验的比对。在人的诸多能力中，审美是一个完全可以靠后天习得的能力，它不在基因里遗传，却极易受到群体性的影响。

这就是几乎每一个人都有一个不堪回首的"闰土"童年照片的原因。

为什么后来大家进入大学，再走向社会，走过很多地方，就变得比原来更具审美力了呢？

其实只有看过很多美好的事物之后，我们才真正会懂得美是何物。

天地生息，万物皆美，把一草一木融入生活里，把最美的情愫留在心里，"风花落未已，山斋开夜扉。"

"雨中山果落，灯下草虫鸣"，审美力是久处不厌的会心。

心底有诗，眼有星辰

很多年很多年，逝去。

她，依然心怀梦想、热爱生活。

她，把自己的小小爱好做好，融入自己的生活。

她，博览群书、坚持写作；她，走过很多地方，看过很多风景，用相机记录下每一帧美好的画面。

她，尝试了很多有趣的事情，享受生活带来的新鲜。

她，心怀善意，眼有星辰，活泼温柔，时光在她身上刻下了温柔的印记。

时光之下，什么都会衰老，唯有那双清澈的星眸，可以在心灵的养护下保持不变。

女人的最美便蕴含在眼神里，这和年龄、经历无关。

这样的女人即使历尽沧桑和磨难，依然懂得沉淀过滤自己的内心，让自己心怀美好去生活。

心灵的干净让眼神委婉、美丽和温柔，就如我们的天使奥黛丽赫本，一生沧桑的她，在七十几岁高龄，眼神依然美丽如童子，那份委婉、高雅、自然、坦荡的美至今让人难忘。

愿你经历风风雨雨，再回眸，眼神依旧清澈。

那里面，有不灭的星光。

故無有恐怖

三世諸佛依

般若波羅三

蜜多是大

悦纳自己，不要人夸好颜色

纵是人间风雨，独守心田

夜阑人静，天籁无声。

每逢这个时刻，才能卸下沉重的面具，拆除心田的栅栏，真实地审视自己。于生命深处，倾听到丝丝脆鸣，如甘霖，似春风。

每逢这个时候，才能脱下虚妄的华裳，正视裸露的良知，走出世俗的藩篱，于灵魂高处，感念到碧波荡漾的律动。

至此，做一个无"装"之人，敢于面对世间一切暖或冷之真相。

于是，我们明白，这一世的年华，不过是杯中酒，抿一口，便已是浪迹天涯。

曾经，在那少不更事的年纪里，觉得一朝一夕都盛满悲欢离合，而今，在岁月的沉淀下，觉得纵然悲欢离合，也是人间最寻常不过的烟火。

人生本来就没有相欠，全力拥抱梦想，不随波逐流，不人云亦云，用梦想填满生活，精彩而独特。

做一个沐浴在阳光下的人，在经年的时光深处，煮一壶岁月的清茶，兀自芬芳。

你若盛开，清风自来

人生短暂，与其讨好世界，不如取悦自己，自在、独特、优雅。

高层次的快乐是发现自我，活出自己喜欢的样子。

愿你我学会悦纳本心，活出自我，好好享受时光的馈赠，不疾不徐，无所畏惧。

你若盛开，清风自来。

即使我们进入了婚姻，也请花些时间给自己：在午后端着一杯咖啡，看看喜欢的书，长年累月的内在修为，会如三餐粥饭，空气与水，润物细无声地影响着你的外貌与气质。

虽然说"女为悦己者容"，但"己悦"比"悦己"更重要。人生下半场，不如把希望放在自己身上，去取悦自己，照见自己。

如果你追求奢侈舒适，就没必要规定自己艰苦朴素。

如果你喜欢高朋满座，就没必要强迫自己遗世独立。

如果你欣赏城市繁华，就没必要待在偏僻乡村。

取悦自己，正是知道自己到底是一个什么样的人，并且选择最合适的生活。

我们活着不是为了取悦世界，而是为了取悦自己。我们无须害怕与他人的分歧。同一种花，也会开出不同的美丽。

　　以你明媚的韵律，用你喜欢的方式，做你喜欢的事，这叫作——幸福。

内里温柔，
也要硬壳护体

当你变得越来越刚硬，你以为你成熟了，但其实并没有。

成长应该是变温柔，对全世界都温柔。

蜗牛的身体柔软，但它有一个坚硬的外壳护体。我们也要有一个壳保护自己，它是我们的原则、底线、能力、勇气，它使我们变成一个坚定的人。

比之刚硬，温柔的女人更有力量。她们待人接物从容不迫，使人如沐春风，这份从容来自内心的坚定。这份坚定是她的能力、勇敢、她内心的尊严赋予她的底气。

女人的力量是温柔且坚定。

没有经过岁月磨炼的温柔只是单纯，真正的温柔是女人处世的一种独到的能力，真正的强大是女人对生活的一种积极的态度。

这样的温柔，它缓缓地散发出来，有一种绵绵的诗意，围绕在你的身旁，让你感受到一种放松，一种归属。

这样的温柔，是生命的一种自然散发，经得起考验，一直相伴到生命的终结。

像孩子一样勇敢

一直以来，我们都习惯假装一切都很好，万事皆无畏，自己什么都可以承担。

一直以来，我们小小的身躯其实承受了很多的负重，我们不把悲伤留给别人，却让它们在自己的体内积累循环。

多少次，内心负重不堪，心口堵块大石头。

所以在某一时刻，就允许自己回到小孩子的时代，抱一下你心里的那一个软弱的小孩，不要再假装勇敢，不要害怕别人会看穿你的孤单。

不要去责备自己没有做得更好，不要将所有的问题都揽在自己身上。

因为只有这样，我们才可以真正去积蓄能量，学会和自己和解，是终止一切痛苦的方法之一。

从今日起，像孩子一样活着，忠实地对待自己。

你是否尝试这样过一天：关掉手机，合上电脑，将报纸杂志都扫到杂物筐里去。

当你不再觉得自己"有用"和"重要"的时候，童年的简单美好，便会击中你的心。

　　那将是我们最美的时候，像孩子一般，勇敢。

正视欲望，向阳而生

不要畏惧你的欲望，欲望，有时是我们的活力之源。比如改变，比如表达，比如进步，比如挑战，比如只是简简单单地成为自己。

少女的你，可能对一个包，一支口红，一双新鞋生产欲望。

而今，成熟的你，追求的是长期的成长和进步，是有人爱，有人说话，有人理解，有人分享这背后带给你的所有欣喜，自然也包括那些物质的，但那些仅仅是结果，而不是我们全部的动机。

而你，有必要去区分开这样的结果和目的，不要让结果成为你的全部目的，迷失了心智。

那些闪着生命光芒的欲望，让我们不停狂奔，欲望成长，向阳而生，丰盈生命。

有欲望，是一个女人最大的保鲜剂。

有欲望，是一个人的基本生命力。

从今日起，不妨开始正视你的欲望。你会发现，正是这些欲望，让一个女人活得千姿百态，活得紧实有力。

接纳自己的不完美

每个人心中都有两个我，一个不完美的我，一个完美的我。

不完美是人的本性，因而这个我是真实的。

承认不完美，我们就能找回真实的自己，虽不完美，但却完整。

承认自己的不完美，然后坦然接受这样的自己。

这种接受，是在自我觉醒的基础上进行的。接纳并不是逆来顺受，停滞不前，它会让变化自然而然地翩然而至。

人生是一场修行。我们从出生到老去，会遇见很多不同的人，不同的风景以及不同的自己。

而这些自己之所以会不同，是因为我们在前行时，一路不断提升、改变、成长。也只有有了这些积累，我们才能在某一个时间段，和更美的那个自己不期而遇。

没有谁是完美的，所以从来不会拥有最完美的自己。但是我们却可以一直走在追求完美的路上，遇见更美。

接纳自己的不足，发挥自己的长处，你就是一个完整的人。

正如林语堂在《人生不过如此》中说的："不完美，才是最完美的人生。"

虽然每个人的人生千差万别，但这个世界的仁慈就在于：每个人都可以用自己的方式，尽情发挥自己的人生。

因为不完美，已经是最完美了！

你努力的样子
真美

十年前你是谁，一年前你是谁，甚至昨天你是谁，都不重要。

重要的是，今天你是谁？

有人说，努力与拥有是人生一左一右的两道风景。

努力是人生的一种精神状态，是对生命的一种赤子之情。一心努力可谓条条大路通罗马，只想获取可谓天地窄小。

志向再高，没有努力，志向终难坚守。

与其规定自己一定要成为一个什么样的人物，获得什么东西，不如磨炼自己做一个努力的人。做一个努力的人，可以说是人生最切实际的目标，是人生最大的境界。

许多人因为给自己定的目标太高太功利，因难以成功而变得灰头土脸，最终灰心失望。究其原因，往往就是因为太关注拥有，而忽略做一个努力的人。

努力是责任，努力是价值。

在充满希望的日子，告诉自己：努力，就总能遇见更好的自己！

没有王冠，也别低头

很多女孩儿都羡慕童话里的公主，因为她们拥有所有女孩儿想拥有的东西。更因为，她们有着爱她们的王子。

但是，抱歉，不是每个男孩儿都是王子。不是每个女孩儿都是公主。

当然，许多女孩儿都是家里的公主，被父母宠爱着。

可是，走出家门呢？

你，还会被人人宠爱吗？

当然不会，这世上那么多人，怎么会人人都喜欢你。

在社会的大环境里，你只是一个渺小的个体。

有时候，你要知道，在很多人面前，你什么都不是。

为什么有的人能够赢得别人的尊重和敬重呢？

那是因为，他们有自己独到的一面，他们的尊严，是自己赚来的。

亲爱的，你不是女王或公主，你没有王冠。

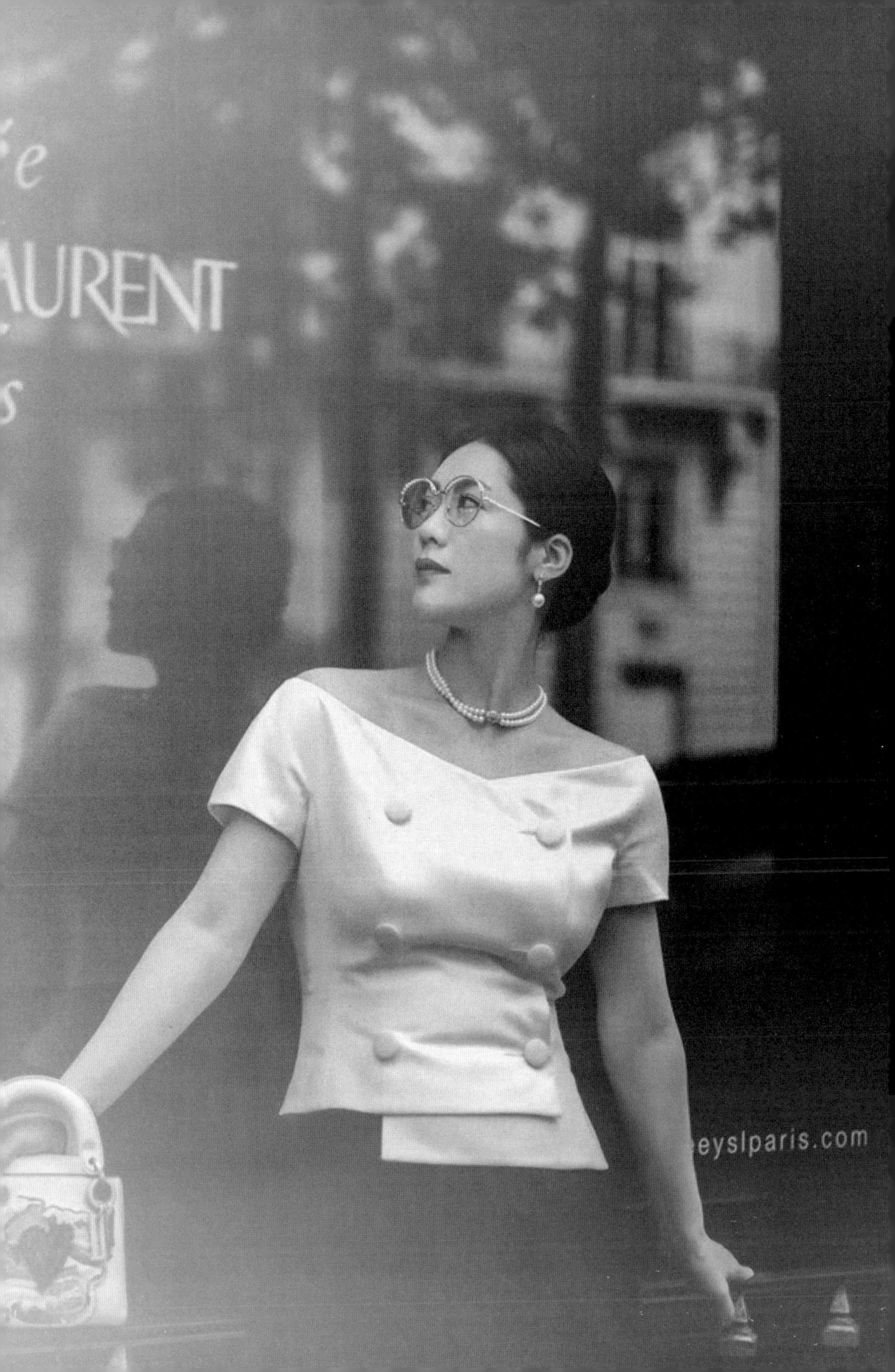
AURENT
eyslparis.com

優

雅

挖掘自己吧，宝藏女孩

每个平淡无奇的生命中，都蕴藏着一座金矿，只要肯挖掘，也会挖出令自己都惊讶不已的宝藏和优点。

其实，我们都没有自己想象中的那么差劲，我们都比想象中的自己更完美。找到自身优势，也就发现了通往幸福的秘诀。

一个人之所以能成功不是依靠弥补自己的缺点和缺陷，而是要发挥自己的优势。

可是，在现实生活中，很多人对自己的才能和优势并不了解，更不知道如何充分发挥。

相反，由于受传统观念的影响，人们更多地在弥补自身缺陷、弱点，认为只有比别人的缺点更少，才能取得成功。

很多姑娘明明很优秀，却因为觉得自己普通，就畏畏缩缩，不敢表达。

明明不满足于现状，却不肯踏出舒适圈，不敢尝试。

只有将缺点无限地缩小，将优点无限地放大，我们的生命才会越来越有价值，才能创造出一个又一个的辉煌。

让自己的灵魂做主

在短暂的一生中，让自己的灵魂做主。

公元前4世纪，荷马处在一个迷茫的时代，当时没有人知道未来是什么样的社会。荷马却在人声的喧闹中跟随自己的灵魂，为自己奔跑，用灵魂铸造了《荷马史诗》，也铸就了自己不朽的名声。

当环境成为容器，我们不得不成为"液态"存在，个性便成为与我们无关的东西。

制约我们心灵和身体的线条，像空气一样，无处不在，我们有些遐想，已经很不错了。

遐想自己无形无体，无拘无束，天马行空，自由飞翔。

遐想自己有声有色，有棱有角，天子呼来不上船……

此等遐想，打破的是灵魂的桎梏。所以，有时候，破坏是必须的。

必要的反抗是自我尊严的展示，亦是情绪宣泄的重要途径。这时候，我们不是容器中的水，我们是自己。

让灵魂做主，做一回自己。

重拾梦想，是告别也是成长

关于梦想，从小时候的豪言壮语到现世的知足常乐，人生的种种遭遇将英雄梦、公主梦无情地击碎，所以我们的梦想变得越来越小，从科学家、文学家到律师、教师，再到为房贷、车贷、生计而奔波的渺小的蚁族。

当那个叫梦想的东西从我们的世界里消失，便会无奈、颓废地说一声："谈梦想太奢侈了。"然后对那些执着地坚守自己梦想的人嗤之以鼻。

如果不是我们嘲笑的那个人已经长成了一棵参天大树，如果不是人生突遭变故，如果不是感受到岁月匆匆，有谁会痛下决心捡起曾经的梦想。

树立梦想也许是随口一说，也许是深思熟虑，但是重拾梦想需要勇气与决然，抛掉安逸、戒掉拖延，那意味着一次脱胎换骨的成长。

美在行念

好姑娘，自己挣钱买花戴

清晨为自己的办公桌上的空瓶换上一枝鲜花。而最珍贵的花，不是别人送的，而是自己买的。

一个人好好享受温暖的阳光和浓香的咖啡，再品一本好书，你会发现阳光和煦，生活安逸又和谐。

每个人都是独立的个体，人与人之间没有那么多的应该与不应该，没有人应该给你什么，何况年轻和美貌总会随着岁月的流逝而日益贬值。

依附于他人，可能暂时会得到财富或者权势，然而这一切都不是凭自己的实力踏踏实实挣来的，朝夕之间，或许灰飞烟灭。

天行健，君子以自强不息，无论男人还是女人，如果要依附的话，那也应该依附自己的事业，这才是让我们的人生有底气的根本。

自身的强大，才能换得别人的尊重。

伸手向别人乞求，是要放弃自己很多原则的。每个人活着都不容易，如果有自己的一份事业或者是一份普普通通的工作，哪怕是没有荣华富贵，我们依然可以挺起腰板做人，也可以抵挡住外面世界许多眼花缭乱的诱惑。

没有一劳永逸，没有一步登天，我们可以有踏实做事，用来安身立命。

穷并不可怕，别人讥笑也不可怕，人最怕的是活得没有尊严。

人生之路，哪有什么捷径可走。

亦舒说："好姑娘，自己挣钱买花戴。"

强大自己，
不被生活为难

一路走来，朋友越来越少。在漫漫时光里，有的遗失在岔路口，还有的渐行渐远。

到了一定年纪，不愿再取悦他人，而愿花时间充实自己。

大抵每个人年轻时都遇到过困扰：你爱的人不爱你，你想要的生活遥不可及，生活的刁难总是如狼似虎。

遇到蛮不讲理的陌生人、遭遇突如其来的考验、忍受来路不明的攻击和恶意……此外，还有年年衰老的不安、日益沉重的经济负担、婚姻里令人头大的一地鸡毛……

于是我们常常陷入迷茫、孤独、挫败的状态。但是，这就是生活啊。

生活本身就不是只有岁月静好，我们之所以囿于苦恼，有时候还是因为我们自己不够强大。如果我们不停地强大自己，生活就能在纷繁复杂的辛酸苦涩里硬生生地开出花来。

你抱怨工作环境太差，那就让自己的能力更强，早日换个更匹配自己能力的工作。

你抱怨薪水太低，那就不要放弃提升自己，别让自己一直被埋没。

你抱怨家庭生活不如意，但如果你足够耐心和坚定，也一定可以发现身边人的闪光点……

如果你想要更好的未来，就从当下开始努力。

你只需相信：你若盛开，清风自来。

不遗余力，爱你所爱

人们无休止地热切追求新奇的事物，永不满足，其实正是在心底储存欢乐时光。

我们的生命就是不断朝着自己的热爱以前进的姿态获得新生，我们总要学会找到一个你认为喜欢的事情，并且对于这份热爱要不遗余力。

虽然我们不知道未来会是怎样，但却一定要选择朴素地生活，对所有热爱的事情都要不遗余力。

一叶知秋，有人说秋天是黄色的，也有人说秋天是五彩的，其实我想说秋天是忧伤的色彩，一丝丝，淡淡的，不深也不浅，一切刚刚好。

很多故事，就像是一封年华失效的旧信函，信里行间，笔尖在纸张上轻轻地摩擦，只言片语之间牵引了彼此心与心的零距离桥梁。

偶然的相遇其实都是命中注定的缘分，一个美丽的微笑，一个华丽的转身，在我们静默起伏的生命中，将外界所有的一切还原如初。

我们就这样，因为热爱而相识：世间所有的相遇，都是久别重逢。

感谢自己前半生不遗余力地生活，把很多条路走到极致。

对于已走通的路，已无遗憾；而对于走不通的路，换个方向，是再自然不过的事。

拼命努力奔跑的时候，空气里都会充满力量。

有趣的灵魂，胜过貌若芙蓉

善良的灵魂，骨子里透出美

生活更多时候，呈现出的是一种杂乱的秩序。

人们行色匆匆，无暇顾及他人。木然，似乎成了一种常态。

也许善良并不是人生路上唯一的绿色通行证，但一个女人，若能存一颗善良的心，则心中的天堑会变成通途，枯萎的时光也将重生。

正如有人所说："拥有一颗善良的心，你就拥有了全世界。"

也只有善良的灵魂，才可匹配上世界上任何一种面孔。外貌定格不了一个人的美和丑，灵魂骨子里的美，才是真正的美。与人相处，不要用肉眼去盲目判断一个人的美和丑、好和坏，所有的盲目，都是很难得到真实答案的。

人生路漫漫，很多时候，我们都是活在自欺欺人里，时常被表象之美所欺骗，而忘了发现深藏于灵魂深处的美。

行走尘世间，用清澈的心灵，去捕捉真正的美丽。这美，便是我们的善良。

善良，会在小事中散发着光辉。

其实这每一件小事，我们都能做到。但也因为是小事，有时候我们很容易忽略它们。

做一个善良的人，做一个有爱心的人，其实不难。在力所能及的情况下去帮助别人，就是很有爱的事。

怀抱世界是美好的信念很重要，但更重要的是，用我们的行动，让一点一滴的爱，慢慢地在世间凝集。

善良，从来不会因为事情的大小而有丝毫不同。

心怀美好，
终得美好

人生有时就是这样：心存恶意者，一点人性的恶就能令其报复社会。而心存善意者，经历恶毒，但只要还有一线光，就能站起来，再爱这个世界。

善良的人，才永远是命运的强者。相信美好，终得美好。

尽管苦涩难耐，也要勇于面对。你容得下形形色色的人，就是在内心深处，悦纳一个又一个自己。最后，看起来像是容下了别人，实际上，是给自己松了绑。

人生如花，如果每个人都是一朵花，那么，由于人各不同，有的花可能早开，有的花开得晚些，有的开得艳些，但不管如何，作为你自己，就要始终保持着"我是我，我就是要开花"的信念，用"我是我，别人是别人"的心态绽放自己。

不管世界如何变，你依旧是你；不管风霜如何摧残，你依然要绽放；不管黑暗多么漫长，你依旧心怀光明。不管遭遇多少欺骗，你依旧选择信任。

那么，你就是一朵美丽的花。

一朵即使经历人世沧桑，依旧愿意心怀美好的花。

大度，是坚定也是温柔

当你对他人多一点宽容，多一点大度，多一点体贴，多一点谅解，与此同时，你自己也会少一些忧愁，少一些烦恼，少一些郁闷，少一些闷闷不乐，少一些不快。

降低了耗气伤神的砝码，增加了健康快乐的基数，言外之意，善待他人益于己，即便是你不唱高调；也不说空话大话；权只当是为你个人的长远利益着想。

大度是一种胸怀，一种气质，是一种智慧的恩赐。

大度女人源自一份自信，这份自信在于一种淡雅，一种坚定，一种对人生对生活的目标追寻的从容。

大度女人在于生活的平静与生存的安宁，心态的与世无争。这种大度在于工作繁忙也不会愁眉苦脸，事情再艰巨也会用微笑淡然处之。

大度女人的言行有点大大咧咧。凡事不斤斤计较，把目光看得甚远，身上总洋溢着一股阳光的气息。

大度的女人不枸于小节，做事不拖泥带水；让人不必去提防什么，也不用担心会做错什么受到指责；她们会嫣然一笑取而代之。

大度的女人即使没有如花似玉的外表，也会受到大家的欢迎，也会让人觉得美丽可爱。

有谁会说宽容大度不也是一种美德呢？

我 的 使 命 ，
是 为 爱 而 来

我们应当相信，每个人都是带着使命来到人间的。

有些人在属于自己的小世界里，守着简单的安稳与幸福，不惊不扰地过一生。

有些人在纷扰的世俗中，以华丽的姿态尽情地演绎一场场悲喜人生。

听别人的故事，尝自己的悲喜，有没有人懂，都不重要。重要的是，在路途中，我曾以我的方式，去到过你的世界。

而我的使命，便是为这世间的爱而来。

流年如水，各自为安，而那个愿以执念守护深情的，总是自己。

岁月静美，往事如风，我只想做一个如莲般安静寻常的女子。

宁愿一生的时光，都用来泡一壶茶，写一段字，记一段情。

从容处世心即安

常言道：人生不如意事十之八九，世上少有一帆风顺的人和事。

面对生活中的不如意与不顺利，持有什么样的心态，就决定了你拥有什么样的生活质量。

面对人生的起起伏伏，如果能有包容的心胸和积极的心态，从容处世，那么，你的生活，快乐一定会多于烦恼。

凡事顺其自然，就像瓜熟蒂落，就像水到渠成。人生太多的事与物，非强求所能成功。

世间诸事，皆天成之。

既然天成，纵然败之，何愧之有？

从容，是追求天性的境界。

它就像一个五味瓶，有酸、有甜、有苦、有辣，但只要你用心去品味，就会感悟到人生因为有了酸甜苦辣，才丰富多彩，才显得更有意义。

从容淡定是历经沧桑，阅尽浮华，洗尽躁动后的返璞归真，是一种源自内心深处的豁达与乐观。

心若有安处，走到哪里，都是风景，人生最曼妙的风景，就是内心的淡定与从容。

从容淡定是雅趣，是幽娴。掬一份从容，抱一份淡定，给心灵一份宁静，还生命一份轻松。

柔情满怀
慈悲待人

优雅智慧的人生，淡而有味，持久弥香。

优雅的德行涵养，是从心底升起一份淡淡的宁静，是美丽绚烂的智慧花朵。一个懂得欣赏花的人，必然会以感恩的心，智慧地看待一切。

我们应该把最真实、最纯朴、最柔情的慈悲与美感留给自己，才能以相同的柔情与慈悲的力量，去同情和怜悯他人的苦难。

一个人的成熟，在于他的思想。

成熟，是人生行为的一种态度，而不仅仅是停留在口头上的敷衍承诺，付诸行动的践行，哪怕是一个浅浅的微笑，亦胜过口头支票承诺的百倍。

人生经历了痛苦与挫折，才能使自己更好地觉悟与成长，痛就痛了，痛了，才能让你静下心来更清醒地反思自己，认识自己，冷静的同时也看清了别人。

败就败了，败了，站起来拍拍灰尘，不要以为人家有闲工夫来看你、在乎你摔。

静心品味人生，以智慧的双眼去发现人世间无处不在的善因缘与绚烂的美，哪怕是一闪即逝的一瞬，亦令生命增添了无穷的力量，得到幽香的熏染。

一个人的内心世界，蕴藏着无尽的慈悲，才有能力把慈悲带给别人。

有趣的灵魂
最高级

一个有趣的人，在一个无趣的氛围里，很难掀起什么盎然的浪花。

有趣的人千里难寻，有趣的灵魂万里挑一，故有趣之人弥足珍贵。

无趣的人，只是活着；有趣的人，才在生活。

有趣，也是一种能力，这种能力可以四两拨千斤，这种能力可以把一切人、事、物都讲得妙趣横生，这种能力源自强大的知识储备，源自丰富的人生阅历和强大的思考能力。

有趣是高级的智慧。只有对生命和生活有所参悟的人，才能成为一个有趣的人。

李银河说王小波是"世间一本最美好、最有趣、最好看的书"。

这样别致的赞美，只有有趣的人才说得出来。

两个有趣的人，生活在一起，油盐酱醋也能变得妙趣横生。

台湾作家三毛，在撒哈拉沙漠定居的日子里，面对黄沙漫天的恶劣环境，依然能够寻找到很多乐趣：

"用棺材板做靠背，用指甲油给人补牙，花很多钱专门去看沙漠的女人洗澡，在大漠中探险，寻找仙人掌和骆驼的骷髅头……"

有趣的人，在什么样的环境中，都能把日子过得精彩绝伦。

三毛为荷西做了一道"粉丝煮鸡汤"，荷西没吃过粉丝，便问这是什么？

三毛用筷子挑起一根粉丝，回答他："这个啊，是春天下的第一场雨，下在高山上，被一根一根冻住了，山胞扎好了背到山下来一束一束卖了换米酒喝，不容易买到哦。"

无趣的生活，常常遍布荆棘；而有趣的生活，在哪里都充满了诗意。

真正能让你显得高级的是有趣的灵魂，有趣的灵魂会让你闪闪发亮，让你充满吸引力。

高情远致，所遇皆是美好

生活，是细水长流的小确幸

小确幸是什么？

小确幸就是，微小而确实的幸福。

小确幸就是，流淌在生活中每个稍纵即逝的美好瞬间。

小确幸就是，购物时，你打算买的东西恰好降价了；排队时，你所在的队动得最快；电话响了，拿起电话发现是刚才想念的人……

这样的小确幸，虽然每天都会有机会发生，但是如果没有一个好的心境和善于发现的能力，那所有的一切都将会与你无缘。

生活中的小确幸，这才是人生真正的幸福。它看得见、摸得着，确确实实已经得到了。它也绝对不会像梦想那样遥不可及，总会带给人实实在在的幸福体验。

人生就是应当如此，每一天都要让自己开心快乐地生活，无论是压力山大的学习工作、还是琐碎无比的生活，在小确幸到来的那一刻似乎一切都可以化解，那种入心的喜悦，确实让我们可以品尝到人生之中幸福的滋味。

纵观人生，与其追寻"春风得意马蹄疾"的风光，不如细数让人觉得舒服且幸福的瞬间。

这些瞬间便是细水长流般的小确幸，岁月漫长，不如做个简单纯粹之人，可以没有惊世骇俗的大成就，但必有手到擒来的小确幸。

小确幸，被命运包装成小小的礼物，藏在生活中的角落里，等着人不经意地发现它们。

是非对错，
无悔经历一场

　　这世界，总是一拨人在日夜不停地奋斗，另一拨人轻松安稳地睡大觉，起床后才发现：世界都变了！

　　生活从来都是马不停蹄地向前走，时间不会为你而停留。

　　人，如果没有穿越过漫漫黑暗，没有经历过痛彻心扉的过往，永远不会明白看到星光时的喜悦，也自然不会懂得黎明的意义。

　　命运不会亏欠谁，苦的尝多了，才知道甜的味道。与其原地抱怨，不如艰难前行，哪怕稍有挪动，山重连接水复，柳暗铺垫花明。

　　每件事情，从心决定，我们的人生才能跟随自己的脚步，拥有的才是自己的人生，才能以充满热情的姿态面对生活。

　　生活不会太糟糕，决定也不一定都是对的，但却是我们前进的方向。

　　对的决定，坚信前方；错的决定，只不过让我们多看了一路风景。

　　是非对错，都会让我们明白：你所拥有的，是一场与众不同的人生。

你奋斗了，不必遗憾。

若是美好，叫作精彩。若是糟糕，叫作经历。

今天真正属于我

人生只有三天。活在昨天的人迷惑，活在明天的人等待，活在今天的人最踏实。

世上没有绝望的处境，只有对处境绝望的人。

此生，不为他人而生。此生，为自己而生。此生，为自己而活。此生，尽一切努力拼搏。此生，只为创造更多的奇迹。

昨天已经过去，无论怎么懊恼、怎样忧伤，都无济于事，时间不会倒流，光阴不会倒转。

明天尚未到来，无论怎样憧憬、怎样期待，最终能否如愿，还很渺茫，暂且还不属于你，而且还存在着许多变数。

昨天已成为历史，明天还是个未知数，只有今天最现实，只有今天才真正属于自己。

余生，淡淡就好

　　枝头那淡淡的嫩绿，是生命的象征，它是春天的使者，淡淡的一抹胜过喧嚣的姹紫。

　　淡淡的情谊，君子之交淡如水。淡一点的友谊很真，统统都已尽在不言之中，即便不多见，偶然一句："你好吗？"

　　淡淡的问候，包含了朴拙与默契。淡淡的问候就像发了芽的思念一样蔓延开来，一缕温情溢满你的心头。

　　淡淡的爱情，无须缠绵甜言，彼此之间就会懂得。

　　在闲暇的时光里，安静地品读一本书，来丰富自己的内心，淡看浮云飘散，如一缕清风吹过，轻轻地淡泊在静谧的心底。

最持久的幸福，是来自平庸的日子，来自平时日子里点点滴滴的感悟。爱情的美，不在于轰轰烈烈，而在于平时的相守，暖和的伴随。

余生，用淡淡的心过淡淡的日子。

淡淡的爱才会有幸福到白头。

现在此刻，是你最好的年龄

几岁是生命中最好的年龄呢？

是无忧无虑的童年，还是青春年华，或是坐着摇椅慢慢聊的老年。

似乎我们都在羡慕还未到来或者已经逝去的年龄。

其实，最好的年龄，就是现在。没有完美的人生，只有正当最好的年龄。

定义我们生活的数字，不是年龄，而是故事。

树的年龄被时间刻成了年轮植入树干，人的年龄则被时间刻在心里，形成了一段一段的线。每一段时间线都代表了我们的成长和经历，每一段都是一个故事。

我们的人生不是来完成时间表的，而更多的是为了来圆满自己。

只是这个过程，有人快一点，有人慢一点，但毫无疑问，今天的你已经比昨天更美更优秀。

年龄，应该是人生活时间的计量单位，而不是人生活意义的衡量尺度。

活在当下，就是最好的年龄。

听风听雨，
方知不如平淡

　　闲暇之际，沏上一壶茶，临窗在静静地听雨。此时沉浸在自己心造的听雨意境里，有种别样的滋味。

　　喜欢在静静的夜晚里去静静地听雨，心境的不同，听雨的感受也就各异。

　　这世间有太多的故事，花开花落，月缺月圆，只要为自己打开一扇心窗，就会有云淡风轻而入。

　　放下过程，腾空内心的世界，让美好走进心间。

　　生命中苦过，才知甜美；痛过，方懂珍惜；甜过，更知满足。

　　在历经沧桑后，你会发现，父母的康健，孩子的平安，生活的和和顺顺，这才是人生最重要最快乐的事情。

所有细碎的温暖，
都是星光

这些年，我的生活是暖色调的，这暖色跟我在日常生活中得到的这些细碎温暖是分不开的。

人活在世上，难免会有起起落落、风雨坎坷和各种无法预料的挫折磨难。

当我们身处逆境时，很容易意志消沉。这个时候，一句关爱的话，一个暖心的举动，可能就会唤醒信心，有了重新出发的勇气。

多年后，我开始明白世间万物皆有深浅的道理，可我却更知道了，无论远近，也不管大小，每一个星星，即使再细碎，也都能发出别致的、充满希望的光。

因为我知道，一个人拼尽全力叫渴望，一群人的拼尽全力就是希望。而把用生命闪着亮光的细碎小星星拼在一起，便是无可比拟的璀璨星河。

好心情
是一种素养

我们常常不是输给了别人，而是输给了自己的心情。

好心情，其实是一种素养。

不去抱怨，笑看花开是一种好心情，静看花落也是一种好境界。

人生无尽的悲欢离合，不过是不同的心路。有遇见，就有分别；有惊喜，就有遗憾。与其抱怨，不如祝愿。

不去失望，人一生的际遇，都不是偶然。命运其实就在我们心中，灿烂抑或愤懑，都是你内心的图景。你满怀希望，它就给你希望；你总是失望，它就给你失望。

不去追逐，刻意地想要得到，总是少了些恣意与洒脱。不去计较，走过的一生，都是故事。

人生真正需要准备的，不是昂贵的茶，而是喝茶的心情。

好心情其实是一种素养，不抱怨、不失望、不追逐、不计较。

美在行念

一颗闲逸心，
所遇万物皆美好

"闲"字，古代人是怎样写的？繁体字写为"閒"，原来是在门里望见月亮，多美！

月亮，它被诗人别在衣襟上，被画家描绘在宣纸上，被女子纤纤玉手绣在素绢上。

作家董桥先生说："爱书爱纸的人等于迷恋天上的月。"

不同的人生阅历和磨砺，从书中领悟到的道理皆不相同，它夜夜自天空洒下盈盈光芒，铺满尘世的每一个空间，滋养你我心灵的角落。

约三两知己，去江畔寻梅，水边品茗，那是偷得浮生半日闲。

有人说，等我有钱了，也闲情逸致去，其实，闲逸之心只和灵魂有关，与金钱无关。

闲，原来是心灵的呼吸；忙，是心灵的死亡。

人有一颗闲逸之心，才有人生最美的化境。

我们有多少日子，没有细细聆听春之鸟鸣、夏之蝉声、秋之虫声、冬之雪声？

繁忙的生活中，记得时常抬头望望天上的月亮。

因为，望得见月亮的一双眼睛，才看得见世间一切的美好，看得见碧水初生、落英缤纷、云淡风轻、莺飞草长……